Liefde :–(

THOMAS BRINX
&
ANJA KÖMMERLING

Liefde :-(

Uitgeverij Ploegsma Amsterdam

In het verhaal worden verschillende liedregels gezongen,
onder andere uit:
It's raining again van Supertramp
Marmer, staal en steen vergaan van Trea Dobbs

Kijk ook op:
www.ploegsma.nl

ISBN 978 90 216 6885 7 / NUR 284
Titel oorspronkelijke uitgave: *Scheiß Liebe*

Omslagontwerp: Studio Bos
Omslagbeeld: nicoleross, Stock.XCHNG
Vertaling: Esther Ottens

De spelers zijn:

• Kleene Leene •
dochter, hoofd Harmonie en veel te klein
• Grote Roos •
grote, puberende zus en zangeres met talent
• Varkentje •
Leenes beste vriendin, zo van de slager
• Doctor Daniël Dunker •
vader, geleerde en klokkenverzamelaar
• Natascha Dunker •
moeder, huisvrouw met wasobsessie en serieverslaving
• Oma Louise •
Natascha's moeder, ongevoelig en egocentrisch
• Opa Frans •
Natascha's vader, stoïcijns, luistert niet eens meer als oma iets zegt
• Greta •
jonge, elegante medewerkster van Daniël

• Dante •
sombere zwartkijker met een grote uitstraling
• Black Blogs •
Dantes band
• Wrakken Paultje •
Dantes vader, depressief en onbenaderbaar

• Johnny •
Leenes vriend, ook te klein en ver weg in Hamburg
• Judith •
Johnny's moeder, alleenstaand, stoer en zelfstandig

Roos' vriendenclub
• Etrib •
alleen van achteren mooi
• Leenegraag •
Roos' concurrent voor het leiderschap
• Durfniet •
gewoon altijd bang
• Jut en Jul •
kinderachtige gastjes
• Vlammetje •
Roos' grootste aanbidder

• Walter Kamphus •
cultuurcommissaris van de Stadsbank
• Hercules •
goedgebouwde postbode en aanbidder van Natascha

Ik doe de deur op slot. Niet om het inbrekers moeilijker te maken, niet om hem op een dag weer open te doen, niet om terug te komen. Ik doe de deur op slot, omdat je nu eenmaal de deur op slot doet als je weggaat. Vandaag voor het laatst. Typisch dat ik het weer ben. De jongste vertrekt als laatste, de jongste veegt het erf.

'Lulu! Kom op, we hebben genoeg afscheid genomen!'

Lulu komt de hoek om en ik zou wel eens willen weten waarom ze bij elke beweging die geluidjes maakt. Andere varkens knorren als ze tevreden zijn. Of ontevreden. Ze hebben er een reden voor, maar Lulu knort altijd en ik verdenk haar ervan dat ze een aandachtsjunk is.

'Kijk eens, kijk eens wat een mooi varken ik ben, brandschoon en niet te dik, ja ja, knor knor!'

Het is niet altijd zo geweest. Nu ik erover nadenk: het is eigenlijk pas sinds ze haar linkeroog kwijt is, want toen Roos haar mee naar huis nam maakte ze helemaal geen geluid. Ze was nog maar klein en slager Brandt had met zijn vinger naar haar gewezen: 'Speenvarken!'

Dat betekende dat ze niet veel groter zou worden, tenminste niet als het aan Brandt lag, en als mijn zus Roos op dat moment niet honderd procent op de vegetarische toer was geweest, altijd alert en altijd op zoek naar arme, hulpeloze diertjes waar met een vinger naar gewezen werd.

Papa's gezicht! 'Alsjeblieft zeg, Roos, dat gaat te ver, wat moeten we nou ook nog met een varken? Tascha, zeg jij er eens wat van!'

Toen noemde hij mijn moeder nog Tascha. Teder.

En Tascha zei er wat van. 'We hebben twee kippen, vier konijnen en zo veel katten dat we de tel kwijt zijn. Dat varken kan er dus ook nog wel bij.'

'Nou lieverdje, nu zijn wij de laatsten.' Ik aai Lulu tussen haar oren en Lulu knort. Een varken aai je anders dan bijvoorbeeld een klein konijntje. Varkens moet je hard aaien, zodat het lekkere gevoel door hun dikke huid heen bij de zenuwen kan komen, die dan het knorren opwekken. 'Daar gaan we dan!'

Zoals afgesproken met de nieuwe huurders leg ik de sleutel onder de bloempot naast de deur, waar geen plant meer in groeit, en trek mijn grote koffer achter me aan over de rechte weg die langs ons tankstation loopt.

Tankstations liggen altijd aan rechte wegen die het dorp uit lopen. 'Laatste pomp voor de snelweg!' Iedereen stopt er omdat het goedkoper is. Zolang ik me kan herinneren hebben we hier gewoond, en zolang ik me kan herinneren was dit tankstation geen tankstation maar gewoon ons huis. Toen we hier kwamen wonen was er al geen benzine meer te koop, geen chips of kranten, kon je je auto er al niet meer laten wassen of repareren. Grote Roos was een klein meisje en mijn moeder was zwanger van mij. Als volwassenen kinderen krijgen, besluiten ze een eindje buiten de stad te gaan wonen, een beetje natuur, wat minder gevaar.

Dat had je gedacht!

Maar het is een soort instinct. De meesten kopen een rijtjeshuis met een piepklein tuintje en heel veel buren, die ook kinderen hebben en alles zien en horen omdat ze zo dicht op elkaar wonen. Mijn ouders huurden het gesloten tankstation.

Zal ik me nog een keer omdraaien? Nog één keer kijken? Een laatste keer?

Vooraan de winkel met de kassa's en rekken, die Roos vrij snel in een dierenverblijf omgetoverd had. Hier leefden de kippen en de konijnen en de katten, en ook het varken kreeg een hoekje met stro en een voedertrog, wat varkens altijd fijn vinden. Maar mijn varken was anders. Lulu had niet genoeg aan het contact met het kleinvee. Ze klampte zich aan mij vast en heeft tot op de dag van vandaag niet losgelaten. Waarom aan mij? Ik was de jongste en de kleinste. Extreem klein. Kleene Leene. Klein maar fijn. Klein en zwijn. Of zoiets.

Achter het platte tankstation het woonhuis met het grote erf ervoor, dat met de oude wasserij en de garage erbij werd wat het was: een binnenplaats vol plantenbakken en het zitje rond de barbecue, een lange schommel aan de oude linde en een berg zand die Roos en ik jarenlang deelden met de kippen.

In mijn kinderlijke fantasie was dit de plek waarnaar ik altijd terug zou kunnen komen. Natuurlijk wilde ik de wijde wereld in en in grote steden wonen, maar dan wel met de zekerheid dat mijn ouders, inmiddels grijs geworden, op een Hollywoodschommelbank voor het huis op mij zaten te wachten, op hun Leene, die vakantie had en thuiskwam om met hen over vroeger te praten. Ik dacht dat alles zou blijven zoals het was. Ik zou blind het huis in kunnen lopen zonder tegen een kast op te botsen of over schoenen te struikelen, want er zou nooit iets veranderen.

De trap op, in mijn kamer nog steeds de hoogslaper met aan het plafond de sterren die alles zelf konden (blijven plakken en licht geven), en het behang met plantenpatroon – varens en ander wild woekerend gebladerte dat mijn moeder verzameld, gedroogd en erop geplakt had. Het behang waar allemaal verhalen in zaten, omdat het er op geen twee plaatsen hetzelfde uitzag en omdat de bladeren ogen of klauwen vormden, koningen of monsters werden, waar mijn vader elke avond beschermers voor de nacht van maakte.

Ik zou daar altijd lekker slapen en ook verder blind de weg naar de zolderkamer van Roos kunnen vinden. Via de krakende trap, door het luik naar haar knusse bed, dat altijd helemaal wit opgemaakt was en in het licht van de volle maan die door het schuine raampje viel zelfs nog witter was dan wit, zilver bijna. Hoe vaak hebben we daar niet, dicht tegen elkaar aan, naar de maan liggen kijken?

Meestal is de maan in een slecht humeur. Zijn ogen zitten scheef en zijn mond staat een beetje open, alsof hij schreeuwt of moppert. 'Wat doen jullie daar beneden? Waarom slapen jullie nog niet? Jullie moeten morgen naar school! En trouwens, gaap me niet zo aan, dat vind ik vervelend!' Op een keer kwam ik erachter waarom. Omdat hij niet zoals wij kan wegkijken als iemand hem aanstaart. Hij kan geen teken geven door zijn ogen af te wenden en ze op de grond te richten, of uit het raam.

Lulu knort en duwt met haar snuit in mijn knieholte. Ze wil weg en ze heeft gelijk. Als je te lang achteromkijkt kom je niet vooruit – een zogenaamd wijze uitspraak van mijn vader. 'Zogenaamd' wijs, omdat 'achter' altijd met 'voor' te maken heeft. Omdat alles op alles voortbouwt, en als je de onderste stenen niet kent, als je niet weet of die wel houden, dan kun je ook geen stevig huis bouwen. Als je niet weet welke tree kraakt, kun je nooit in het zilveren bed van Roos terechtkomen om naar de maan te kijken, of hij dat nu leuk vindt of niet.

Het tankstation was tot vandaag mijn thuis. Hier was alles hetzelfde en hier is alles veranderd. Op die dag zeven jaar geleden, toen ik het briefje vond.

1

Op de dag dat ik het briefje vond, was mijn vader zoals gewoonlijk de aanmaakblokjes voor de barbecue vergeten. Hij had het rooster net zorgvuldig met olie schoongemaakt en toen met een oude krant drooggewreven, toen het hem te binnen schoot.

'Oooo!' kreunde hij.

'Ha, laat me raden, je bent de aanmaakblokjes vergeten!' Ik zat op de schommel te grijnzen.

Mijn vader draaide zich om en hield zijn hoofd schuin. 'Je bent hartstikke brutaal voor je leeftijd, maar je hebt gelijk.'

Ik was toen dertien. Geen idee hoe brutaal je dan mag zijn, of daar een tabel voor bestaat of zoiets, en eigenlijk was het ook niet mijn bedoeling om brutaal te doen, helemaal niet. Ik vond het juist fijn als mijn vader de aanmaakblokjes vergat, omdat hij dat altijd deed. Het was een soort ritueel, net zoiets als elke ochtend havermout eten, iets vertrouwds. En elke keer deed hij alsof hij nog nooit zo'n drama had meegemaakt.

Dat barbecueën hadden we trouwens die ochtend pas verzonnen, normaal barbecueën we niet in maart, veel te koud. Mama had het raam opengezet, de zon brandde al aan de hemel en er woei geen verfrissend koel briesje tussen de gordijnen door over de ontbijttafel. De warme lucht was gewoon voor het raam blijven hangen. Het was heel bijzonder.

'Nieuwe maan. Toch vreemd.' De astrogeoloog in mijn vader sloeg aan het piekeren.

'Nu het zo warm is kunnen we misschien wel barbecueën als mijn ouders komen. Wat vind jij, Daniël?' Mijn moeder was dol op barbecueën, want ze had een hekel aan koken en bij barbecueën hoefde je zelf niet zo veel te doen.

'Shit, en nu? De barbecue moet eigenlijk heet zijn als ze komen.' Papa krabde zich op het hoofd en keek toe hoe het varken heen en weer liep naast mijn schommel, die naar voren en naar achteren zwaaide omdat ik mijn benen strekte en boog. Mijn gewicht verplaatste. 'Als je zo doorgaat krijgt dat beest een hartaanval, dan valt hij om, boem, en dan had slager Brandt hem beter kunnen slachten en lekkere varkenslapjes van hem kunnen maken. Waar is Tascha?'

Ik liet me uitschommelen en keek naar het varkentje, dat erbij ging zitten, terugkeek en geduldig wachtte tot ik eindelijk van die schommel zou komen om me helemaal te wijden aan zijn enorme behoefte om aangeraakt te worden (ik zei het al, aandachtsjunk, dat zat er toen al in).

'Leene, ga je moeder eens zoeken. Het zijn tenslotte háár charmante ouders die ons vandaag bezighouden!'

Mijn vader kon de ouders van mijn moeder maar heel even om zich heen hebben. Hij had een hekel aan oma's zelfbewustzijn.

'Zelfbewustzijn noem je dat?' Elke keer ontstond er na afloop een discussie. 'Regelrechte tirannie kun je beter zeggen. Die arme Frans, zijn leven lang onder het juk van die regeltante!'

'Die arme Frans heeft er zelf voor gekozen, hij houdt

van haar, er zit iets heel anders achter... Oké, je hebt gelijk, het is vermoeiend.'

Oma en opa. Zij was luidruchtig en hij was stil. Zij zei wat er ging gebeuren en hij volgde haar. Zo was ze het gewend en zo deed ze het met iedereen.

Ik sprong van de schommel en floot zachtjes tussen mijn tanden, wat ik net zo goed had kunnen laten, Varkentje was toch wel meegekomen. 'Kom op, we gaan mama halen, zoek, Varkentje, zoek!'

Ik vond oma en opa aardig en was blij als ze bij ons op bezoek kwamen. Dan was het een drukte van belang, oma vertelde verhalen over vroeger, toen mama nog klein was, en al waren het altijd dezelfde verhalen, ik hoorde ze graag, ook omdat oma er steeds iets nieuws bij verzon en mama dan met haar ogen rolde. Als opa aan het woord kwam – en dat was bijna altijd alleen als oma op de wc zat – vertelde hij over hun wijngaard, waar ze sinds hun pensioen woonden, over de toestand van de druiven, problemen met ongedierte of een nieuw procedé voor ecologisch verantwoorde wijn.

Op weg naar de wasserij liep ik onopvallend onder de statafel door. Vol verlangen wachtte ik op de dag dat ik mijn hoofd zou stoten en eindelijk gegroeid zou blijken te zijn. Dit was niet die dag.

De vouwdeur van de oude wasserij zat dicht. Mama had de ruimte tot waskeuken gebombardeerd – 'wat moet je anders met een wasserij?' – en bracht er heel veel tijd door. Wassen was een van haar grote hobby's. In de loop van de jaren had ze er haar hoogstpersoonlijke wetenschap van gemaakt:

Was sorteren, wasmiddel kiezen, alle mogelijke vlekkenverwijderaars erop loslaten – op een lange tafel stond een hele batterij opgesteld, als soldaten van een streng leger, altijd klaar om de strijd aan te gaan en te winnen.

Dan de temperatuur kiezen, met voorwas en wasverzachter, en zo ja, welke, inweken of kort centrifugeren, in de wasmachine of liever in de centrifuge enzovoort. Wachten. Wachten. Wachten.

Dan de was eruit en ophangen. Aan de lijn of het droogrek, buiten of binnen, met wasknijpers of gewoon zo, wat is het beste tegen kreukels? Wachten, wachten, wachten.

Dan strijken, droog, met stoom, vooruit of achteruit...!

Maar de deur zat dicht, dus mocht ik ervan uitgaan dat mijn moeder vandaag, kort voor de komst van haar ouders, niet in het wasproces verstrikt was geraakt.

Het rolluik van de garage zat ook dicht. Hier werden vroeger auto's gerepareerd en de smeerbrug deed het nog super deluxe, zodat mama haar stoffen en viltwerkjes eraan kon ophangen en wij ons eigen wereldje hadden, waar niemand bij ons kon komen. Je nam gewoon de afstandsbediening mee, ging op de brug zitten en drukte op het knopje voor omhoog. Dan kregen ze je zo een-twee-drie niet naar beneden. Ons eigen smeerbrugwereldje! Een kastje met glazen, een paar kussens, onze lievelingsboeken en de bel om bij mama een nieuwe voorraad koekjes te bestellen. Dan zaten we daar onder het dak van de garage, wij konden niet naar beneden en niemand kon omhoog, in ons onaantastbare wereldje, onze minuscule kosmos, waarin wij, nog kleiner, prinsessen eerste klasse werden en met hoge piepstemmetjes deftig deden. Of als onkreukbare ridders met lange stokken de burcht verdedigden, terwijl mama bladpatronen op stoffen drukte of van vilt ringetjes maakte. En als we iets te bepraten hadden, iets wat niemand mocht weten misschien, dan verstopten we ons hier. Als we de deur openlieten, was alleen de maan onze getuige.

Maar hij zat dicht en mama was er niet.

'Dan zal ze wel in huis zijn. Wat denk jij, Varkentje?'

Het varken knorde, alsof het echt iets terug wilde zeggen, en precies op dat moment scheurde oma in het oude Volkswagenbusje het erf op. Met piepende banden, zodat het grind om je oren vloog. Ze toeterde, zwaaide uit het raampje en schreeuwde om boven haar eigen lawaai uit te komen: 'Joehoe!'

Opa zat kaarsrecht naast haar te glimlachen.

Mijn vader wachtte nog even rustig bij zijn barbecue, waarvoor hij geen aanmaakblokjes had, alsof hij zich concentreerde, zich inwendig voorbereidde op een vermoeiende middag, meditatie, toen toverde hij zijn scheve grijns op zijn gezicht (zijn grijns is altijd scheef, ook nu nog, na die toestand met het briefje en alles wat erop volgde) en stapte op de gasten af.

'Frans! Louise! Zijn jullie er al. Goeie hemel, ik heb geen idee waar Natascha uithangt!'

Hij had het nog niet gezegd of daar stond ze. Alsof iemand haar zo het erf op gestraald had, met een enorme bos zelf geplukte bloemen in haar armen. 'Hé, ik moest toch voor de tafelversiering zorgen! Mama, knuffel, kom hier, goede reis gehad?'

'O, hou op, al die boerenpummels en bejaarden, met 80 over de linkerbaan en geen benul van een achteruitkijkspiegel! Leene, mijn kleene, waar ben je, laat me je bekijken!'

Terwijl mijn ouders opa begroetten, die zich langzaam uit de bus liet zakken, pakte oma mijn schouders beet, kneep er stevig in en hield me van zich af om een goed beeld te krijgen. 'Nou, je bent niet gegroeid. Hoe doe je dat? Je wilt toch niet altijd zo'n klein opdondertje blijven?'

Ze kreeg het voor elkaar om al in de eerste seconde van ons weerzien het mes in de wond te steken en flink rond te draaien.

'Ze gaat heus nog wel groeien!' Papa nam het meteen voor me op. 'Alles op zijn tijd!'

'Heb je de barbecue al aan, Daniël?' wilde opa weten, en met die vraag verdiende ook hij niet bepaald punten.

'We zijn de aanmaakblokjes vergeten!' Papa wierp mama een vertwijfelde blik toe, die zoveel betekende als *niet lachen alsjeblieft!* Mama glimlachte dus alleen maar, want ze dacht: *zoals gewoonlijk*, legde geruststellend een hand op zijn arm en oma hield mij nog steeds vast. 'Zie ik daar een beginnetje?'

Ze bedoelde mijn borsten, die net begonnen te groeien, een heel klein beetje, maar toch.

'Kijk aan, tenminste iets wat groeit.'

Ik maakte me los. Er zijn dingen waar je niet over praat, maar dat wist oma niet. Zij praatte juist alleen maar over zulke dingen.

'Er is een heel handige manier om een barbecue aan te krijgen zonder aanmaakblokjes.' Opa liep met papa naar het object van verlangen. 'De Chileense methode!' fluisterde hij, en het klonk als een geheime maffiatruc om verraders onschadelijk te maken of ze ten minste onder druk te zetten.

Mama verdeelde de bloemen losjes over de lange tafel

en het zag er meteen geweldig uit, gewoon zo, zonder dat ze er veel voor hoefde te doen, en oma sloeg luidruchtig haar handen in elkaar toen ze het varken zag, dat zich wanhopig achter mij probeerde te verstoppen.

'Lieve hemel, wie is dat nou weer?'

'Mag ik voorstellen, oma: Varkentje, Varkentje: oma!'

'Waar heb je dat nou weer vandaan?'

'Roos heeft hem gered van slager Brandt. Stel je voor, hij wilde hem slachten! Zo'n klein varkentje!'

'De kleinste zijn het malst,' vond opa, en hij wikkelde krantenpapier om een lege fles om zijn maffiamethode te demonstreren.

'Waar is Roos eigenlijk?' Oma keek speurend om zich heen, alsof mijn grote zus zich achter een plantenbak zo klein mogelijk had gemaakt, wat nooit gelukt zou zijn, want ze was namelijk niet klein, zij niet, maar precies goed en zwart. Donker, bedoel ik. Haar en ogen net als bij mama, terwijl ik het blonde touw van papa geërfd heb. Wij dragen ons haar kort, want anders staat het alle kanten uit en lijkt het net zo'n viltwerkje van mama dat in de fik staat.

'Leene, wil jij haar even halen. Ze zit vast op haar kamer te kniezen,' zei mama, en tegen oma: 'Haar vrienden gaan bij de rivier een kampvuur maken, daar moest en zou ze bij zijn, je weet hoe ze zijn op die leeftijd!'

Varkentje en ik gingen op pad en oma holde naar de bus om de salades te pakken, die ze helemaal niet mee had hoeven nemen, zoals mijn moeder beweerde. Wat niet waar was – ze was er zelf namelijk nog niet aan toegekomen.

Roos zat op haar kamer lusteloos op haar gitaar te tokkelen.

'Ze zijn er!'

'Alsof ik dat niet gehoord heb.'

'Je moet beneden komen, dan kan oma controleren of je wel gegroeid bent.'

'Ze kunnen me wat. Hij is niet helemaal lekker, die ouwe!' Daarmee bedoelde ze papa, omdat ze van hem thuis moest blijven.

'Familie is familie en ze komen bijna nooit,' had hij gezegd. 'Je kunt nog duizend keer een kampvuur maken.'

'Hoe weet jij dat? Wat als ik nou morgen doodga?'

'Ten eerste ga je morgen niet dood, en als je toch doodgaat weet je ook niet meer dat je geen kampvuur hebt gemaakt.'

'Maar dan heb ik de laatste dag van mijn leven met oma en opa gezeten!'

'Roos, alsjeblieft zeg!'

Ik ging naast haar zitten en Varkentje naast mij. 'Roos?'

'Hm?'

'Kom je alsjeblieft mee naar beneden?'

Roos speelde een toonladder en gaf geen antwoord.

'Opa heeft een Chileense methode om de barbecue aan te steken.'

'Zeg niet dat papa alweer de aanmaakblokjes vergeten is.'

Ik grijnsde en Roos zette haar gitaar weg. 'Omdat jij het bent dan.'

Opa had met behulp van een wijnfles een koker van krantenpapier gemaakt, waar hij de kolen omheen had gelegd. Nu gooide hij er een brandend propje papier in. 'Schoorsteeneffect. Heel simpel en volkomen ongevaarlijk. Hallo Roos!'

Roos plofte in een krakende rieten stoel die tussen de

bloempotten stond en al zo veel jaren in zijn vlechtwerk had dat hij eigenlijk niet meer geschikt was om op te zitten. Toch had mama hem daar neergezet en dat stond gewoon leuk, zoals alles wat mama neerzette, en het stond nog leuker met Roos erin, die het zweet van haar voorhoofd wiste. 'Poe, wat is het heet!'

'Ja Roosje, echt weer voor een koele duik in de rivier.' Oma kwam naar buiten met een enorm dienblad. Daarop vette, met kruiden bestrooide lappen vlees die eruitzagen als kleine dieren. 'Maar jij zit weer met je stokoude grootouders opgescheept.'

Ze zette het dienblad bij opa en papa neer en omhelsde Roos, of die nu wilde of niet. Ze wilde niet. Ze werd in beslag genomen door die lappen vlees.

'Gadverdamme!'

'Wat, Roosje?'

'Moet je zien wat een vertoon van bot geweld. We maken dieren dood, villen ze, snijden met een scherp mes het vlees van hun botten om het druipend van het bloed in onze mond te steken. Om het op te eten!'

Mijn vader liet de blaasbalg zakken, waarmee hij wanhopig probeerde de Chileense methode op weg te helpen, en keek Roos streng aan. Die twee waren niet zo blij met elkaar. Nooit echt geweest, maar op het moment nog minder, zoals dat gaat in gezinnen. De liefde is er wel, maar sommigen schieten slechter met elkaar op dan anderen of zitten elkaar in elk geval de hele tijd dwars, misschien ook wel omdat ze zo veel van elkaar houden. En dat terwijl mijn vader de beste vader was die ik kende, tot op dat moment zeker, en Roos de allerbeste zus. Tot op de dag van vandaag en voor altijd.

Strenge blikken van mijn vader hadden meestal tot gevolg dat Roos nog wat op het gevoelige onderwerp doorborduurde. Die blikken prikkelden haar, maakten dat ze haar ogen tot spleetjes kneep en een flauwe grijns op haar zachte gezicht toverde.

'Gisteren was dit vlees nog van een levend dier, oma. Het was goed doorbloed, dankzij een hart dat vrolijk en helemaal vanzelf klopte. Tot de moordenaar kwam en het zomaar stopzette. Ho! En weet je waarom? Om aan het levenloze vlees geld te verdienen. Geld van mensen zoals wij, die het tussen hun puntige kiezen stoppen!'

'ROOS!' Papa sloeg zijn armen over elkaar. 'Voor mijn part leef jij verder op zonneschijn en fruit dat een natuurlijke dood gestorven is,' – opgepast: vlijmscherpe nu-word-ik-echt-kwaad-stem – 'maar val ons niet lastig met die onzin, je bederft onze eetlust!' Hij draaide zich om naar oma, die nog een beetje bleek geworden was ook en zich zo onopvallend mogelijk aan de tafel vasthield. 'Gewoon niet naar luisteren. Op die leeftijd kunnen ze niet anders dan iedereen de hele tijd hun radicale mening opdringen.'

Roos zat erbij alsof het haar niets deed. Alleen haar wangen kleurden een klein beetje rood en ik wist, wij wisten, iedereen die Roos kende wist dat ze op het punt stond te ontploffen.

'Als ik jou zo hoor heb je daar ook op hoge leeftijd nog last van. Waar is het varken eigenlijk, Leene? Weet je zeker dat ze het niet geslacht hebben? Meer vlees, meer bloed!' Roos maakte klauwen van haar handen, trok een eng gezicht en zette een gemeen bloedzuigerstemmetje op.

Nu pas merkte ik dat Varkentje weg was. Niet naast me zat. 'Varkentje?'

Onder de tafel, onder de linde, nergens.

Papa begon te lachen. 'Leene, je denkt toch niet echt dat we in vijf minuten tijd dat varken geslacht hebben? Nog afgezien van het feit dat we zoiets nooit zouden doen?'

'Maar hij is weg!'

'Zou ik ook zijn als ik hem was,' zei Roos met een vuile blik op mijn vader.

Ik rende de trap op naar de kamer van Roos. Misschien was Varkentje daar in slaap gevallen, ik kon het me niet herinneren. Was hij met ons mee naar beneden gegaan? Blijkbaar, want boven zag ik hem niet. Ik rende weer naar beneden. 'Hij is weg!'

Roos sloeg een arm om me heen. 'Kom, we gaan zoeken. Hij kan nooit ver weg zijn.'

'Maar voor het eten terug!' riep mijn vader ons nog na, en wij liepen het erf af, langs het tankstation naar de rechte weg, keken naar links, keken naar rechts, niets.

'Waar zou jij heen gegaan zijn als je Varkentje was?' vroeg ik aan Roos, en ze wees naar het grote weiland aan de overkant, dat geleidelijk overging in een heuvel, waarvan de top de horizon vormde.

'Hij moet daarheen zijn, als hij op de weg liep zouden we hem nog zien.'

We liepen naast elkaar door het gras de heuvel op en hielden onze ogen open.

'Waarom doe je zo tegen papa?'

'Hij begrijpt me niet. Hij is gewoon vergeten hoe het is om jong te zijn. Hij hakt de hele tijd op me in.'

'Maar dat wil je toch ook!'

'Ik wil alleen mijn mening geven en dat jullie erover

nadenken. Zeg nou zelf, je kan toch niet verliefd zijn op een varken, zoals jij, en tegelijk een vette varkenslap eten.'

'Varkentje!' Ik floot tussen mijn tanden, maar de lucht hing zo stil die dag dat je het gevoel had dat er geen geluidje verder gedragen kon worden. 'Shit, zo ver kan hij toch helemaal niet gekomen zijn!'

Opeens bleef Roos staan. 'Daar!' fluisterde ze, en ze maakte een onopvallende, piepkleine beweging met haar hoofd richting horizon, die al veel dichterbij gekomen was.

Daar, op de grens tussen hemel en aarde, stond een boom en onder die boom een donkere figuur. Een jongen in een lange, zwarte leren jas.

'Dante, dat moet Dante zijn!' fluisterde Roos, en ze liep door, recht op hem af.

Ik vond die figuur eng en aarzelde, maar ik wilde Varkentje terug en misschien had hij hem wel gezien. Bovendien had ik een blind vertrouwen in mijn zus en was ik ervan overtuigd dat ze wist wat ze deed. Toen.

Voor de voeten van die vreemde jongen, die er net zo roerloos bij stond als de boom naast hem, lag iets. Een hoopje. Roze. Vier pootjes. Een varken.

'Varkentje!' gilde ik, want ik dacht dat hij dood was, maar hij sprong op en kwam piepend op me afgerend. Ik hurkte en gaf hem een zoen op zijn stopcontactsnuit, terwijl Roos en Dante elkaar strak aankeken.

'Ben je terug?' zei Roos.

Dante knikte. Hij had zwart geverfd haar, zoals alles aan hem zwart was, alleen zijn huid was bleek, doorzichtig bijna. Hij had zijn handen in zijn jaszakken en zijn ogen waren zo fel blauw dat ze wel nep leken, vooral ook omdat hij niet knipperde. 'Je ziet het.'

Hij had een diepe stem, en de warmte ervan stond in schril contrast met die ogen waar Roos in keek, wat ik nooit gekund zou hebben, nooit. Hij had een scheef hoofd, zijn hele gezicht leek op de een of andere manier verschoven.

Ik trok aan haar T-shirt, wilde daar weg, en er kwam zowaar beweging in de grote Roos. 'Laat ons varken met rust.'

Dantes volle lippen trilden, alsof hij wilde grijnzen maar zich toch weer bedacht. Roos sloeg een arm om me heen, we draaiden ons om en liepen weg, Varkentje voorop.

'Is dat die Dante van Wrakken Paultje? Die in de gevangenis zat?' vroeg ik toen we ver genoeg weg waren. Ik kon me hem nog maar vaag herinneren.

Roos knikte. 'In zo'n tehuis voor ontspoorde jongeren, geloof ik. Weet je dat niet meer? Op de basisschool sloeg hij altijd al iedereen in elkaar.'

Vaag, maar ik was hem vergeten. Natuurlijk wist iedereen dat Paul een zoon had die nogal opviel en daarom altijd op een of andere bijzondere school zat en zo. Maar ik had nooit echt iets met hem te maken gehad, niet zo dat ik me hem herinnerde.

'Was hij altijd al zo zwart?'

Roos schudde peinzend haar hoofd. 'Niet qua kleren, maar zwart, ja.'

'En waar is zijn moeder?'

'Gestorven bij zijn geboorte.'

'Wat zielig voor hem!'

'Je kunt beter bij hem uit de buurt blijven.' Roos bleef staan en draaide zich nog een keer om, dus keek ik ook voorzichtig over mijn schouder. Hij stond er nog steeds en verroerde zich niet. Hij zwaaide niet en ging niet weg.

'Ha, daar zijn jullie eindelijk!' riep oma uitbundig, alsof ze al honderd jaar op ons wachtte en ons in geen duizend jaar gezien had. 'En Varkentje is ook weer terug. Ga zitten, wij zijn al begonnen.'

De drukte rond onze barbecue was een verademing, Varkentje week niet meer van mijn zijde en we lieten ons tussen de volwassenen in nemen en deden ons tegoed aan oma's salades. Om de een of andere reden had ik geen trek meer in vlees.

'Van de zomer moeten jullie allemaal naar de wijngaard komen,' zei oma met volle mond, 'want dan is het groot feest. Wie weet er waarom?' Ze keek de kring rond en veegde het vet uit haar mondhoek.

Mama lachte, schudde haar hoofd en legde een hand op papa's been. 'De gouden bruiloft!'

'Bingo!'

Opa slaakte een zucht. 'Vijftig jaar. Kun je het je voorstellen?'

'Nee!' zei Roos meteen en papa stond op om het vlees om te keren. Mama's hand viel slap naar beneden.

'En? Wat zijn jullie van plan, Frans?'

'Och, nog een keer al onze dierbaren om ons heen verzamelen,' antwoordde oma. 'Ik bedoel, vijftig jaar, zie dat maar eens voor elkaar te krijgen.'

Papa kwam met het gare vlees en verdeelde het over de borden. 'Jij zou iets op je gitaar kunnen spelen, Roosje! Bijvoorbeeld... bijvoorbeeld...?' Eindelijk schoot de passende schlager hem te binnen, en wij kregen alvast een voorproefje, met de druipende vleestang bij wijze van gitaar. 'Marmer, steen en staal vergaan, onze liefde blij-hijft bestaan!' Hij haalde diep adem. 'Alles, alles gaat voorbij, maar niet jouw trouw aan mij!'

Roos trok haar wenkbrauwen op, maar mama antwoordde in haar plaats, omdat ze maar al te goed wist dat Roos waarschijnlijk met iets kwetsends zou komen.

'We bepalen zelf wel of we iets spelen, hè Roos?'

Papa grijnsde en kon het niet laten oma een klein steekje onder water te geven. 'Valt dat even tegen, schoonmoeder!'

Oma lachte hard en sproeide vleesresten in het rond. Varkentje knorde. Ik gaf hem een stukje brood om hem te kalmeren en papa sloeg van achteren zijn armen om me heen.

'Word jij nu ook al vegetariër, Leentje?' fluisterde hij in mijn oor.

Ik legde mijn hoofd tegen zijn warme buik, die de laatste tijd een beetje naar voren gegroeid was. Mij kon het niet schelen – was er tenminste nog iemand bij wie iets naar voren groeide. 'Nee, alleen vandaag.'

Papa klopte zacht op mijn schouders en liet zich weer in zijn stoel zakken.

'Nu kan ik toch eigenlijk best weg?' stelde Roos voor.

Oma keek haar stralend aan. 'Roosje, we zien elkaar toch al zo weinig. Kom, ga je gitaar halen en zing iets voor ons. Je kunt zo mooi zingen.'

Roos kreeg een donkere blik in haar ogen. Ze sloeg haar armen over elkaar en schudde haar hoofd. 'Ik heb keelontsteking.'

Mama keek haar ernstig aan. 'Echt? Dan kan ik maar beter meteen de speciale thee voor je zetten, schat.'

De speciale thee was het smerigste brouwsel ter wereld. We kregen het altijd als we ziek waren, maakte niet uit wat we hadden, en deden daarom heel erg ons best om niet ziek te worden, of, als we het toch waren, om het geheim te houden. Roos' ogen schoten vuur mama's kant op.

'Eén liedje, Roos, denk je dat je dat kunt opbrengen?' Papa kende geen genade. 'Leene, haal jij die gitaar even?'

Ik keek naar Roos. Wilde haar niet afvallen, ik niet. Ze snoof en knikte kort. 'Voor mijn part.'

Dus rende ik naar binnen, want ik vond het heerlijk als Roos zong. Dan klonk haar stem opeens niet meer zoals anders, maar zacht en als de regen, helder als druppels die op een tentdak tikken, krachtig als de hele Roos. 'Pas even op Varkentje.'

Toen ik met de gitaar voorzichtig de trap af liep, hoorde ik papa's mobiele telefoon gaan. Hij zoemde space-achtig, als de deur van een ruimteschip die met een afstandsbediening geopend wordt, en zat in zijn jas, die zoals altijd keurig aan de kapstok hing. Ik stak mijn vrije hand in de jaszak en viste de telefoon eruit. Er hing een verkreukeld, zelfklevend geel papiertje aan en ik zette de gitaar neer om het eraf te halen. Waarom? In een reflex. Papiertjes horen gewoon niet aan telefoons te plakken.

Liefde is… als hij haar niet vergeet, stond er in rode letters op. Ernaast een hartje. En het was niet het handschrift van mijn moeder.

2

Mijn vader is astrogeoloog. Doctor Daniël Dunker, geleerde in hart en nieren. Sinds mensenheugenis en altijd en eeuwig onderzoekt hij hemellichamen. Waaruit ze bestaan, hoe ze ontstaan zijn en waarom. Altijd analytisch, rationeel en nooit de feiten verdraaiend.

Zo iemand heeft geen verhouding. Mijn vader houdt van mijn moeder. En hij houdt van zijn gezin. Zo'n liefhebbend iemand heeft ook geen verhouding. Iemand die met beide benen op deze planeet staat, door en door realist, zo iemand maakt niet kapot wat hij liefheeft en nodig heeft. Toch? Wel was het zo dat precies diezelfde man ook van schlagers hield en niet van klassieke muziek, zoals alle andere hoogopgeleiden, en te pas en te onpas gênante teksten citeerde, zonder te merken dat deze voorliefde afbreuk deed aan zijn persoonlijkheid en gezag.

Ik stond in de hal. In mijn ene hand een boos trillende telefoon, waarmee je eigenlijk deuren van ruimteschepen open kon maken, in de andere een briefje dat wazig werd voor mijn ogen en dat ik telkens door hard met mijn ogen te knipperen scherp moest zien te krijgen. *Liefde is... als hij haar niet vergeet!*

Niet alleen was het niet het handschrift van mijn moeder, maar het was al helemaal niet haar stijl. Mijn moeder zou nooit een hartje tekenen. De drievoudig vertakte bloemstengel van een orchidee misschien, maar geen hartje. Mijn vader had een briefje in zijn zak dat hem aan iemand moest herinneren, iemand die hem voor zich opeiste, van hem hield, hem wilde, geen idee.

'Ik dacht al dat ik iets hoorde. Leentje, waarom neem je niet op?' Doctor Daniël Dunker nam de telefoon uit mijn ene hand, terwijl ik de andere met het briefje erin in een reflex in mijn broekzak stak. Bewijsstuk weggemoffeld.

'Nee... dat meen je niet... echt waar? Hebben jullie dat genoteerd, Greta?'

Greta. Papa's nieuwe medewerkster, ook astrogeoloog maar nog niet zo oud en ervaren, daarom had ze nog geen recht op een eigen bureau. Ze verzamelde informatie voor hem en ging mee naar de universiteit als hij college moest geven, bediende de laptop en projecteerde foto's en films op de oude, vieze muur van de zaal, waarop de planeten er nog hobbeliger en fletser uitzagen dan normaal. Ontelbare studenten zouden later op de mensheid losgelaten worden en die mensheid confronteren met een volkomen verkeerde oppervlaktestructuur der planeten. Vrouwelijke studenten. Allemaal verliefd op doctor Daniël Dunker, met zijn scheve grijns en al die slimme gedachten in zijn hoofd. Wat een geweldige man moet dat zijn, een man voor wie de horizon zo veel verder weg ligt, die niet alleen naar de kleine aarde en zijn eigen plaats daarop kijkt, maar naar het grote geheel, het onbekende...

'Nee... nee, dat kan wel tot morgen wachten, lijkt me. Hé, ik heb de hele familie hier...' Papa aaide me over mijn hoofd en blies daarmee leven in mijn versteende lichaam.

'Hé Leentje, je bent helemaal bleek!' Oma zag het niet alleen onmiddellijk, ze moest het ook meteen hardop zeggen, zoals gewoonlijk. Roos zat met haar hoofd in haar handen naar de grond te kijken, zodat haar zwarte haar als een gordijn naar voren viel. Opa zat naast mijn moeder, hij had zijn arm vaderlijk om zijn dochter geslagen en zij glimlachte ontspannen, zonder ook maar een flauw idee.

'Leene?' Roos gooide haar haar naar achteren alsof het lang was en keek me met opgetrokken wenkbrauwen aan. 'Je bent de gitaar vergeten.'

Papa verscheen achter me en stak het instrument in de lucht. 'Moet je horen, er is een meteoriet naar beneden gekomen. Totaal onverwacht!'

Precies. Zo was het. Een gloeiende vuurbal was mijn kleine atmosfeer binnengedrongen en had zich precies in het stukje aarde onder mijn voeten geboord. De meteoriet die 'Mijn vader bedriegt mijn moeder' heette, of 'Opgepast, vanaf nu raakt u in een vrije val' of gewoon 'Vernieler!' Ik hoorde Roos niet meer zingen. Ik stak mijn voeten onder Varkentjes warme lijf en zocht. Zocht alle volgende dagen. Naar verklaringen bijvoorbeeld, die me gerust konden stellen.

– Het briefje is per ongeluk aan papa's telefoon blijven hangen toen hij hem bij een studente op tafel legde die het eigenlijk geschreven had voor Klaas-Jan, haar buurman.

– Het briefje was wel voor papa bedoeld, maar het ging om een geheime code die 'uitzonderlijke meteorietendichtheid' betekent.

– Het briefje was voor papa en de inhoud was echt zo bedoeld, maar het kwam van een geheime aanbidster die hij niet eens kende.

Die verklaringen konden me niet geruststellen. Ik zocht naar aanwijzingen en begon mijn vader heel anders te bekijken en te observeren.

We komen altijd stipt om zeven uur bij elkaar voor het avondeten. Dat is een keiharde regel die we geen van allen ooit overtreden.

'Als we allemaal de hele dag van hot naar her rennen, moeten we elkaar op z'n minst onder het avondeten spreken!' had mama bepaald, en daar hebben we ons altijd aan gehouden.

Meestal kwam papa zelfs vroeger thuis om te koken, vooral omdat mijn moeder daar niet zo heel erg goed in was. Dan stond hij in de keuken met zijn lange kookschort met de volle maan erop, die mama voor hem genaaid had. De maan was van echt zilverstof. Hij was het teken van hun liefde.

Heel veel jaar geleden, toen Roos en ik nog weet ik waar waren, leerden mijn ouders elkaar kennen op een feest. Het was een maanaanbiddingsfeest, wat de geleerde Daniël vrij kinderachtig vond, en de stoffenontwerpster en kunstenares Natascha helemaal te gek. Ze danste met de anderen op het dak van een flat op sfeervolle muziek, haar jurk was een klein beetje doorzichtig, wat ze in die tijd nog makkelijk kon hebben en wat de sceptische Daniël, die tegen de bar geleund stond en zijn ogen niet van haar af kon houden, behoorlijk van zijn à propos bracht. Hij had nog nooit zo'n bijzondere vrouw gezien, en het verbaasde hem vooral dat het grove grind op het dak haar kleine, blote voetjes kennelijk niet deerde. Later keek hij met haar naar de maan en probeerde hij haar romantische ideeën over deze zilveren bol met wetenschappelijk onderbouwde feiten te ontzenuwen.

Waarschijnlijk wilde hij eigenlijk alleen maar opscheppen, want behalve zijn kennis, zijn touwhaar en zijn scheve grijns had hij niets te bieden, maar dat was niet nodig geweest: Natascha vond hem reuze interessant, want meteen die eerste avond had ze door hoeveel meer rechttoe, rechtaan hij was dan zij, en hij leek precies de juiste persoon om haar kronkelige levenspad te effenen.

Aan het eind kusten ze elkaar en geloofde Daniël opeens ook in de kracht van de maan.

Een paar dagen nadat ik het briefje gevonden had, kwam papa 's avonds niet koken. Mama probeerde hem te bereiken, kreeg alleen de voicemail, pakte het vollemaanschort en besloot spiegelei met gebakken aardappelen te maken. 'Daar kan niets aan mislukken.'

Ik schilde de aardappelen, keek om de haverklap op de keukenklok en had het gevoel dat de tijd bij het verstrijken geluid maakte. Een vervelend geluid. 'Heeft hij niets gezegd? Hij zal toch wel iets gezegd hebben, dit doet hij anders nooit!'

'Leentje, er zal iets tussengekomen zijn. Je weet toch hoe het gaat daar op dat instituut sinds die meteoriet ergens ingeslagen is en ze hem niet kunnen vinden.'

Die meteoriet. Ja.

Om zeven uur was het eten klaar. De aardappels waren papperig en de dooiers waren niet heel gebleven, de ui was aangebrand. Mama leek het niet op te merken en kwebbelde over van alles en nog wat. Ze maakte zich geen zorgen, haar vertrouwen was grenzeloos. Ze zou nooit op het idee gekomen zijn dat haar Daniël misschien een ander had en onder het zoenen de tijd vergeten was.

'Nou, als papa en ik onze gouden bruiloft vieren, doen

we het heel anders. Dat moet een maanfeest worden, vinden jullie ook niet? Schlagertekst... wacht... "Kleine zaklamp schijn, schrijf aan de hemel: ik hou van jou...!"' Mama dacht na omdat ze niet wist hoe het verderging, maar toen schoot het haar toch nog te binnen. '"...dan weet ik het zeker, geen macht kan ons nog scheiden..." Of zoiets.' Ze wiegde heen en weer en neuriede 'humhumhum' en was helemaal vervuld van het idee dat ze op een dag vijftig jaar met mijn vader getrouwd zou zijn. Hallo!

'Waarom mag papa gewoon niet komen eten en krijg ik elke keer giga op mijn kop als ik het alleen maar probeer?' mopperde Roos, terwijl ze maar wat in haar eten zat te roeren.

'Hij zal er wel een reden voor hebben en die krijgen we straks te horen.'

Daar was ik niet zo zeker van. De lichte misselijkheid waar ik al dagen last van had werd erger – *liefde is... als hij haar niet vergeet!* – en nog erger toen papa binnenkwam.

'O jee, sorry, dit is echt onvergeeflijk, ik ben helemaal de tijd vergeten!' Zijn touwhaar stond alle kanten op, zijn wangen bloosden, hij gaf mama een kus op haar voorhoofd en kwam aan tafel zitten. 'Wat eten we voor lekkers?'

Roos schoof haar bord naar hem toe. 'Gebakken aardappelpuree met zwarte ui en eiprut.'

'Heerlijk!' Papa grijnsde scheef en zijn enthousiasme was overdreven en niet normaal. Hij haatte alle soorten prut.

'Wat was er voor belangrijks aan de hand?' informeerde mama. 'Wees zo goed de strenge doch rechtvaardige rechtbank de reden van uw late komst mede te delen!'

Papa haalde zijn schouders op en lepelde zijn eten naar

binnen. 'Ach, we hadden het over die geheimzinnige meteoriet.'

'Zie je nou!' zei mama met een stralende blik op ons, 'dat zei ik toch!'

Hoe kon ze genoegen nemen met zo'n smoes? Wat er in het verleden ook uit de lucht was komen vallen, papa was altijd op tijd thuis geweest. Hij legde zijn hand op haar arm, dankbaar voor haar lichtgelovigheid, en toen zag ik dat hij zijn trouwring niet om had – en die droeg hij altijd, zonder uitzondering. Mijn maag kwam in opstand.

'Even naar de wc!' piepte ik, en ik rende de keuken uit.

– Hij heeft hem niet om, omdat hij hem voor het handenwassen afgedaan heeft en op de wc in het instituut heeft laten liggen.

– Hij heeft hem niet om, omdat hij er bij het nemen van steenmonsters geen krassen op wilde krijgen.

Hij heeft hem niet om!

Toen ik weer aan tafel kwam hadden ze het over de gouden bruiloft van oma en opa.

'Natuurlijk moeten we iets doen. Dat verwachten ze, we hebben altijd iets gedaan.'

'Ik ga echt geen gitaar spelen, dat kunnen jullie mooi vergeten!'

Er werd aan de deur gekrabbeld. Varkentje. Eigenlijk woonde hij bij de andere dieren in het tankstation, maar zoals gezegd: de kippen vond hij saai en hij moest bij mij in de buurt zijn. Ik liet hem binnen en hield het laatste beetje aardappelellende voor zijn neus. 'Eerst een pootje!'

Varkentje gaf me meteen zijn voorpootje en kreeg zijn eten.

Papa was opgetogen. 'Fenomenaal, wanneer heb je hem dat geleerd?'

Ik staarde naar zijn ringloze hand. Waarom zagen de anderen dat niet? Waarom zag mama niet dat hij het symbool van hun saamhorigheid en eeuwige trouw niet meer om had?

'Varkensdressuur... perfect... ik piano, Roos gitaar en... de varkentjesdans! Leentje? Leeeene!'

Ik had niet geluisterd, kon me niet concentreren. Niet op gouden bruiloften.

'Wat is er met jou aan de hand?' Papa legde vaderlijk een arm om me heen en ik kon er niet tegen. Zijn arm was zwaar als lood en hard als staal. Ik wurmde me eronder vandaan en stond op.

'Ik voel me niet zo lekker, ik ga naar bed.'

Ze keken me allemaal verbaasd na, Varkentje knorde een keer en kwam achter me aan. Ik deed de deur dicht en wist dat ik me in bed niet beter zou voelen, dat ik tijd nodig had voor mezelf en mijn gedachten. Tijd die te vinden was onder het dak van de garage, tussen de kussens op de smeerbrug. Daarom ging ik niet rechts de trap op, maar links de deur uit naar de garage. De maan was bijna vol en hij keek vandaag haast spottend, alsof hij zeggen wilde: 'Jullie kunnen me als symbool voor van alles en nog wat gebruiken, uiteindelijk helpt het geen steek. Hier sta ik al die jaren voor de liefde tussen je ouders, en nu? Nu lach ik ze uit!'

Varkentje was helemaal niet verbaasd, die liep gewoon met me mee. Wat fijn! Varkentje stelde geen vragen, hij was er gewoon omdat hij niet alleen kon zijn. Zo was je zelf ook niet alleen, zelfs niet als je dat nodig had. Zachtjes duwde ik het rolluik omhoog. 'Ik ga onder het dak zitten. Ik weet niet of jij daar wel zin in hebt?'

De harde stoppels tussen zijn oren prikten in je vingers als je hem aaide. Het kleine varkentje sprong op de smeerbrug, ging zitten en keek me met zijn donkere, wimperloze ogen afwachtend aan. We gingen omhoog en ik moest nog lachen ook, omdat Varkentje zijn stopcontact zo grappig optrok als hij iets niet helemaal vertrouwde.

Boven ging ik op mijn buik op de zachte kussens liggen, keek naar het zilveren erf en probeerde mijn gedachten op een rijtje te krijgen. Mijn vader had een zelfklevend liefdesbriefje in zijn jaszak, geel, ik haat geel. Niet erg origineel, niet echt grappig, maar wel een liefdesbriefje.

Hij was te laat gekomen voor het eten. Een doodzonde, strikt verboden. Een tot nu toe nooit overtreden regel het raam uit gegooid, en nog zonder goede reden ook. En zijn trouwring zat niet om zijn vinger. Hij was zestien jaar met mijn moeder getrouwd en ik had hem nooit zonder zijn ring gezien.

Feiten, en daarom zo duidelijk als wat: mijn vader had een verhouding met een andere vrouw. Of niet? Nee, misschien niet. Misschien waren er andere redenen, verklaringen die niet bij me opkwamen omdat ik meteen het ergste dacht. Waarom zou papa zoiets doen? Hij had ons toch!

Varkentje lag zachtjes te snurken. Óf hij vond het fijn onder het dak van de garage, óf hij vond het eng. Twee redenen voor mijn varken om in slaap te vallen.

De voordeur ging open en grote Roos kwam over het erf mijn kant op. Omdat de maan haar van achteren bescheen, was het net alsof ze een aura had en leek haar haar nog zwarter.

'Hé Leene!' Daar stond ze, met haar handen diep in haar zakken.

'Wachtwoord?'

Zonder wachtwoord lieten wij de smeerbrug niet omlaag, laat staan dat we iemand mee naar boven namen.

'Groroklele!'

Grote Roos, kleene Leene.

Terwijl de smeerbrug langzaam omlaag zakte om Roos op te halen, nam ik me heilig voor niets tegen haar te zeggen. Het was helemaal niet zeker. Het mocht niet hardop gezegd worden. Vaak worden dingen waar, alleen doordat je ze denkt of zegt. Niet doen dus. Ik wilde niet dat mijn vader van een andere vrouw dan mijn moeder hield. Ik wilde dat ik het allemaal niet gemerkt of gezien had. En op dat moment dacht ik nog dat ik het ongedaan kon maken.

'Wat is er met je?' Roos kwam op haar rug naast me liggen en stelde de te verwachten vraag.

'Ik ben gewoon niet zo lekker. Verder niets.'

'Je liegt.'

'Nietes!'

'Welles!'

'Nie-hiet!'

'We-hel!'

'Ik denk dat ik misschien ook geen vlees meer wil eten. Elke keer als ik in Varkentjes ogen kijk.'

'Een verstandige gedachte. Wat is er met je?'

Opgeven is niet echt Roos' sterkste punt, maar voor het eerst wilde ik me niet door haar klein laten krijgen.

'Denk jij dat ik nog ga groeien?'

Roos rolde met haar ogen. Dat liedje kende ze nu wel.

'Lig je daar nou echt alweer over te piekeren? We kunnen je altijd en eeuwig hetzelfde vertellen, je hoort het gewoon niet, hè?'

'Maar het zou toch verschrikkelijk zijn als ik een dwerg bleek te zijn?'

Roos schudde haar hoofd. 'Je groeit heus nog wel. En zo niet, dan kun je je altijd nog suf piekeren. Het heeft geen nut om de hele tijd over iets na te denken wat je helemaal niet zeker weet.'

Ze had gelijk. Er waren tekenen van een verandering bij mijn vader. Maar die konden heel makkelijk te verklaren zijn en ik haalde me hier allerlei onzin in mijn hoofd. Angst voor iets wat ik niet zeker wist.

Roos grijnsde en tikte tegen mijn voorhoofd. 'Hou nu maar weer op met niet lekker zijn! Kippetje!'

3

De volgende avond was het me gelukt om het varken te leren zijn staart op commando af te rollen en weer op te krullen. Natuurlijk had Roos me niet tot in het diepst van mijn binnenste gerust weten te stellen, dus toen papa weliswaar op tijd was voor het eten, maar nog steeds zijn trouwring niet om had (wat net als de vorige keer alleen mij opviel), kwam mijn maag weer in opstand. Voor de anderen leek de wereld net als anders. Ze gingen hun gewone gangetje en verwachtten dat, zonder het te weten, ook van mij.

Mama was bezig met de bonte was en een geheel nieuwe vouwtechniek voor broeken, vóór aflevering 587 van haar lievelingsserie zou beginnen, Roos zorgde voor de andere dieren buiten Varkentje en papa zat in zijn domein te werken of te studeren of te lezen of wat dan ook. Ik was dol op zijn kamer, al het donkere hout, de antieke of semi-antieke meubels van zijn grootouders. Met gouden handgrepen, inlegwerk en heel veel glans. Overal tikkende en slaande klokken en een enorm bureau, ongeveer zo groot als dat van de president van Amerika, met een computer, een ouderwetse in het bureaublad verzonken leren onderlegger en een vloeipapierhouder voor de handtekening van doctor Dunker, naast een bewerkt houten doosje voor visitekaartjes. Verder kasten met eindeloos veel boeken en daartussen papa op zijn donkere bureaustoel, waarmee hij makkelijk naar achteren kon wippen, wat hij ook voortdurend deed omdat het hem ontspande.

Ik stond voor de dichte deur en staarde ernaar, bedacht dat ik best gewoon naar binnen kon gaan om hem te vragen de twijfel de wereld uit te helpen. Maar stel dat hij het toegaf? Stel dat ik gelijk kreeg?

'Wat doe je daar?' Roos was stilletjes achter me opgedoken. 'Durf je niet naar binnen?' Ze grijnsde omdat ze dacht dat ze een grap gemaakt had, en als ik wilde voorkomen dat ze me doorzag en de waarheid uit me kietelde, moest ik een list verzinnen.

'Jawel hoor. Is het jou wel eens opgevallen hoe oud deze deur is?' Roos trok haar wenkbrauwen op en ik ging de kamer van mijn vader binnen. Snel klikte hij iets weg op de computer.

'Stoor ik?'

Hij stak zijn arm uit en trok me op zijn schoot, zoals hij nog maar zelden deed en sinds het briefje eigenlijk helemaal niet meer, tot nu. 'Welnee, jij stoort nooit! Wat zullen we doen? Tabellen analyseren? Beelden uit het heelal bestuderen, het mannetje van de maan toezingen? Weet je dat het volle maan is vandaag?'

Ik knikte. 'Eigenlijk moet je dan iets met mama doen, toch?'

Papa maakte een wegwerpgebaar. 'Zal ik de was voor haar gaan ophangen?'

Zonder nog lang na te denken ging ik tot de aanval over. 'In elk geval moet je bij volle maan je trouwring om hebben, want het is de dag van de liefde, of niet soms?'

Papa vertrok geen spier, schrok niet, voelde zich niet betrapt.

'Daar heb je gelijk in, maar hij zit de laatste tijd zo strak.' Hij voelde in zijn broekzak, pakte de smalle, maanzilveren ring die mama hem zestien jaar geleden om had gedaan en liet zien dat hij bijna niet meer om zijn vinger paste.

Kijk. Een heel simpele verklaring. Ik grijnsde naar hem, stortte me op de computer, begon in het wilde weg te klikken en probeerde de pagina die hij net zo haastig weg geklikt had te openen. Daar werd hij zenuwachtig van. 'Wat doe je nou, Leene, niet doen!' Hij pakte me de muis af en klikte op *Maanfasetabel.*

Ik draaide me zo onschuldig mogelijk naar hem om en keek hem recht aan. 'Heb je geheimen?'

Mijn vader sloeg zijn ogen ten hemel. 'Een klein geheimpje, oké?'

'Mag ik het weten?'

'Nee.'

'Alsjeblieft, anders kan ik niet slapen!'

Papa zuchtte. 'Nou goed dan!'

Mijn hart barstte bijna uit elkaar, mijn maag stond op het punt zich om te draaien en er schoot van alles en nog wat door mijn hoofd.

Hij klikte de verboden pagina open. Het was de site van een elektronicawinkel. 'Het had een verrassing moeten zijn. Ik heb een webcam voor je besteld.' Hij grijnsde scheef. 'Dan kun je Johnny voortaan ook zien als je met hem chat!'

Hart, maag en hoofd werden stil.

Hij had geen hartstochtelijke liefdesbrieven zitten uitwisselen met zijn vriendin. Nee. Hij had alleen aan mij gedacht. Aan mij en Johnny, die een paar maanden geleden verhuisd was, mijn beste vriend.

We kenden elkaar al sinds de kleuterschool, waren twee

handen op één buik. Hij was klein en bleek en voor anderen een ideaal pestslachtoffer. Maar hij had mij en ik heb hem altijd beschermd. De ene dwerg de andere.

'Leene, jij bent mijn redding!' zei hij altijd, maar toen kreeg zijn moeder een nieuwe baan, ver weg, nam haar zoon mee en vertrok. Ik wist niet wie hem nu redde, of dat hij misschien niet meer gered hoefde te worden, waar hij nu woonde. We belden elkaar af en toe en ik miste hem vreselijk.

Ik viel mijn vader om zijn hals. En niet alleen omdat ik nu een webcam had. Sprong van zijn schoot en viste het gele briefje uit mijn broekzak. Nu moest hij dit ook nog uitleggen. Zodat alles weer werd zoals vroeger. Ik legde het op zijn bureau. *Liefde is... als hij haar niet vergeet!*

'Wat is dat?'

'Heb ik gevonden.'

'Van Johnny?'

Hij had geen idee. Het briefje zei hem niets. Ik haalde mijn schouders op.

'Nou, wie het je ook geschreven heeft: hij vindt je leuk!' Papa knipoogde naar me. 'Je zou er een mooie schlager van kunnen maken. Liehiefde iiis, als hij haar noooit vergeeheet!'

Ik was dolblij, en toen de volgende dag het pakje van de elektronicawinkel op tafel lag, rende ik er meteen mee naar papa's kamer, installeerde de camera en belde Johnny. 'Hé, zit je toevallig achter de computer?'

Klinkbing, daar verscheen hij in beeld. Haarscherp. Klein, net als ik, en nog even bleek.

'Leene, vet, waar heb je die webcam vandaan?' Zijn mond bewoog voordat de woorden bij mij aankwamen, en alles wat ik zei echode een beetje, maar het was beter dan niets, veel beter.

'Van papa. Ik dacht dat hij een vriendin had en dat hij haar liefdesmails schreef, maar hij had alleen maar dit ding besteld.'

Johnny lachte en ik kon zelfs zijn afgebroken voortand zien. Op zijn gezicht gegaan, omdat iemand hem liet struikelen. Daar heeft hij voor geboet, die iemand!

'Je vader met een vriendin? Leuk idee.'

'Hoe gaat het met jou? Zijn ze oké daar?'

Johnny haalde zijn schouders op. 'Ach, ik moet nu gewoon voor mezelf zorgen. Je haar is langer geworden.'

Ik haalde verlegen een hand door mijn touwhaar. 'Ik dacht, als het maar lang genoeg wordt, valt het vanzelf een keer naar beneden en ziet het er net zo uit als lang haar bij echte meisjes. Maar het lukt niet.'

'Niet echt. Waarom heeft je vader een vriendin?'

'Heeft hij niet. Ik ben gewoon dom!'

'Je hebt in elk geval een boel fantasie! Ga je hem vandaag weer ophalen? Het is toch dinsdag?'

Dat wist Johnny nog niet. Toen hij hier nog woonde moest ik op dinsdag altijd naar de logopedist in de stad, omdat meneer Burkhardt van school vond dat er iets aan mijn slissen gedaan moest worden. Daarna haalde ik papa van het instituut en gingen we samen naar huis. Na eerst nog een snel ijsje. Maar ik sliste niet meer. Ik hoefde op dinsdag niet meer naar de stad.

'Nee, ik praat nu heel normaal, hoor maar: sss... slakken snakken naar slappe sla!'

Johnny knipoogde naar me. 'Jammer!'

Ik keek op de klok. Er was nog tijd genoeg. Als ik nu

de bus nam, kon ik papa makkelijk voor het instituut opvangen. Een ijsje eten. Verrassing. 'Weet je wat, Johnnyponny, dat doe ik. Ik ga hem ophalen!'

'Zien we elkaar gauw weer?'

'Gauw, gauwer, gauwst!'

De bus stopte precies aan de overkant. Het ruimte-instituut was blauw. Daar had vast iemand over nagedacht. Blauw zoals Moeder Aarde als je haar van boven af bekijkt, het enige spikkeltje kleur in het zwarte, donkere heelal. Net zo stond het instituut tussen grijze, afgebladderde gebouwen, strak in de verf, stralend en gezond. Ik was opgewonden, omdat ik me erop verheugde hoe blij papa zou zijn. In mijn broekzak rinkelde het geld waarmee ik hem op ijs zou trakteren. Ik hem!

Zes uur. Zo meteen zou hij naar buiten komen, met zijn haar in de war omdat hij er zo veel door had zitten woelen, zijn lange regenjas kreukloos en schoon omdat hij hem zoals altijd op een kleerhanger had gehangen, zijn buik ontspannen naar voren omdat hij dacht dat niemand hem zag. Omdat hij niet wist dat zijn kleene Leene aan de overkant in een bushokje op hem zat te wachten.

De grote glazen draaideur kwam in beweging, ik tuurde maar omdat hij zo spiegelde, kon ik niet zien wie hem vanbinnen in beweging zette. Het was mijn vader. En een vrouw. Lang en slank. Serieus grijs mantelpak, strak om haar lichaam, pumps. Bruine krullen. Ze lachten ergens om. Ik wilde al zwaaien, maar iets weerhield me ervan; zo'n gevoel waarvan je eerst niet weet waar het vandaan komt, maar later wel, als je beseft dat je eerder al wist wat je later te zien zou krijgen.

Mijn vader hield het portier van onze auto voor haar open en ze stapte elegant in, zonder ook maar een seconde op te houden met veelbelovend naar hem glimlachen. Toen het portier achter mijn vader dichtging stond ik op. Nu moest ik me echt laten zien, anders was ik voor niets gekomen. Maar de motor startte niet. Ik keek wat beter. Kwam een beetje dichterbij. Nog wat dichterbij.

Mijn vader zat de vrouw te kussen.

4

Soms trokken we rond het stadje, langs de rand waarop ons tankstation in het wilde weg neergepoot leek. Grote Roos en haar vrienden en ik. Ja, soms was ik er ook bij. Meestal eigenlijk, sinds Johnny weg was. Dan zat ik achterstevoren op de bagagedrager van Roos' fiets en meldde wat achter ons te zien was, terwijl de rest voor zich keek.

De vrienden van Roos heetten Lisa en Hans en Elena enzovoort, maar ik had ze allemaal een heel eigen naam gegeven. Lisa heette Leenegraag, omdat ze me altijd Kleene noemde en ik telkens 'Leene, graag!' moest zeggen. Ik weet nog steeds niet waarom ze altijd zo boos op me was. Misschien zou ze graag net zo geweest zijn als mijn zus, de gangmaakster met het dikke zwarte haar, maar met haar dunne blonde slierten, die er altijd een beetje vettig uitzagen, kon ze niet aan haar tippen. En omdat ze niet aan haar kon tippen, moest ik het ontgelden. Hans was Vlammetje omdat hij rood haar had en Elena heette Durfniet, niet moeilijk te raden waarom. Ze verstopte zich altijd achter iemand anders en praatte zacht en voorzichtig. Dan had je nog Jut en Jul, dat was een tweeling en ze heetten eigenlijk Eddy en Freddy, en Birte, die ik gewoon achterstevoren Etrib noemde. Ze was van achteren mooier dan van voren. Dat kwam door de pijpenkrulletjes en het ronde achterhoofd op de smalle hals. Als je om het hoekje keek verwachtte je een fijn, regelmatig gezichtje, maar je zag een platgedrukte neus tussen kleine varkensoogjes met hangende oogleden, die veel te dicht bij elkaar stonden, en een mond zonder lippen waarin als ze lachte al het tandvlees bloot kwam te liggen.

We slenterden door de straten, kletsten, aten ijsjes, mopperden op leraren en gingen even zitten op het Ravenplein, waar de fontein stond. Roos had haar gitaar bij zich, en als we genoeg door de stad gewandeld hadden, fietsten we naar de rivier om te zingen of te zwemmen, dat hing er vanaf.

Ook deze dag was alles zoals anders. We liepen de hoek om naar het plein, genoemd naar de zwarte vogels die hier in de bomen overnachtten en eigenlijk kraaien heetten.

'Die Burkhardt is een slavendrijver. Hij doet het gewoon om te pesten, zo veel woordjes kan geen mens onthouden,' klaagde Leenegraag, en daar zag ik Dante. Net zo zwart en eng als de vorige keer. Hij liep flyers uit te delen aan de mensen op het plein. Dat waren er niet veel en hij had weinig keus, dus stopte hij ons er ook een toe. Roos eigenlijk. Zijn priemende ogen bleven alleen op haar rusten. Ze nam het briefje aan en bleef staan. 'Wat staat erop?'

Dante zei niets, Roos kon namelijk zelf wel lezen en dat deed ze ook.

'Speel jij daarin?'

Ik keek nieuwsgierig over haar schouder naar de flyer, de aankondiging van een optreden van een of andere band die de Black Blogs heette.

'Ja.'

Roos vouwde het papiertje op en stak het in haar broekzak.

'Hé Roos, kom nou!' Vlammetje ergerde zich. Persoonlijk was hij van mening dat Roos die zwarte vent iets te lang in de ogen keek. 'Laat hem toch!'

Ook de anderen vonden blijkbaar dat het contact lang genoeg geduurd had en liepen verder. Roos keek Dante aan en stapte op haar fiets.

Hij zei niet: 'Het zou leuk zijn als je kwam.'

Zij zei niet: 'Wie weet, ik zie wel.'

Ze zeiden helemaal niets.

We waren de hoek nog niet om of het gekwek begon.

'Wat is er tussen hem en jou, Roos?'

'Ja inderdaad, er is iets!'

'Zoals hij naar je keek!'

Roos haalde haar schouders op. 'Wat kan ik daar nou aan doen? Trouwens, zo kijkt hij naar iedereen.'

'Ik vind hem eng,' fluisterde Durfniet, en Leenegraag was het met haar eens.

'Hij is toch een eeuwigheid weg geweest?'

'Ja, ergens waar je leert dat je niet mag stelen en geen muren onder mag spuiten en je voeten niet op tafel mag leggen als anderen zitten te eten!' Vlammetje wist altijd meer dan anderen.

Zijn moeder was mevrouw Brandt, de vrouw van de slager die achter de toonbank stond en het vlees van kleine varkentjes verkocht. Ze kende alle verhalen. 'Mijn moeder zegt dat we bij hem uit de buurt moeten blijven. Jij ook, *Rose*!' Hij sprak haar naam op z'n Engels uit, zoals in *England's Rose*, hoewel mijn zus zo goed als niets met Lady Di gemeen had.

'Maar ergens is hij ook wel... cool,' waagde Etrib te zeggen, maar dat had ze beter niet kunnen doen.

'Voel jij je wel helemaal lekker?'

'Cool is iets heel anders, hoor!'

'Die gast is gewoon niet goed bij zijn hoofd.'

We kwamen bij de rivier, lieten de fietsen in het gras vallen en gingen aan de waterkant zitten.

'En wat is er dan wel zo cool aan hem?'

Etrib dacht na. 'Nou, hij is gewoon anders.'

'Misschien wil hij alleen maar graag een vriend,' zei ik zacht, maar ze hadden het allemaal heel goed gehoord.

'Zulke lui hebben geen vrienden nodig, Kleene!'

'Leene, graag!'

Roos tokkelde wat op haar gitaar en Vlammetje sneed een ander onderwerp aan.

'Wie durft er tot aan zijn buik de rivier in?'

Het was begin april en het water was ijskoud.

'Wat krijg ik van je?' brulde Jut, die overal maling aan had; kou, hitte, pijn, schijt.

Ik liet me achterover in het gras vallen en ging bij de muziek van Roos naar de lucht liggen kijken, terwijl de anderen hun spelletje speelden alsof er niets belangrijkers was op de wereld.

Mijn vader zoende met een andere vrouw. Inmiddels was ik erachter dat het Greta was. Ik had het hem onder het eten gewoon gevraagd.

'Hoe ziet ze er eigenlijk uit, die nieuwe collega van je?'

Mijn vader had een wenkbrauw opgetrokken, maar verder niets laten merken. 'Greta?'

Mama lachte. 'Ja Leene, goeie vraag. Is ze knap?'

Papa tuitte nadenkend zijn scheve lippen en bewoog zijn hoofd van links naar rechts. 'Mwah, ze is best knap. Wacht even...' Hij dacht over een schlagertekst na, maar mama was hem voor en zong: 'Hé mooie meid, heb je even de tijd...!'

'Slank?' vroeg Roos en dat was gemeen. Ze wist heel goed dat mama eronder leed dat ze de laatste jaren zo uitgedijd was.

'Normaal,' zei papa met een knipoog naar mama.

'Wacht, wacht, ik wil raden!' riep ik er dwars doorheen, want zo kwam ik er nooit achter of zij het was die mijn vader zo lang had zitten zoenen. 'Bruin, krullerig haar tot op haar schouders?'

Papa keek me aan en glimlachte een beetje te laat.

'Hé, hoe weet jij dat?'

Greta dus! Hoe kon hij met ons aan tafel zitten nadat hij de hele dag met Greta gezoend had? Hoe kon hij ons zo voorliegen? En waarom? Ik deed mijn ogen dicht, zodat de tranen die opwelden er niet zomaar uit konden lopen, want dat zouden ze allemaal meteen zien en dan zouden ze me de ene vraag na de andere stellen, vragen waarop ik geen antwoord wilde geven. Ik had mezelf plechtig beloofd te zwijgen, niemand te vertellen wat ik gezien had. Als ook maar één ander mens het wist, wist de hele wereld het, en daar hoorde mijn moeder ook bij. En als mijn moeder het wist, was het afgelopen.

'Leeeeene, slaap je?' Roos schudde me door elkaar, en toen pas zag ik dat ze allemaal klaarstonden om te vertrekken. 'Kom, het is al bijna zeven uur.'

Jut was nat en had blauwe lippen.

'We kunnen beter niet te laat komen.'

Waarom eigenlijk niet? Papa zoende ook met een ander, hoewel het eigenlijk niet mocht. Ik had er geen zin in. Wilde niet met hem aan één tafel zitten en hem horen praten en vertellen, en zien hoe hij haar kuste en kuste. De anderen namen afscheid van elkaar. 'En niet vergeten. Actie Bontwinkel!'

Roos stond boven aan de weg met haar fiets op me te wachten. Ik deed alsof ik mijn veters nog moest strikken. 'Zullen we bloemen voor mama meenemen? Kijk, daar staan allemaal leeuwenbekjes!'

'Als je niet gauw komt, kijk jij straks in een gigantische leeuwenbek!'

Ik strompelde met veel omhaal omhoog, alsof ik plotseling enorm last had van mijn rug.

'Leene! Wat heb je nu weer!'

Kan ik niet zeggen, dacht ik. Als je dat wist, zou jij ook niet naar huis willen. Dan zouden we op je fiets stappen en voor eens en voor altijd vertrekken. Tot aan de sterren en daar voorbij, haha. Als je dat wist, zou je, net als ik de afgelopen dagen, geen woord uit kunnen brengen, niet echt, niet luisteren, over niets anders meer nadenken.

'Leene, ik zou het bijzonder op prijs stellen als je weer eens zou schitteren door geestelijke aanwezigheid,' had meneer Burkhardt gezegd. 'Als je problemen hebt, kan ik je misschien helpen?'

Kon hij niet. Hij niet en niemand niet.

Ik moest er alsmaar aan denken wat ik kon doen om het te veranderen. Om ervoor te zorgen dat hij haar niet meer kuste. Ik kon het toch niet alleen maar weten, zonder in actie te komen?

'Als je nu niet eindelijk opstapt, zie je maar hoe je thuiskomt!'

We kwamen te laat. Ik had het nog twintig minuten

weten te rekken door Roos te laten zien dat ik net als Jut niet bang was voor koud water, hoewel dat haar geen bal kon schelen.

'Hoi,' zei Roos, we gingen zitten en niemand zei iets.

Papa keek Roos aan. 'En? Waarom zijn jullie te laat? Je weet toch wat de regel is? Om zeven uur eten.'

Roos keek hem met fonkelende ogen aan. 'Er zitten hier mensen aan tafel die nog veel later komen!'

'Niet zo'n grote mond, jij. Dat was maar één keer en ik heb sorry gezegd.'

'Goed. Sorry!'

'En dat is genoeg, denk je?'

'Laat toch, Daniël.' Mama probeerde het dreigende onweer af te wenden, zonder te vermoeden dat daarachter een volwassen orkaan in de startblokken stond.

Maar papa gaf niet toe. 'Roos?'

'Het is mijn schuld,' zei ik snel, want ik wist dat Roos me nooit zou verraden en zelf alle ellende over zich heen zou krijgen. 'Roos zei de hele tijd dat ik moest opschieten, maar ik liep te treuzelen.'

De boosheid op papa's gezicht maakte plaats voor onbegrip. 'En waarom? Jij kent de regels toch ook?'

Roos had van die blosjes op haar wangen die niets goeds voorspelden. 'Het zit zo: als de een de regels overtreedt, proberen de anderen het ook een keer.'

Papa legde zijn bestek neer, want hij wilde niet met een mes in zijn hand naar Roos wijzen.

'Zo, en nu ophouden jullie,' zei mijn moeder voor hij weer iets kon zeggen. 'Ik wil graag rustig eten. De regel is overtreden en vanaf nu geldt hij weer net als eerst. Voor iedereen.' Papa keek haar kwaad aan, maar mama liet zich niet van de wijs brengen. 'Punt uit!' En nadat we een tijdje zwijgend hadden zitten eten: 'Wat vinden jullie ervan om dit weekend naar de rivier te rijden en te gaan kamperen? Dat hebben we al zo lang niet meer gedaan.'

Ze had gelijk, maar dit was misschien niet het beste moment om het voor te stellen. Aan de andere kant zou het iets kunnen veranderen. Papa kon mama opnieuw ontdekken. Of in elk geval aan vroeger denken en last krijgen van zijn geweten.

'Goed idee, doen we!' riep ik enthousiast.

Roos bromde en Varkentje, die aan mijn voeten zat, knorde en bedoelde daarmee: 'Alleen als ik ook mee mag.'

Papa schudde zijn hoofd. 'Het spijt me, ik heb een studieweekend, ergens op de hei. Had ik dat nog niet gezegd?'

'O, wat jammer, Daniël!'

'Ja, helaas. Ik moet zaterdag vroeg weg en ben pas zondagavond terug.'

'Nou ja, dan stellen we het gewoon uit. We hebben de hele zomer nog voor ons.' Mama ruimde de tafel af. 'Ik moet nog even naar de waskeuken.'

Iedereen stond op om zijn eigen dingen te gaan doen, alleen ik bleef als aan mijn stoel geplakt zitten en kon me niet verroeren. Studieweekend! Nog de hele zomer voor ons! Allemaal leugens. Papa ging een weekendje weg met zijn Greta. Hij zou gelukkig zijn en ons vergeten, ons ergens wegstoppen waar we hem geen slecht geweten konden bezorgen. Had hij eigenlijk wel een geweten?

In de deuropening draaide hij zich om. 'Ik ben in mijn werkkamer. Leene? Als je zin hebt?'

Ik had geen zin.

Die avond nam ik Varkentje bij me in bed en leende hij me zijn roze flapoor. Tegen hem kon ik alles zeggen, hij zou het niet doorvertellen. Ik praatte en praatte en Varkentje zuchtte en knorde en smakte, en opeens wist ik dat ik het moest doen. Ik moest naar Greta toe. Ik moest haar aan haar verstand peuteren dat ze alles kapotmaakte en dat ze dan van haar leven nooit meer blij zou worden. Niet op deze puinhopen. Ik maakte mijn plan en toen pas vond ik de slaap, die al een hele tijd vergeefs naar mij op zoek was geweest.

5

In de agenda van mijn vader stuitte ik op een afspraak buiten het instituut, aan het eind van de middag. Ik kon alleen maar hopen dat Greta niet mee hoefde. Daarna ging ik op zoek naar een foto van ons, van ons ongeschonden, gelukkige gezinnetje. Ik rommelde in de rode kist, vond een heleboel leuke, pijnlijke herinneringen, zoals baby Leene op papa's arm of een kussende papa en mama, maar niet één foto waar we met z'n vieren op stonden. Waarom eigenlijk niet?

Goed, dan moest ik er gewoon zelf een knutselen. Ik knipte mijn scheef grijnzende vader uit, mama met haar hoofd schuin omhoog – naast elkaar geplakt leek het alsof ze hem smachtend aankeek – Roos met gitaar en voor de verandering zonder haar voor haar gezicht, en mezelf, grijnzend en met touwhaar dat paste bij dat van het gezinshoofd. Ten slotte nog Varkentje en klaar was het gelukkige gezinnetje. Ik stopte de foto in het lijstje waar normaal oma en opa in zaten en deed dat in mijn rugzak. Toen trok ik mijn zwarte broek aan, met een bloes erbij die me volgens mama volwassen maakte, en nam de bus.

Ik zat de hele weg uit het raam te staren en hoe langer het duurde, hoe bozer ik werd. Wat dacht die tuthola eigenlijk? Had nog geen kinderen (vast en zeker niet), was nooit getrouwd geweest (echt niet, zij niet) en had nog nooit van haar leven iets afgemaakt, behalve misschien een of andere miezerige studie. Het enige wat ze bereikt had, was dat ze doctor Daniël Dunker bij zijn gezin had weggekaapt. Wist ze dan niet dat je alles wat je fout doet dubbel en dwars terugkrijgt? Wist ze dan niet wat haar te wachten stond? Nou, krullenbolletje, dat zal ik je dan eens even verklappen!

Vastberaden en met een hoogrood hoofd stormde ik door de glazen draaideur, en meteen werd ik door de portier tegengehouden. 'Ho, waar gaat dat heen, kindje?'

Anderen werden op mijn leeftijd al 'jongedame' genoemd. Maar die waren dan ook groter dan ik en hoefden niet op hun tenen te gaan staan om over de balie heen te kijken en hun naam te noemen.

'Aaaah, van doctor Dunker!'

Ik stapte in de lift en schoot naar de zevende verdieping. Lift uit, hoek om, papa's kantoor in.

Greta zat aan zijn bureau en keek verbaasd op toen ik plompverloren binnen kwam vallen om haar in stukken te scheuren. Ze hield haar hoofd schuin, kneep haar grote bruine ogen tot onderzoekende spleetjes en begon te stralen toen ze me herkende. 'Jij bent Leene!' Ze wees naar me met een potlood waarvan de achterkant helemaal kapot gekauwd was.

Dat vond ik irritant omdat mijn potloden er ook altijd zo uitzien, en ik besloot dat in het vervolg te laten. 'Is papa er?' Mijn stem klonk gesmoord, alsof hij niet van mij was.

'Nee, die heeft een afspraak buiten de deur. Ach, wat zal hij het jammer vinden dat hij je misgelopen is.'

'Ik heb iets voor hem.' Ik haalde de foto uit mijn rugzak en zette hem op papa's bureau, pal voor haar neus.

Greta keek er glimlachend naar. 'Wat een mooie collage. Van wie is dat varken?'

'Van het hele gezin.'

'Ga zitten. Wil je iets drinken?' Greta stond op en ik plofte meteen in de stoel van mijn vader, opgestaan plaats vergaan, u kunt gaan, we hebben u niet meer nodig. Ze gaf me een glas bubbeltjeswater en een schaaltje droge biscuitjes, ging op de rand van het bureau zitten en keek me heel vriendelijk aan.

Nu was het mijn beurt. Voor de draad ermee, verkondiging van de hel.

'We wilden eigenlijk met het hele gezin gaan kamperen, met Varkentje er ook bij. Maar papa heeft een studieweekend.'

Greta knikte en de woorden dropen als kleverige honing uit mijn mond.

'Zonder hem gaan we niet. We horen bij elkaar, snapt u, als een van ons er niet bij is, is er niets meer aan.'

Greta keek me ernstig aan en vroeg zich vast af of ik op de hoogte was. 'Er komt vast wel een andere keer.'

'Vast wel. Zeker weten. We hebben nog de hele zomer voor ons.'

Greta glimlachte naar me. Ik zag niets oneerlijks in haar gezicht, geen leugen en geen bedrog, en ze loog ook helemaal niet, ze zei gewoon liever weinig tot niets. Maar ze moest zich toch schuldig voelen!

'Heeft u ook een gezin?'

'Een zoon en een ex-man.' O.

Ze peuterde een foto uit haar portemonnee, waarop een jongen met enorme voortanden me aangrijnsde. 'Ze zijn naar Engeland verhuisd. Mijn ex werkt daar.' Dat klonk verdrietig.

Ik gaf haar de foto terug. 'Hoe heet hij?'

'Christopher.' Ze glimlachte een beetje. 'Dat is tenminste makkelijk uit te spreken in het Engels.'

Ik stond op. Straks kreeg ik nog medelijden met haar ook. 'Ik ga maar weer eens.'

Greta sloeg haar armen over elkaar. 'Weet je, soms denk je dat alles in orde is. Je hebt misschien zelfs het gevoel dat je gelukkig bent. Maar dat is helemaal niet zo. Je maakt jezelf iets wijs om maar niets te hoeven veranderen.'

Ik beende de kamer uit, liet de deur achter me dicht knallen en nam de eerstvolgende bus terug. Waren wij niet gelukkig? In het algemeen? Maakte ik mezelf iets wijs? Helemaal niet! Maar wanneer ben je een gelukkig gezin? We aten altijd om zeven uur en hadden elkaar elke avond iets te vertellen. We woonden samen in één huis en toch hadden we niet de hele tijd ruzie. We gingen allemaal onze eigen gang, maar als het nodig was waren we er voor elkaar. We heetten allemaal Dunker. En? Was dat niet genoeg?

Mama hield van mijn vader en was ervan overtuigd dat hij ook van haar hield, en dat deed hij ook, vast en zeker, hij was alleen de weg kwijt. Misschien had ze toch af en toe ergens heen moeten gaan met hem. Of belangstelling moeten tonen voor zijn werk. Of iets anders wat onder het kopje 'Saamhorigheid' viel. Misschien had ze ook wel moeten afvallen, al was het maar een beetje. En mijn vader? O, geen idee, hoe moest ík dat allemaal weten? Shit!

Papa vertrok zaterdagochtend heel vroeg. De rijp lag op het gras voor het tankstation en de vogels gaapten nog. Ik hoorde hoe hij beneden koffiedronk en probeerde met zijn rolkoffer heel stilletjes te verdwijnen. Dus sprong ik uit bed en besloot het hem op z'n minst een beetje moeilijker te maken. Mijn nachtjapon hing dun om me heen en ik vergat schoenen aan te trekken.

Papa stapte in de auto, vlot gekleed, spijkerbroek en jasje, ik wist precies hoe hij rook. Hij keek op en zag zijn kleene Leene in haar witte flodderhemd in de deuropening staan en met de ene voet over de andere wrijven om warm te blijven. Hij glimlachte, wierp me een kushandje toe en zwaaide. Toen was hij weg.

'Wees blij. We hebben het rijk alleen, die ouwe zeur is twee dagen pleite!' Roos stond achter me te grijnzen, met in haar gezicht nog het patroon van haar kussensloop. Toen brak er in mij een snaar, of mijn potje geduld of zoiets, er knapte iets, de breekbare luchtbel waarin ik mijn geheim had opgeborgen en die nu niet meer groot genoeg was om het te omvatten.

'Wat denk je eigenlijk dat die ouwe zeur dit weekend gaat doen? Merk jij dan helemaal niets?' schreeuwde ik.

Roos deed een stap achteruit, staarde me aan, fronste haar voorhoofd, helemaal de kluts kwijt, want sinds wanneer ging haar kleine zusje zo uit haar dak? 'Wat?'

Ik sloeg mijn armen over elkaar.

'Hij zoent met zijn minnares, hij brengt zijn vrije weekend zonder ons door, om met zijn... met zijn nieuwe vriendin in een of ander zacht bed plezier te gaan maken. Studieweekend, ja ja! Ze... Ze...!'

Roos staarde me aan. Ik perste mijn lippen op elkaar. Ze wist wat ik bedoelde.

De tranen stroomden over mijn wangen. Opeens kwam er beweging in mijn grote zus. Ze sloeg een arm om me heen en liep met me naar boven, en verder, door het luik naar haar kamer en haar bed. We gingen zitten en wachtten tot ik kon ophouden met huilen. Roos tuurde naar de grond, luisterde naar mijn gesnotter en verwerkte wat ze daarnet gehoord had.

Ik veegde mijn gezicht af, haalde mijn neus op en probeerde weer kalm te worden.

'Hoe weet je dat? Heb je het gezien? Weet je het zeker?'

'Je mag het tegen niemand zeggen!'

Roos gaf geen antwoord.

'Niemand, dat moet je beloven, Roos! Beloof je het?'

Roos knikte, en toen ik alles verteld had sloeg ze haar nachtkastje kort en klein. 'Wat een eikel! Wat een klootzak!'

'Wie?' Mama stond in de deuropening. 'Wat is hier aan de hand?'

Ik keek waarschuwend naar Roos. Ze wilde het zeggen, ik zag het aan haar gezicht, haar een zorg wat ze beloofd had, mama moest het weten. Ik pakte haar hand en kneep erin.

'Kan iemand me misschien vertellen waarom het nachtkastje eraan moest geloven?'

Roos deed haar ogen dicht. 'Niets belangrijks. Iets met Jut, die heeft weer eens iets stoms uitgehaald.'

Mama trok haar wenkbrauwen op. 'Sla je voortaan voor alles wat niet belangrijk is onze meubels kort en klein?'

Roos schudde haar hoofd. 'Nee. Ik maak hem wel weer.'

'Goed. Dan stel ik nu een uitgebreid zaterdagochtend-ontbijt voor!'

Ik geloof dat we allebei de hele dag niets meer gezegd hebben. Geen idee of Roos zich net als ik af en toe afvroeg wat onze vader zoal aan het doen was, terwijl mama zijn natte broeken in het voorjaarszonnetje hing – zonder wasknijpers, want die maakten plooien die er moeilijk weer uit te krijgen waren. Zijn onderbroeken gladstreek. Terwijl hij zijn onderbroek misschien net in wild verlangen van zich af gooide. Ik weet ook eigenlijk niet wat ik allemaal deed, behalve zachtjes schommelen en Varkentje, die vanwege de beloning per se een nieuw kunstje wilde leren, in toom houden. Het was helemaal niet zeker dat we samen zouden optreden op het gouden huwelijk, dat mama ook zo graag met haar man wilde vieren. Ze geloofde er heilig in. Ze zong onder het wassen.

's Avonds was er een feest, en Roos stond voor de spiegel haar ogen zwart te maken. Passend bij haar outfit en stemming. 'Wil je mee?'

Ik was dolblij dat ze me eindelijk mee vroeg, smeerde gel in mijn touw en trok mijn laarzen met hakken aan. Misschien zou er dan ook eindelijk iemand 'jongedame' tegen mij zeggen, al was het maar de portier.

'Doei, mam!'

'Doei, lieverdjes, pas goed op elkaar. En niet te laat thuis, hè?' Mama had haar joggingbroek aan, die met het wijde elastiek, waarin er geen vetrollen afgekneld werden en over de band stulpten, een kom dampende kant-en-klare noedels voor zich op de salontafel, met de aangebroken fles rode wijn van gisteravond ernaast. Ze verheugde zich op haar vijftienhonderdste avond voor de televisie.

Roos leefde haar woede uit op de trappers en ik hield me aan haar vast. Toen we over het Ravenplein raceten kwam er uit een kelder harde muziek. Roos remde en bestudeerde het aanplakbiljet. Het was Dantes flyer in het groot.

'Deze herrie is vandaag wel iets voor ons, vind ik. Wat vind jij?'

'En dat feest dan?'

Roos haalde haar schouders op en zette haar fiets op slot. 'Dat loopt niet weg.'

Op de trap naar de kelder stonden waxinelichtjes en je kon er al geen normaal woord meer met elkaar wisselen. Het was een piepkleine, donkere ruimte, alleen het podium werd verlicht door felle, witte schijnwerpers. Het was er klam door de vele mensen die dicht opeengepakt, lijf aan lijf, stonden te springen, met hun bezwete haren schudden en zich met vertrokken gezichten uitleefden. Voor mij klonk de muziek als één donderend geraas, een brij van lawaai, veroorzaakt door vier donkere gestalten, waarvan Dante er een was. Hij speelde basgitaar, terwijl een ander wanhopige pogingen deed om boven de instrumenten uit te komen en in de microfoon schreeuwde: 'Dus luister goed, wij doen niet mee,

wij hebben 'n compleet ander idee.

Rot op, je hebt 't gehoord,

voor ons is liefde geen toverwoord!'

'Roos, ik wil hier weg!'

Óf ze hoorde me niet, wat goed mogelijk was, óf ze wilde me niet horen, in elk geval trok ze me door de zwetende massa mee naar voren.

'Rotliefde,
we hebben schijt aan jou,
we lusten je niet,
je zet ons toch in de kou!'

Iemand drukte ons twee blikjes bier in de hand en Roos dronk dat van haar in één teug leeg. Toen kneep ze het blikje plat, liet het gewoon op de grond vallen en begon te springen. Op en neer, haar zwarte haar zwiepte, ze stak haar vuist in de lucht.

'Rotliefde,
we doen de deur voor je dicht,
we maken je dood
en gaan op zoek naar het licht!'

Roos schreeuwde. Haar anders glasheldere stem klonk rauw en doordringend en opeens leek Dante geïrriteerd, hij draaide zijn hoofd om, volgde die stem en herkende Roos op de eerste rij. Ik sprong ook een beetje mee, want dat ging niet anders, en zag Dante glimlachen. Zo te zien was hij blij, en vanaf dat moment speelde hij alleen nog voor Roos. De liefdesrottigheid werd steeds agressiever en luidruchtiger en mensen begonnen van puur enthousiasme bierblikjes naar het podium te gooien, alsof ze allemaal al zo vaak ongelukkig verliefd, teleurgesteld en bedrogen waren.

Het zweet liep in straaltjes van me af, de band gooide bierblikjes terug en er brak een wild gevecht uit van woede en vreugde en herkenning.

'Roos! Rooooos!' Ik werd duizelig, maar Roos hoorde me niet meer, voelde me niet meer, keek Dante in zijn ijzige ogen en danste alle haat uit haar lijf. Misschien had hij haar behekst, in zijn duivelse ban gebracht. Ik trok aan haar T-shirt – 'Roos!' – kreeg een bierblikje tegen mijn hoofd en raakte buiten westen.

Toen ik weer bijkwam zat Roos op haar knieën naast me. 'Leentje, word nou wakker, mens! Eindelijk! Kun je opstaan?' Ze hielp me overeind en drukte haar sjaal tegen mijn voorhoofd. De muziek bonkte, toen was het nummer afgelopen. 'Jullie zijn echt niet goed wijs!' schreeuwde Roos richting podium. 'Mijn zusje een bierblikje naar haar hoofd gooien, jullie zijn hartstikke gek, stelletje klojo's!'

Dante keek haar alleen maar aan.

'Kom, we gaan!'

6

Mama hurkte naast me en maakte de wond boven mijn wenkbrauw schoon. 'Hoe kan zoiets nou gebeuren? Ik vond het al vreemd dat jullie zo snel weer terug waren!'

Roos zat met een somber gezicht aan de andere kant van de tafel toe te kijken.

'Vooruit, wat is er gebeurd?'

Ik keek hulpzoekend naar mijn zus, wist niet of ik het mocht vertellen, maar ik had het wel kunnen bedenken. Roos vertelde altijd alles.

'Ze gooiden met bierblikjes, die gekken.'

'Op een feestje? Heb je bier gedronken, Leentje? Blaas eens in mijn gezicht.'

Dat kon ik met een zuiver geweten doen, en ik kon meteen meegenieten van haar eigen alcoholdampen.

'We zijn blijven plakken bij een of ander concert. Dante speelde ook mee, ken je die nog?'

Mama plakte een pleister op mijn voorhoofd. 'Dante, natuurlijk, de zoon van Wrakken Paultje. Die is dus weer thuis.' Ze schudde haar hoofd. 'En prompt heeft mijn dochter een snee in haar voorhoofd.'

'Dat was Dante niet.'

'Ik wil niet weten wat jullie vader ervan zou zeggen als hij wist wat jullie uitspoken als jullie de hort op zijn.'

Roos' gezicht verduisterde zich. 'Dat zal hem op het moment een rotzorg zijn,' mompelde ze.

'Pardon?' Mama keek haar scherp aan en ik sperde mijn ogen wijd open. Niet doen, Roos, denk aan je belofte!

Roos zuchtte. 'Ik vraag me af waarom jij niet eens de hort op gaat. Dat doet hij toch ook.'

'Hij is aan het werk!'

Roos snoof. 'Jij zou ook weer eens onder de mensen moeten komen.'

Mama draaide de dop op het jodiumflesje en stopte alles weer in het rode koffertje met het witte kruis erop, waar kinderen beslist niet aan mochten komen.

'Doe ik toch ook. Ik ben vorige week nog naar koor geweest.'

'Ja mama, maar er schijnen mensen te zijn die vaker dan één keer per maand behoefte hebben aan gezelschap. Na afloop gaan ze vast nog wat drinken samen.'

Mama zuchtte. 'Ja. Maar wat moet ik dan zeggen? Ik ken die mensen helemaal niet zo goed. Bovendien moet ik afvallen. En van alcohol word je dik.'

Roos stond op. Hopeloze zaak. 'En van de alcohol thuis niet? Kom maar, Kippetje, je mag bij mij slapen.'

Mama keek ons na. 'Waar komt dit nu weer vandaan? Jij zou je schuldig moeten voelen, Roos, niet ik!'

In het witte bed van Roos viel ik meteen in slaap. Zonder blik op de sterrenhemel. Zonder dromen.

Papa kwam 's middags al thuis. Varkentje en ik kwamen zijn auto tegen op onze wandeling langs de lange rechte straat. Het varken had beweging nodig, vond ik, en zo sjokte het naast me voort met zijn grappige gespleten pootjes, en zijn flaporen wipten op en neer alsof elke stap door het afgebeulde varkenslijf heen schokte.

‘Nog maar tot aan de bushalte,’ zei ik om hem aan te sporen, en daarna: ‘Kijk, de oude brouwerij, daar keren we om... O nee, tot aan het plaatsnaambord redden we ook nog wel.’

Zo kwamen we niet al te snel vooruit, maar toch steeds verder.

Roos was met haar vrienden ‘Actie Bontwinkel’ aan het voorbereiden. We hadden niet meer over de zaak gesproken. Mijn vader toeterde, kwam langzaam naast ons rijden en liet het raampje zakken. ‘Hé, knapperds! Kan ik jullie een lift geven?’

Ik staarde hem aan. Was benieuwd hoe iemand eruitzag die zo’n weekend achter de rug had. Die naar huis kwam om te liegen. Maar er was niets aan hem te zien. Dat is natuurlijk ook het probleem. ‘Nee, laat maar. Varkentje heeft beweging nodig.’

Hij reed een stukje vooruit, stopte en deed het achterportier open. ‘Kom op, stap in!’

Misschien was dat het. Iemand die in het weekend zijn tweede leven geleid heeft, wordt in zijn eerste leven doof.

Varkentje sprong meteen in de auto en viel mij daarmee in de rug aan. Wat moest ik anders? We gingen naast elkaar op de achterbank zitten. Mijn vader reed weg en bekeek me in het achteruitkijkspiegeltje. ‘Wat is er gebeurd?’

Hij wees naar zijn wenkbrauw. Ik had geen zin in grapjes, anders had ik gezegd: ‘Hoezo, ik zie niks!’ Nu mompelde ik maar iets als ‘Heb me gestoten...’ en staarde uit het raam.

‘Rothumeur? Nog iets leuks gedaan dit weekend?’ Varkentje knorde en mijn vader lachte zijn goede humeur eruit. 'Jou heb ik niets gevraagd. Moet je horen, Leentje, ken je deze?' Hij zette de cd-speler harder.

'Verliefd, verloren, vergeten, vergeven...!' knalde uit de luidsprekers en de tranen sprongen in mijn ogen.

Hij zette de muziek weer zachter – 'stokoud, maar niet bepaald een van de besten!' – en floot verder mee.

Thuis begroette hij mama met een kus op haar wang en begon hij meteen met de voorbereidingen voor het avondeten.

Ik maakte me zorgen om Roos. Ze had nog nooit met wat ze nu wist tegenover hem gestaan. En ze nam geen blad voor de mond, zeker niet bij hem. Ik hoopte dat ze uit protest te laat zou komen, en dat ze daar dan de hele avond ruzie om zouden maken, maar om klokslag zeven uur zat ze op haar plaats, met zwart opgemaakte ogen, een beetje zoals Dante, in zichzelf gekeerd, zonder wie dan ook aan te kijken (ze is nooit meer opgehouden haar ogen zo op te maken, nog steeds niet).

Vader diende zijn geliefde goulash op en keek gespeeld geschrokken naar Roos (goed humeur). 'Oeh, gevaarlijke vrouw aan tafel!'

Roos keek hem over haar bord heen aan. 'En? Hoe was het bij jou?'

Ik werd niet lekker. Ze liet er geen gras over groeien. Geen adempauze, meteen frontaal in de aanval. Mijn vader blies in zijn lepel goulash. 'Heel boeiend.'

'Waar ging het over?'

Onder tafel zocht ik Roos' voet. Mijn waarschuwende blikken kon ze niet zien. Ze keek namelijk strak naar haar slachtoffer, als een kat naar de muis die vrolijk en nietsvermoedend zijn kant op trippelt.

'Eh... iets heel moeilijks, wil je dat echt weten?'

'Ja.'

'Alsjeblieft niet. Ik heb helemaal geen zin om de hele avond les te krijgen over de eigenschappen van een of andere buitenaardse steensoort die helemaal niet bestaat, of misschien ook wel, en zo ja, dan bestaat hij uit dit en dat.' Mama glimlachte naar haar man en trok meteen een gezicht. 'Jee, pittig zeg!'

Heel goed, mama, pak Roos het mes af!

'Hadden jullie een mooie hotelkamer?' Roos gaf het niet op. Nooit.

Mijn vader fronste zijn voorhoofd en begon al een heel klein beetje minder blij te worden. 'Sinds wanneer interesseert jou dat? Ja, het was een heel comfortabele kamer, eenvoudig maar schoon, met minibar en tv.'

'Tweepersoonsbed?'

'Dat mag ik wel hopen!' lachte mama. 'Je vader slaapt altijd zo onrustig, die rolt meteen uit zo'n smal bedje. Weet je nog, Daniël, die keer op Sylt?'

Vader grijnsde en ving de bal dankbaar op. 'Reken maar, mijn hemel, vier eenpersoonsbedden in één kamer. Toen ik wakker werd lag ik op de grond, met jullie allemaal om me heen.'

Ik vond Roos' voet en gaf haar een flinke schop. Ze moest het voelen, wist precies wat ik ermee bedoelde, maar ze vertrok geen spier en ging gewoon door. 'Jullie zullen nu wel vaker zo'n studieweekend hebben.'

Mijn vader glimlachte naar haar. Niet vriendelijk. 'Daar heb je helemaal gelijk in. Bijscholing is alles. Misschien wil je een keertje mee?'

Roos legde haar lepel neer en stond op. 'Ik zit vol!'

Ze had geen hap gegeten.

Toen ik later door het luik haar kamer in klom, zat ze voor de computer naar een opname van een optreden van de Black Blogs te kijken.

'Hé, je had beloofd je mond dicht te houden. Dus hou daarmee op!'

Ze draaide zich om op haar stoel. 'En wat hebben we daaraan? Wou je toekijken hoe hij mama bedriegt? Kun jij daartegen, dat zij er nietsvermoedend bij zit en met oude verhalen komt?'

'Het gaat ons niets aan.'

'O nee?'

'Misschien stopt het wel weer!'

Roos keek me aan. 'Je moet jezelf niet zo voor de gek houden. Ik kan dat niet. Het lukt me gewoon niet! Trouwens, die Greta heeft hem natuurlijk allang verteld dat je op het instituut was en waarom.'

'Dat weet ze helemaal niet!'

Roos lachte schel. 'Luister, ze mag dan een slet zijn, een egoïstisch, gewetenloos stuk vreten, maar ze is niet achterlijk, daar kun je vergif op innemen.'

Ik staarde naar de grond, die onder mijn voeten verdacht golfde. 'Als mama erachter komt is het klaar. Dat trekt ze niet, dan blijft er niets van haar over. Ook voor ons niet.'

'Leene. Denk je echt dat ze liever bedrogen wordt? Zou jij dat willen?'

Nee. En voor mama wilde ik het ook niet. Dat had zij ons juist geleerd: 'Het belangrijkste is dat we elkaar de waarheid vertellen. Alleen dan kunnen we elkaar onvoorwaardelijk vertrouwen. Ook al doet het soms pijn.'

'Leene?'

'Maar laat mij het dan tenminste doen,' fluisterde ik, en vanaf toen wachtte ik op het juiste moment, de juiste woorden, een gelegenheid om met mijn vader te praten. Met hem. Niet met mama. Hij moest haar zijn waarheid vertellen en zorgen dat het weer goed kwam.

Op school stelde ik me de situatie voor. Onder het eten zocht ik naar de eerste zin. Ik oefende het gesprek met Varkentje. En ik probeerde Johnny te bereiken, maar we liepen elkaar steeds mis. Hij had misschien wel geweten hoe het moest.

Roos lanceerde haar 'Actie Bontwinkel'. Het was koopzondag in ons stadje en Bonthandel Krüger hield uitverkoop: bontjassen van vorig seizoen voor de halve prijs!

Roos en haar vrienden hadden de winkel al een tijdje in het vizier. Voor de poen stroopten ze het vel van onschuldige dieren af! De dierenbeschermers popelden om daar iets aan te doen. Wekenlang hadden ze pamfletten gemaakt, Roos had een giftige tekst geschreven waarin bontdragers, mensen die het nog steeds niet begrepen hadden, aan de schandpaal genageld werden.

'Maar die dieren worden er speciaal voor gefokt!'

'Nou en? Zou u zo willen leven? Opgepropt tussen uw soortgenoten, en dat ze u dan aan het eind belonen door uw vel af te stropen?' Roos was radicaal, en omdat ze haar mening nooit onder stoelen of banken stak, niet bang was voor de confrontatie, was ze de leider van haar vriendengroep.

Roos schreeuwde: 'Moordenaars, moordenaars!' en de anderen deden het haar na. Behalve Durfniet misschien, of anders deed ze het in elk geval een stuk zachter. Ze waren op deze koopzondag voor Bonthandel Krüger bij elkaar gekomen, deelden pamfletten uit, schreeuwden of zongen onder gitaarbegeleiding van Roos een anti-bontdragerslied dat ze zelf geschreven had: 'Eén wereld met z'n allen, dat zijn wij, wie dieren mishandelt, die hoort er niet bij!'

De mensen die een goedkope bontjas wilden kopen liepen met gebogen hoofd langs de demonstranten, anderen lieten zich door Jut en Jul gewillig een pamflet in handen drukken, hoewel Jut verschillende keren voorstelde de bontdragers gewoon een schop voor hun kont te geven. Hij verveelde zich.

'Ik vind dat hij gelijk heeft.' Dante was uit het niets opgedoken. Met zijn handen diep in de zakken van zijn zwarte jas en een spottend lachje op zijn gezicht luisterde hij naar de revolutie van Roos.

Ze zette haar gitaar aan de kant, stond op en spuwde haar gal. 'Ja, top, en wat hebben we daaraan?'

Dante trok zijn wenkbrauwen op. 'En wat jullie doen dan? Denk je dat je daarmee iets verandert?' Hij haalde een mp3-spelertje uit zijn jaszak. 'Moordenaars, moordenaars!' riepen de opgenomen dierenbeschermers met dunne stemmetjes.

Roos werd woedend en gooide alle remmen los. 'Het is beter dan alleen maar cool rond te lopen en uit je nek te kletsen. Wat zou jij dan voorstellen, blaaskaak?'

Vlammetje grijnsde tevreden, Durfniet kromp in elkaar en verstopte zich achter Leenegraag en Etrib.

'Naar binnen gaan en verf op al die bontjassen spuiten. Dan kunnen ze tenminste niet meer verkocht worden. Bijvoorbeeld.'

Roos barstte in lachen uit. 'Goed idee! Na jou!' Ze maakten een eind aan hun vreedzame demonstratie en lieten Dante staan. 'Wat een eikel!'

Op maandagavond klopte de politie bij ons aan. 'Mogen we even binnenkomen?'

Mijn vader nodigde hen uit om aan tafel te komen zitten. 'Al kan ik me niet voorstellen dat u bij ons aan het goede adres bent.' Hij wierp Roos een snelle blik toe.

De politieagent en zijn collega-agente bleven staan en legden Roos' pamflet op tafel. 'Deze heeft uw dochter gisteren uitgedeeld voor Bonthandel Krüger.'

Papa las vluchtig de tekst en haalde zijn schouders op. 'En? Is het nu ook al verboden om je mening te geven?'

Daar reageerden de agenten niet op. Ze vertelden over een overval die zondagavond om kwart over zeven had plaatsgevonden. Een gemaskerde figuur was de winkel binnengekomen en had met een spuitbus verf alle bontjassen onbruikbaar gemaakt. 'Dan vermoeden we natuurlijk een verband.'

Nu mengde mijn moeder zich in het gesprek. 'Gisteravond om kwart over zeven zaten we te eten. Net als vandaag en net als elke avond. Ook mijn dochter!'

De agenten keken de kring rond, we begonnen met z'n allen te knikken, want het was waar, Roos had een waterdicht alibi.

De agente wees naar mama's keukenkunstwerk. 'Dat is nog eens een goed idee. Hoe verzin je het. Wat handig!'

Mama had een half jaar geleden zeventien gele linkerpumps bij het grofvuil gevonden en ze boven de tegels in de keuken aan de muur gespijkerd. Ze bedoelde het niet als kunst. Ze vond het gewoon leuk staan. Helaas had ze een heel pragmatische man, die snel in de gaten had wat je allemaal kwijt kon in die pumps. Pollepels, kruiden, tabasco, gardes, mixeronderdelen enzovoort. De agente hield haar hoofd schuin. 'Maar wie heeft er nou zo veel pumps?'

De agent vond hun aanwezigheid in ons huis inmiddels honderd procent zinloos. 'Kom je?' zei hij tegen zijn collega. En tegen Roos: 'Heb jij enig idee wie het geweest kan zijn? Tenslotte verkeer jij in dit soort kringen.'

Roos glimlachte naar hem. 'Ik zou het echt niet weten.'

De volgende dag zat Dante op het muurtje voor de school. Zijn gitzwarte haar glansde in de zon en Roos en haar vrienden herkenden hem al van verre.

'Wat moet die nou hier?' fluisterde Leenegraag giftig, en Jut stelde Jul en Vlammetje voor die gast eens flink onder handen te nemen.

'Volgens mij mag hij niet eens in de buurt van de school komen.'

'Daar trekt zo iemand zich niets van aan,' zei Etrib, en er klonk een beetje bewondering door in haar stem, want natuurlijk kon ook zij wel bedenken wie de bontjassen bij Bonthandel Krüger verpest had; ze hadden in de pauze al uitgebreid over deze gewelddaad gediscussieerd. Ze waren ertegen, natuurlijk, peace, peace, maar zijn actie was wel effectiever geweest. En moedig. Maar wel crimineel.

Roos liep zonder iets te zeggen recht op Dante af.

'Roos, blijf hier!' riep Durfniet zo zacht mogelijk, maar Roos liep gewoon door en bleef pas voor de zwarte figuur staan.

'Jij was het!'

Dante keek haar rustig in haar donkere ogen, zette zijn mp3-speler, waarmee hij alweer iets opgenomen had, uit en knikte. 'Maar daarom ben ik hier niet.'

Roos stak haar handen in de zakken van haar korte rokje en deed ongeïnteresseerd. 'Je wilt toch zeker niet weer naar school?'

Dante grijnsde. 'Ik verhang me nog liever. Ik wil met je praten.'

De club bleef onder tijdelijke leiding van Leenegraag en een jaloerse Vlammetje op de achtergrond, hield alles in de gaten, verzette geen stap.

'Ze zeggen dat je bij jou uit de buurt moet blijven.'

'Jij ziet er niet uit alsof het jou iets kan schelen wat ze zeggen.'

Roos haalde haar schouders op. 'Nou, zeg op dan!'

Dante sprong van het muurtje, liep een stukje verder en Roos liep automatisch mee, alsof hij de ene en zij de andere pool van een magneet was. De club volgde op enige afstand.

'Je moet in onze band komen zingen.'

'Ik? Ik kan alleen maar ruisen en zingen als de regen, zegt mijn zusje.'

Dante schudde zijn hoofd. 'Je kunt nog veel meer.'

'Jullie hebben toch al een zanger?'

Dante tuurde met opgetrokken wenkbrauwen in de verte. 'Nee. We hebben geen zanger meer. Hij heeft een bierblikje naar je zusjes hoofd gegooid. We oefenen elke woensdagavond in de kelder. Kom je?'

Roos bleef staan. 'Nee.'

Dante keek haar aan.

'Nee, ik blijf liever bij je uit de buurt.' Ze liet hem staan en liep naar haar fiets, waar ze meteen door haar nieuwsgierige vrienden omringd werd.

'Wat zei hij?'

'Wat moest hij van je?'

'Je hebt toch niet met hem afgesproken, hè Roos?'

Roos schudde haar hoofd. 'Nee, natuurlijk niet! Kom mee, Leene.' Ze racete de lange rechte weg af en zei pas iets tegen me toen we voor het tankstation stonden. 'Wanneer ga je met onze grote leugenaar praten?'

'Als ik er een goed moment voor kan vinden.'

'En wanneer is dat? Ik kan er namelijk niet meer tegen. Ik heb geen zin om met hem aan tafel te zitten en te doen alsof er niets aan de hand is. Zal ik jou eens wat zeggen? Iemand die zulke dingen doet, mag er niet zomaar vanaf komen. Misschien heeft hij alweer genoeg van zijn Greta voordat jij het goede moment gevonden hebt. Dan maakt hij het uit, doet alsof er niets gebeurd is en leeft vrolijk verder met zijn leugen. Tot zijn gouden bruiloft en nog langer.'

'Nou en? Zou dat zo erg zijn? Misschien zijn er wel waarheden die je beter niet kunt vertellen. Misschien zijn ze ook wel helemaal niet waar, niet écht. De waarheid is dat hij van mama houdt!'

Roos keek me met vuurspuwende ogen aan. 'Leene, hoe lang zaten ze te zoenen in die auto?'

Onder het eten zei ze geen woord, ze perste haar lippen op elkaar om te voorkomen dat eruit kwam wat haar zo hoog zat. Na het afruimen keek mijn vader me handenwrijvend aan. 'Tijd om de uurwerken weer eens na te lopen. Leene?'

Nog een van zijn vele hobby's, uurwerken. Oude zakhorloges, hypermoderne automatische horloges, staande klokken, wandklokken, alles wat de tijd aangaf. Hij had een enorme verzameling, en die moest af en toe onderhouden worden. Schoongemaakt, gecontroleerd, bewogen, opgewonden. En ik was zijn hulpje.

Roos keek me aan. Mooi zo, daar heb je je goede moment. Ze had gelijk, maar ik voelde me opeens helemaal niet zo lekker. Ik had nooit geweten dat het zo moeilijk was om over de waarheid te praten, zeker als het nare gevolgen zou kunnen hebben. Waarom ík eigenlijk? Omdat het mijn idee was. Omdat ik niet wilde dat Roos met haar botte bijl tekeerging. Ik ging dus mee naar zijn werkkamer en zette een stoel naast de zijne. Mijn vader schoof de la van zijn bureau open en haalde er een doosje en het ene blauw fluwelen zakje na het andere uit. Hij zei niets en neuriede ook geen schlager, zoals anders.

Na een tijdje verbrak hij eindelijk de stilte. 'Je hebt geen zin, hè?' zei hij. Intussen haalde hij het gouden zakhorloge tevoorschijn, klapte het open en liet het ijle muziekje door de kamer zweven.

'Jawel hoor,' bracht ik met moeite uit. Ik kreeg het vage vermoeden dat Roos gelijk had. Greta had me door, en ze had het er met mijn vader over gehad dat ik langs was geweest.

'Je bent anders, vind ik, de laatste tijd.'

Ik slikte. Kwam hij me nu tegemoet? Waarom vertelde hij dan niet gewoon uit zichzelf hoe het zat?

'Je hebt ook helemaal niet gevraagd wat ik van die mooie foto vond die je op kantoor hebt afgegeven.' Hij klapte het horloge dicht, pakte een ander en gaf dat aan mij. 'Hier, wind eens op. Maar wel de goede kant op draaien, hè?'

'Weet ik,' kraste ik, voorzichtig draaiend aan het kleine knopje.

Hij veegde met een lapje over de horlogedeksels. 'Het is mooi om je gezin altijd voor je te zien. Goed idee van je.'

'Zijn we dan nog je gezin?' flapte ik eruit, en mijn maag draaide één keer om zijn as, alsof hij zichzelf probeerde uit te wringen.

'Hallo lieverdjes, wat koekjes misschien?' Mama kwam binnen en zette een schoteltje voor onze neus. Dat deed ze anders nooit. Wilde ze weten waar we het over hadden? Had ze toch meer in de gaten dan ze liet merken?

'Tascha, koekjes als je horloges schoon zit te maken! Dan krijg je overal kruimels,' mopperde mijn vader.

Mama grijnsde en gaf hem een klein kusje. 'Typisch je vader, Leene. Jullie kunnen toch daar in de hoek gaan staan als jullie een hapje willen nemen!' Ze zwaaide en ging weg.

Ik schoof het schoteltje voorzichtig aan de kant en gaf mijn vader het horloge. 'Klaar!'

'Oké. Dan mag je deze een tijdje heen en weer bewegen, kijk, zo, heen en weer, heen en weer.' Hij deed net alsof ik dat nooit eerder gedaan had. 'Natuurlijk zijn jullie mijn gezin, dat zullen jullie altijd zijn. Daar verandert nooit iets aan.'

Ik nam het horloge in mijn andere hand. 'Vind je mama te dik?'

Mijn vader stond op, liep met de opwindsleutel naar een van de klokken aan de muur en draaide hem op, knars,

knars, en ik vroeg me af of dat geluid uit die klok kwam of uit zijn hoofd. 'Nee. Mama is goed zoals ze is.'

'Kunnen jullie niet weer eens samen uitgaan?'

Papa zuchtte. 'Dat wordt niets, dat weet je toch? Je krijgt haar de deur niet uit. Wat heeft ze vroeger gedanst! Overal en nergens. We sloegen geen feest over! Op het instituut kennen ze haar niet eens. Ze zullen wel denken dat ik maar doe alsof ik getrouwd ben.'

'Dat gaat ook niet iedereen aan,' zei ik, om mama in bescherming te nemen. Ze vond die stijve bijeenkomsten van wetenschappers verschrikkelijk. De mannen praatten over hun werk en de keurige, slanke vrouwen deden intussen hetzelfde. Maar zij had geen werk. Alleen haar stoffen en planten en vilten ringen. Geen van de dames keek haar series, dat wist ze zeker. Dus wat moest ze daar? Daar, of waar dan ook. 'En Greta?' fluisterde ik.

Mijn vader ging naar de volgende klok. Knars. 'Hoe bedoel je?'

'Vindt Greta het leuk om uit te gaan?'

'Ja, ik geloof het wel.'

Opeens hield hij op met wat hij aan het doen was, kwam naar me toe, hurkte voor me neer en keek me aan. 'Leene, ik ga met jou niet mijn problemen bespreken.'

Meteen sprongen de tranen me in de ogen. 'Je moet de waarheid vertellen. Zeg het nou eindelijk eens!'

Mijn vader keek naar de grond, toen weer naar mij. 'Ik zal ons gezin niet kapotmaken. Dat beloof ik je.'

'Luister m'n jongen, jij bent op de wereld gezet
toen paps en mams elkaar vonden in bed,
ja ja, uit liefde geboren,

maar knoop dit goed in je oren:
het orgasme was drie straten verder te horen.
We planten ons voort want we hebben geen keus,
we noemen het liefde en geloven het heus.
Hoeveel pijn het ook doet,
de liefde, die moet,
we trappen elkaar in de goot
en liegen nog tot na onze dood.'

Mijn vader sprong op en rende naar het raam. 'Wat zullen we verdomme nou krijgen!'

Dante stond met zijn wapperende zwarte jas op ons erf en slingerde het lied door een megafoon de wereld in.

'Wat doet die gek hier!' Mijn vader vloog met een knalrood hoofd de trap af, ik erachteraan, en smeet de voordeur open. 'Wat moet dat? Wat kom je doen?'

'Laat ons met rust,
we zijn het schijtzat,
we volgen 'n compleet ander pad.
Rot op, je het 't gehoord,
voor ons... is liefde geen toverwoord! Rotliefde!'

Mijn vader rukte de megafoon uit Dantes handen. 'Kappen daarmee, maak dat je wegkomt. Oprotten en nooit meer terugkomen!'

'Vond je het soms geen mooi lied?' Roos stond in de deuropening als de wraakengel in eigen persoon. Ze was opvallend bleek en het leek wel alsof haar haren vuur spuwden. 'Waarom mag hij niet voor ons zingen?'

Dante verroerde zich niet. Mijn vader smeet de megafoon op de grond en ik kroop voor de zekerheid weg achter Roos. Ik had hem nog nooit zo gezien.

'Ga als de sodemieter van mijn erf af. Of ik bel de politie!'

Dante kwam langzaam in beweging, raapte de megafoon op, zette hem zorgvuldig uit en keek mijn vader met zijn stalen ogen aan. 'Het was niet voor u. Het was voor Roos.'

'Opgehoepeld!'

Dante liep het donker in en was sneller niet meer te zien dan dat hij weg was.

Toen kwam er ook beweging in Roos. Ik probeerde haar tegen te houden, geen kans. Ze stormde op onze vader af. 'Je hebt het recht niet om mijn vrienden weg te jagen!' schreeuwde ze.

'Jouw vrienden? Wat heb je eigenlijk voor vrienden? Weet je wel wat dat er voor een is? Een dief! Een herrieschopper, een bedrieger! Eentje die alles kapotmaakt zonder met iets of iemand rekening te houden!'

Roos lachte schel. 'Dan zou jij het juist goed met hem moeten kunnen vinden!'

Mijn vader greep haar bij haar T-shirt en trok haar naar zich toe. 'Wat bedoel je daarmee? Ben je nou helemaal gek geworden!'

Ik sloeg mijn handen voor mijn ogen, maar ik had veel beter mijn oren dicht kunnen stoppen.

'Je bedriegt je vrouw met een ander, bedrieger. Je steelt zonder met iets of iemand rekening te houden de zekerheid en het vertrouwen van je gezin, dief, en je schreeuwt het hele erf bij elkaar, herrieschopper!'

Het werd stil. Mijn vader liet Roos los en was nu minstens zo bleek als zij.

'Wat heeft dat te betekenen?' Niemand had gemerkt dat mama er was. Ze stond naast me in haar televisiedekentje en zag er ondanks haar molligheid dun en breekbaar uit. 'Wat bedoelt Roos daarmee, Daniël?'

Mijn vader verroerde zich niet. Zei niets. Alsof hij versteend was.

Mama liep met kleine trippelpasjes naar hem toe en legde een hand op zijn arm. 'Daniël? Klopt het wat Roos zegt? Zeg dat het niet waar is.'

Doctor Daniël Dunker schudde zijn hoofd en ging naar binnen.

7

Het was opeens heel stil. Ik lag op mijn rug in bed naar de lichtgevende sterren aan het plafond te staren. Ze hadden me nog nooit zo nep geleken. Van beneden was niets te horen. Ze schreeuwden niet tegen elkaar. Niemand huilde of smeet eierdoppen stuk tegen de muur. Een goed teken? Misschien zaten ze aan tafel en hield mijn vader mama's hand vast om het allemaal rustig uit te leggen. Mama knikte begripvol, zag ook wel in dat ze de laatste jaren misschien een beetje uit elkaar gegroeid waren en vergaf hem de manier waarop hij haar dat duidelijk had gemaakt. Of had ze allang het langste mes uit het blok tussen zijn ribben gestoken, woordeloos, waarna hij stil in elkaar gezakt was en zij aan tafel was gaan zitten om toe te kijken hoe het bloed langzaam uit zijn lichaam op de grond liep en tussen de spleten in de vloer verdween?

Ook Roos gaf geen kik. Nadat mijn moeder achter mijn vader aan naar binnen was gegaan, hadden we met hangende schouders tegenover elkaar op het erf gestaan. De fut was eruit, in elk geval bij Roos.

'Nu is alles voorbij!' had ik er nog uitgeperst. 'Dat vergeef ik je nooit!' Daarna was ik ook weggelopen.

En dat terwijl die Dante helemaal geen vriend van haar was. Al die ellende alleen vanwege dat joch. Die duisternis die om hem heen hing, dat slechte, bracht hij rechtstreeks over op zijn omgeving. Het litteken boven mijn wenkbrauw en de veel te bot verkondigde waarheid bij ons op het erf, die ons hele leven op zijn kop zou zetten, op welke manier dan ook.

Beneden viel de voordeur dicht. Iemand was vertrokken.

De volgende ochtend zat mijn moeder, nog steeds in haar televisiedekentje, met haar handen om een kop koffie aan de ontbijttafel.

'Goedemorgen, mama!'

Ze glimlachte flauw naar me. 'Zal ik muesli voor je maken?'

'Doe ik zelf wel!'

We zeiden verder niets en ik probeerde zachtjes te eten, maar dat ging niet. Het klonk alsof ik met een enorme schepbak rammelende stenen naar binnen werkte, om ze met stalen kiezen te vermalen.

Roos kwam met haar tas over haar schouder de trap af, pakte een banaan en liep naar de deur. 'Waar is hij?' informeerde ze.

'Weg.'

Dat was voor haar genoeg reden om haastig het veld te ruimen en zich naar haar veel simpelere school- en vriendenwereld te begeven. Mama keek me aan. 'Moet jij niet weg?'

'Eerste uur vrij.'

Ze knikte, stond op en ging de keuken uit.

Voordat ik naar school ging, probeerde ik erachter te komen wat ze aan het doen was. Ik durfde haar niet goed alleen te laten, maar in huis kon ik haar nergens vinden, en uiteindelijk hoorde ik een woest gekraak en gerinkel uit de garage komen. Mama sloeg de hele boel kort en klein, met een razernij die ik niet van haar kende maar volkomen terecht vond. Telefoon.

'Leene? Is mama daar?'

'Ja.'

'Mag ik haar even?'

Precies op dat moment zag ik een aardewerken schaal, waarin ze normaal gesproken de verf voor haar stoffen aanmaakte, de garage uit vliegen en op het erf kapot vallen.

'Ze kan nu niet.'

'Zeg dan maar dat ze me moet bellen.'

'Hmm!'

'Leene. Alsjeblieft, het is belangrijk!'

Ik hing op. *Ik zal ons gezin niet kapotmaken. Dat beloof ik je!* Wat je belooft, moet je doen.

Ik pakte mijn fiets (ja, ik had er zelf natuurlijk ook een, maar ik ging liever bij grote Roos achterop), gaf Varkentje een afscheidskusje op de stoppels tussen zijn oren en reed een rondje over het erf, langs de garage. 'Je moet papa bellen!'

Rinkel, krak, kloing.

Nou ja, ik had de boodschap overgebracht.

Op school was Burkhardt weer eens heel ontevreden over me, zoals steeds de afgelopen weken, maar zijn dreigement om met mijn ouders te gaan praten maakte weinig indruk op me. Die hadden op het moment wel wat anders aan hun hoofd dan de probleempjes van een klassenleraar. Hij wist niet wat ik zou aantreffen als ik straks thuiskwam, in de garage, waar mijn moeder anders zo liefdevol haar schatten bewaarde. Alles aan stukken, geen lap stof meer heel, overal verf op de muren, er tegenaan gesmeten, gespoten, gedroogde blaadjes en bloemen verpulverd op de grond en zelfs dat zag er nog leuk uit, zoals alles wat mijn moeder deed. Midden in deze plantenzee schitterde half boven het olieafvoerputje mama's trouwring. Ze had hem willen dumpen, maar niet gemerkt dat hij zich tegen haar wil verzette.

Ik raapte hem op, veegde hem af aan mijn broek en schoof hem aan mijn ringvinger. Hij was een beetje te groot, maar toen ik mijn hand in het licht hield fonkelde hij me maanzilver tegemoet. Ik stopte de ring in mijn broekzak, in de hoop dat mama hem op een dag terug zou willen hebben, en verliet de ravage.

Binnen ging de telefoon. Niemand nam op. Het rinkelen hield op en begon meteen weer opnieuw.

'Leene Dunker.'

'Ja, met mij, Leentje. Geef je me mama even?'

'Moment, ik weet niet waar ze is.' Ik liep door het huis en vond haar in de woonkamer voor de rode kist waarin we onze foto's bewaarden. De kist was leeg en mama zat tussen duizend foto's uit betere tijden, uit een verleden dat voor haar opeens echt een verleden was. Ze huilde. Ik klopte zacht, wees naar de telefoon en vormde met mijn lippen het woord 'papa'.

'Hij kan m'n rug op!' zei ze zo hard dat hij het kon horen.

'Ze kan nu niet.'

'Godallemachtig!' Mijn vader hing op.

Om zeven uur precies zat ik als enige van het gezellige gezinnetje aan het brood. Roos had zich sinds die ochtend niet meer laten zien, mijn moeder had zich in haar slaapkamer opgesloten en mijn vader? Geen idee. IJsbeerde door zijn kantoor. Zat bij Greta en stortte zijn hart uit.

Zat bij Greta en was blij dat de weg vrij was. Nee. Dan zou hij niet zo vaak gebeld hebben. Toch?

Varkentje krabbelde aan de deur en ik nodigde hem uit om aan tafel te komen.

'Vandaag mag jij alles opeten, want wij krijgen geen hap door onze keel.'

Varkentje was tevreden, liet me zien dat hij zijn krulstaartje in en weer uit kon rollen en begon te smikkelen.

Klingbing, daar was Johnny. Eindelijk. Ik had me in de verweesde werkkamer van mijn vader teruggetrokken in de hoop hem te pakken te krijgen. In de hoop met iemand te kunnen praten.

'Hoi Leene, nou, dat kostte moeite. Misschien moeten we een vaste dag afspreken.'

De tranen sprongen ter plekke in mijn ogen, Johnny werd een beetje wazig, maar hij was er.

'Wat is er gebeurd?'

Ik probeerde de brok in mijn keel weg te slikken. 'Hij heeft toch een vriendin, mama weet het en nu is hij weg.'

'Dat meen je niet.' Johnny kwam dichter bij de camera, alsof hij me troostend in mijn betraande ogen probeerde te kijken. 'En nu? Waarom doet hij zoiets, dat had ik nooit van jouw ouders gedacht, nooit...!'

Ik schudde mijn hoofd, hoorde Roos met een hoop kabaal thuiskomen en meteen naar zolder vertrekken, en kreeg mijn tranen eindelijk een beetje in bedwang. Johnny had een dik blauw oog.

'Wat is er gebeurd?'

'Waarmee?'

'Met je oog!'

'O, dat... Recht tegen een glazen deur aan geknald, ik had hem helemaal niet gezien.' Hij lachte.

'Ik kom naar je toe, hier hou ik het toch niet meer uit. Ik kom naar je toe en bescherm je tegen glazen deuren, wat zeg je daarvan?'

We grijnsden naar elkaar, toen kwam Johnny terug op het onderwerp. 'Wacht het maar even af, het is heus niet opeens allemaal over. Zo'n lange tijd samen... dat laat je niet zo een-twee-drie schieten. Luister naar mij, het komt wel weer goed!'

Ik staarde naar het beeldscherm en dacht hierover na.

'Hoe kan het nou zomaar goed komen! Ze geloven elkaar voor geen meter meer. Mama hem niet in elk geval.'

Johnny haalde zijn schouders op. 'Ik heb wel eens gehoord dat liefde niet zo makkelijk verdwijnt.'

'Liefde!' snoof ik vol verachting. 'Rotliefde!'

De volgende dag stond mijn vader in de gang. Hij zag er vreemd uit, alsof ik hem honderd jaar niet gezien had of alsof hij jaren ouder was geworden. Hij glimlachte gekweld naar me. 'Hallo, kleintje van me.'

'Hoi,' fluisterde ik terug, en ik besloot niet beledigd te zijn vanwege dat kleintje.

'Is mama thuis?'

Hij had het nog niet gezegd of ze schoot de keuken uit. Haar haar in een knot boven op haar hoofd, wat hij iets verschrikkelijks vond. 'Wat moet je hier? Ga weg! Ga maar naar je Greta!'

Mijn vader liep naar haar toe. 'Tascha, toe nou, we moeten praten.'

'Ik moet niks!'

Hij raakte haar arm aan, maar ze deed een stap naar achteren, kon er niet tegen. 'Laten we het nog een keer proberen. We kunnen toch niet alles zomaar overboord gooien!'

'Dat had je dan maar eerder moeten bedenken. Wat zegt Greta daar eigenlijk van? Vindt ze het wel best zo, als bijvrouw?'

'Het is uit met Greta,' zei mijn vader zacht. Hij duwde haar de keuken in en ik ging buiten op mijn schommel zitten, vloog naar voren en naar achteren, steeds hoger en hoopte, hoopte uit alle macht dat mama de deur naar haar hart op een kiertje zou zetten. Alsjeblieft, alsjeblieft, alsjeblieft!

Het duurde een eeuw, toen kwam mijn vader naar buiten en liep naar zijn auto. Ik hield mijn benen stil, liet me uitschommelen en staarde naar hem. Hij wees glimlachend naar de kofferbak.

'Ik pak alleen even mijn tas!'

Dank je, dank je, dank je!

Roos kwam te laat voor het avondeten, maar toen ze eindelijk kwam opdagen trok ze alleen haar wenkbrauwen op. 'Je bent er weer.'

Niemand zei iets over het te laat komen. Papa schraapte zijn keel. 'Ik kan niet bij jullie weg. We horen bij elkaar.'

'Ach, ik dacht dat je dat vergeten was.'

Ik keek mijn zus smekend aan. Kon ze niet gewoon haar mond houden? Was ze niet blij dat het weer net zo was als vroeger?

'Maar dat overkomt veel mannen van boven de veertig,

heb ik gelezen. Als ze oud worden, peppen ze zichzelf op met iets jongs.'

'Shit, Roos, hou nou eens op!' siste ik.

Ze keek me met haar donkere ogen dreigend aan, stond op en vertrok naar haar kamer.

'Dat zakt wel weer,' zei mama vermoeid en het klonk niet alsof ze het zelf geloofde.

Na het eten liet ik mijn ouders alleen en ging naar Roos. Ze lag op haar bed met haar oordopjes in naar knalharde muziek te luisteren. Weg met die dingen.

'Probeer het op z'n minst nog een keer! Doe niet altijd zo gemeen en geef hem een kans. We moeten elkaar nu allemaal steunen.'

Roos vouwde haar handen achter haar hoofd. 'Je denkt toch niet echt dat dat gaat werken!'

'Jawel, dat denk ik echt.'

Roos maakte een wegwerpgebaar. 'Er is geen vertrouwen meer. Waar moet dat weer vandaan komen?'

'Papa heeft het beloofd!'

'Papa heeft gelogen!'

'Een mens kan toch een keer een fout maken!'

'Hangt ervan af wat voor fout.'

Ik perste mijn lippen op elkaar.

'Kijk niet zo naar me. Ik hou mijn mond wel als jij daar blij van wordt.'

Beter dan niets, en ze hield woord. Voor de verandering.

In de weken daarna zei Roos niets meer over het onderwerp en ook verder maar heel weinig. We betraden nieuw terrein, het hele gezin, bewogen ons voorzichtig, vooral niets omgooien, niet dwarsliggen, lief zijn, aardig zijn, iedereen deed zijn best. Mama ging op dieet, ging met papa naar de bioscoop en daarna zelfs nog iets drinken. Papa had op kantoor om overplaatsing voor Greta gevraagd en belde een paar keer per dag, zomaar, om te horen hoe het ging. Hij speelde piano, terwijl mama haar werkplaats opruimde en mij heel lang tegen zich aan drukte toen ik haar de trouwring gaf, waarnaar ze op haar buik met een pollepel in het putje had liggen zoeken.

'Zal ik hem weer omdoen?'

Ik knikte. Papa had de zijne ook om. Niet meer te strak. En op een nacht zag ik hen bij volle maan dansen op het erf. Met z'n tweeën. Ik ging gelukkig op de trap zitten en keek ernaar door het raampje in de voordeur.

Toen ze weer binnenkwamen, giechelend en heel anders dan anders, ging papa's telefoon. Hij wilde opnemen, maar mama was hem voor en de beller hing op. Ze werd bleek.

'Vast een verkeerd nummer,' zei papa.

'Vast Greta!'

'Tascha. Hou op!'

'Zullen we dit weekend gaan kamperen?' vroeg ik vlug.

Papa keek me verward aan, dacht even na, knikte. 'Eigenlijk is er nog een tweede studieweekend, maar dat zeg ik wel af, er kan best iemand anders in mijn plaats gaan.'

'Greta?' Mama keek hem onderzoekend aan.

'Bijvoorbeeld,' bromde papa licht geïrriteerd.

'Ik dacht dat ze weg was?'

'Ze zit op een andere afdeling. Maar daarom kan ze er toch nog wel heen?'

'Mij een zorg wat zij doet!' Mama liep de trap op naar hun slaapkamer en papa aaide me over mijn hoofd alsof hij me gerust wilde stellen, terwijl het denk ik eerder om hem zelf ging. 'Goed idee om te gaan kamperen!'

Op zaterdag stond er een stralende zon aan de hemel: ja, goed zo, gaan jullie maar lekker kamperen, ik draag mijn steentje bij aan de goede afloop.

De auto zat zoals gewoonlijk tot aan de nok toe vol, de twee rolkoffers die ik voor Roos en mij gepakt had moesten we bij onze voeten zetten.

'Waarom die kinderkoffertjes?' mopperde Roos. Ze had niet zo'n zin in harmoniegedoe.

'Die namen we vroeger ook altijd mee,' grijnsde ik. Ik wilde instappen, maar daar zat Varkentje al pontificaal op mijn plek. 'Hé Varkentje, jij kunt niet mee. Dat heb ik je al uitgelegd. Kom op, uitstappen.'

Hij gaf geen krimp en bleef strak voor zich uit kijken.

'Waarom nemen we hem eigenlijk niet gewoon mee?' vroeg mijn moeder, die er met haar strohoed vol bloemen prachtig uitzag. 'Wat vind jij, Daniël?'

Papa sloeg zijn ogen ten hemel. 'Voor mijn part!'

'Joehoe, jullie zijn top!' schreeuwde ik, en ik perste me naast het varken op de achterbank. 'Kom, Roos, we gaan!'

'Ik heb je gitaar ingepakt, lieverd,' zei mama.

Roos stopte haar oordopjes in haar oren en straalde zichzelf ergens anders heen. Natuurlijk kwamen we in een file terecht, hoewel we speciaal vroeg vertrokken waren en papa een nieuwe route naar ons plekje aan de rivier had uitgestippeld.

'Wat een ellende,' gromde hij, en mama begon snel een schlager voor hem te zingen. 'In de auto voor me zit een jong meisje...'

Papa viel in en daarna wist ik er ook nog een.

'...Muzikanten, kom hier, speel een lied voor ons vier...'

Behalve Roos zongen we allemaal over gelukkig zijn, en twee uur later dan gepland kwamen we bij de rivier. Je moest langs een behoorlijk steile helling omlaag om bij het schiereilandje te komen. Als beladen pakezels schuifelden we naar beneden, alleen mama nam de snelle route, gleed uit en schoof op haar achterste de helling af. 'Au!' Beneden greep ze naar haar voet, ze kon er nauwelijks op staan.

'Shit, kunnen we niet beter naar een dokter gaan?'

Mama probeerde te glimlachen. 'Welnee, we gaan kamperen!'

Varkentje roetsjte langs haar en ging verderop gelukkig in het gras liggen rollen.

'Blijf jij maar zitten, dan zet ik met de meisjes de tenten op.'

Dat konden we heel goed, geoliede machine enzovoort, maar van één tent ontbraken twee haringen.

'Tascha, waar zijn die haringen nou weer gebleven?' Papa was geïrriteerd.

'Weet ik veel, dat is jouw afdeling!'

'Mijn afdeling?' Papa wilde al brullen dat híj de tenten de laatste keer niet opgevouwen had, maar zij, en wat dit nu weer voor een geklungel was, maar hij bedacht zich. 'Roos, zoek eens twee stokken die we in de grond kunnen slaan.'

'Top!' deed Roos sarcastisch, terwijl mama de rugzak uitpakte en met een doosje zwaaide.

'Maar ik heb wel aan de aanmaakblokjes gedacht!' Ze

had haar ene schoen uitgetrokken. Haar voet werd duidelijk dikker en ze hinkte op één been naar de rivier om hem te koelen. 'Helemaal niet zo koud meer!' liet ze ons weten.

Roos kwam met de stokken en papa probeerde ze met een steen de grond in te rammen, sloeg natuurlijk op zijn vinger en begon als een grote hansworst rond te springen. 'Autsj, autsj, autsj!'

Roos rolde met haar ogen. 'Hou maar naast mama's voet in het water, ik doe het verder wel.' Ze was goed in zulke dingen.

'Is het eigenlijk nog aan met je *vriend*?' informeerde papa toen de tenten eindelijk opgezet waren, hij zijn hengel in het water gelegd had en we met z'n allen rond het kampvuurtje zaten, dat nog niet brandde, maar zo meteen wel; papa was ermee bezig en gelukkig had hij aanmaakblokjes.

'Dante?'

'Yep.' Achteloos, alsof het zomaar een vraag was.

'Hij is mijn vriend niet!'

'Maar je zei...'

'Daar komen donkere wolken aan!' riep mama, in de eerste plaats om een einde te maken aan het gesprek, dat onvermijdelijk op ruzie zou uitlopen, en in de tweede plaats omdat het zo was.

'Die trekken wel weer over.'

Varkentje lag naast me, liet zich aaien en knorde zoals een kat spint. Net toen het vuur eindelijk brandde kwam de eerste windvlaag over, rukte de houten haringen uit de grond en nam meteen de hele tent mee.

Papa sprong op – 'sodeju, dat geloof je toch niet!' – rende

achter de tent aan, maar kon alleen nog toekijken hoe die midden in de rivier terechtkwam en wegdreef. 'Alles gaat fout vandaag! Waarom heb je die stokken dan ook niet goed in de grond geslagen, Roos?'

Het begon te onweren en Roos flipte. 'O ja, nu is het natuurlijk weer mijn schuld. Jij kon het helemaal niet. Jij kunt alleen andere vrouwen in bed krijgen, dat is wat jij kunt!'

Papa stormde op haar af. 'Nu ben ik het zat!'

Mama probeerde op te staan om ertussen te komen, en precies op dat moment begon het vanuit het niets te plenzen, alsof iemand vanboven af emmers water over ons uitstortte.

'Snel, de tent in!' riep mama. Ik moest haar ondersteunen en Varkentje was er als eerste. We wurmden ons in de tweepersoonstent, waarvan je het doek niet mocht aanraken als het regende, omdat het dan ging lekken.

'Shit, mijn gitaar!' Roos rende nog een keer naar buiten en kwam terug met haar geliefde instrument, liet zich tussen ons in zakken en probeerde de gitaar uit de hoes te halen om te zien of hij nat geworden was.

Zo dicht hadden we lang niet meer bij elkaar gezeten. De regen roffelde op de tent en we wachtten. Niemand zei iets, maar iedereen dacht boos 'Lekker uitstapje!', tot Roos opeens gitaar begon te spelen en er zachtjes bij zong: '*It's raining again, oh no, my love's at an end, oh no...*'

We begonnen allemaal een beetje heen en weer te wiegen, dat wil zeggen, mama begon ermee en wij konden alleen maar meedoen, vanwege het plaatsgebrek, maar het was fijn, een gezin maakt er het beste van.

'Volgens mij is het droog,' zei mama toen het lied afgelopen was. Ik deed de rits open en op handen en voeten kwamen we als een olifantenparade de tent uit. Precies op het moment dat de zon de wolken opzij duwde en op een vrouw scheen die boven aan de helling stond, kletsnat, en op ons neerkeek.

Ik herkende Greta meteen.

Lulu drukt haar varkenssnuit tegen mijn billen en duwt me de rechte weg af.

'Ik snap niet dat je zo'n haast hebt om naar de stad te verhuizen!' Ik moet lachen en versnel mijn pas. 'Weet je wel dat daar helemaal geen andere varkens wonen? Feestvarkens misschien, maar verder?'

Lulu knort. 'Daar raakt een oud maar nog steeds heel aantrekkelijk, eenogig varken nou juist van in extase,' wil ze misschien zeggen.

'Poe!' De koffer is zwaar, maar dat kan ook niet anders, tenslotte zit alles erin wat ik in twintig jaar tijd heb verzameld en bij het opruimen niet weg kon gooien. De paarse jurk met het landkaartpatroon bijvoorbeeld, die mama voor me genaaid heeft. En die me allang niet meer past.

Ik maak nog meer tempo, want ik wil zelfs geen seconde bij de boom stil hoeven staan. Die boom! 'Ergens toch wel gek dat andere mensen altijd alles anders willen. Nieuw.'

Een vreemd idee dat er nu een echtpaar in ons tankstation trekt, wat ouder al, dik, pafferige gezichten van de alcohol, geen kinderen.

'Ah, we gaan hier eens flink orde op zaken stellen. Het moet allemaal weer net zo worden als vroeger, begrijpt u wel? In deze tijd moeten er ook dingen gewoon normaal zijn, en een tankstation is een tankstation, zo is het altijd geweest!'

Zo kun je het zien. Maar je kunt het ook laten. Ik heb ge-

leerd dat dingen die voor eeuwig bedoeld zijn sneller verdwijnen dan je je kunt voorstellen. Ach, wat zou het. Lulu knort van veraf en dwingt me te blijven staan. Ze scharrelt in het gras naar iets eetbaars.

'Lulu, kom op!'

En heeft iets lekkers, iets zompigs onder de dikke boom gevonden. Ze wentelt zich er uitgebreid in en grijnst van flapoor tot flapoor. Dat gebeurt vanzelf als ze ergens in ligt te rollen, alsof een klein varkensmannetje links en rechts met twee touwtjes haar mondhoeken omhoogtrekt.

'Lulu! Wat zullen de mensen in de trein wel niet zeggen? Ik voel het al aankomen, straks kan ik weer de hele reis met je in het gangpad staan!'

Natuurlijk is het die boom, uitgerekend die. Lulu komt knorrend aangewaggeld. Ze stinkt.

'Je mag blij zijn dat ik altijd te vroeg vertrek als ik ergens heen moet.'

Heb ik van papa. Overdreven stipt, altijd present. Achter de boom stroomt een smal beekje, het Water-niet-aanraken-beekje. Je moest van de ene glibberige steen op de andere springen en proberen met droge voeten aan de overkant te komen. Zo ging het spel toen we kinderen waren. Als je volwassen bent, was je met het heldere water het varken. 'Smeerpoets!'

Lulu grijnst en vat het op als een compliment. Ik laat met twee handen water over haar borstelige rug lopen. Eén keer draai ik me heel even om. Naar de boom. En het verweerde witte houten kruis dat inmiddels scheef staat, maar nog steeds aan het bittere verleden herinnert: Vergeet hem niet!

8

Woensdagavond. Roos vergat bijna adem te halen terwijl ze Dante vanuit haar donkere hoekje gadesloeg. Al zijn bewegingen en al zijn niet-bewegingen (in de loop van de jaren die volgden vertelde ze me stukje bij beetje het verhaal van hun grote liefde; in de loop van de jaren kwam ik alles te weten over elk stofje dat zich op hetzelfde moment in dezelfde lucht bevond als die twee).

Dante zat achterstevoren op een stoel, armen op de rugleuning, een onbewogen gezicht. De andere bandleden leunden met hun handen diep in hun broekzakken tegen de muur en waren boos.

'Jij zei dat je voor een vervanger zou zorgen! Nu staan we daar!'

'Zonder zanger heeft het niet eens zin om verder te repeteren. Dan luistert de jury maar met een half oor naar ons!'

'We spelen op dat festival, maak je niet druk, geen zorgen. Jouw woorden! We hadden naar Dirk moeten luisteren!'

'Dirk is een imbeciel.' Dante sprak kalm en achteloos en maakte de anderen alleen maar kwader.

'Iedereen gooide met bierblikjes, iedereen. Dirk kan er toch ook niets aan doen dat die uk haar hoofd uitsteekt!'

'Maar jij, jij gooit hem eruit. Zonder met ons te overleggen! We zijn een band, dus we hebben allemaal een stem.'

Dante haalde een hand door zijn zwarte haar en grijnsde. Een klein beetje maar. 'Hé, jullie hadden toch allemaal genoeg van hem? En zingen kon hij ook al niet.'

Grote Roos stond onder aan de trap naar de oefenruimte van de Black Blogs naar de ruzie te luisteren, en nu vatte ze moed.

Ze kwam uit het donker vandaan, liep langs de jongens naar de microfoon, veegde haar handen af aan haar broek en zette de standaard op de goede hoogte. De jongens keken roerloos naar haar. Dantes gezicht klaarde helemaal op.

'Nou,' wilde Roos weten, 'beginnen we nog?'

Dante stond op, plugde zijn bas in en zette de versterker aan. Ze waren er klaar voor, Dante en Roos. De jongens liepen schokschouderend naar hun instrumenten.

'Wat ken je zoal?'

'Rotliefde!'

Roos zong het anders dan Dirk. Hoewel ze een meisje was en haar stem dus fijner, lichter en hoger, kostte het haar geen enkele moeite boven de instrumentenbrij uit te komen. Helder en duidelijk zong ze in de microfoon, zo kwaad en vol overtuiging dat zelfs bij Dante de rillingen over de rug liepen. Ze mikte recht op het hart, zaaide twijfel, zat heel dicht op de tekst, misschien ook omdat het haar zwanenzang was; haar afscheid van mama en papa, het gezinsleven in het algemeen en de volle maan in het bijzonder.

Het was drie dagen geleden dat Greta als een engel der wrake op de heuvel aan de rivier verscheen en er getuige van was hoe de familie Dunker plus varken op handen en voeten de tent uit kroop. 'Dit doe je dus als je ziek bent.'

Ze hoefde haar stem niet te verheffen. Haar woorden daalden op ons neer als de losgetrapte brokken van een steenlawine. Ik schuifelde dichter naar mama toe. Ondanks haar dikke voet stond ze kaarsrecht. Ze staarde bleek naar de vrouw die met haar man zoende en luisterde naar wat ze zei.

'Volgens mij wordt het tijd dat je kiest.'

En dat was dat. Daarmee had ze mijn vader alle keuzemogelijkheid ontnomen. Hij was niet opnieuw begonnen maar gewoon op de oude voet doorgegaan, had Greta gezoend en bedrogen, mama gesust en bedrogen, iedereen bedrogen.

Nu viel er niets meer te vergeven, hij kon zijn tas weer pakken en vertrekken. En wij hadden in het vervolg nog maar één tent nodig. Of geen.

Nog dezelfde avond was hij met de auto vertrokken en we hadden geen afscheid van hem genomen. Zelfs ik niet. De achtergebleven vrouwen des huizes kropen in bed, diep onder de dekens, en lieten elkaar met rust.

Ik was zo kwaad dat het niet eens echt pijn deed. Als de zaken er zo voor stonden, was het maar het beste dat hij weg was. Geen van ons zou ooit nog een woord geloven van wat hij zei; een verbod uit zijn mond kon nooit meer serieus genomen, laat staan opgevolgd worden, zijn regels zouden we niet eens meer horen. Alles wat in het vervolg uit zijn mond zou komen, zou rot zijn en stinken als de bagger waar Varkentje zich zo graag in wentelde, maar zelfs die was nog meer waard.

'Ik... Ik...' Dat waren zijn laatste woorden geweest bij de rivier. En als het daarom ging, alleen daarom, dan had hij nu zijn zin.

De volgende ochtend verwachtte ik mijn moeder met een kater en in haar televisiedekentje aan de ontbijttafel te zien zitten. Maar ze stond fris gedoucht en opgemaakt voor het aanrecht spullen te sorteren. Papa's spullen, haar spullen. Ze had kartonnen dozen uit de werkplaats gehaald en verloste haar schoenenkunstwerk van papa's keukengerei, wikkelde alles zorgvuldig in krantenpapier – 'De tabasco gaat in de overlijdensberichten!' – en stopte het in een doos. 'Goedemorgen, lieverd,' zei ze met een lief hoog stemmetje, 'je muesli staat op tafel.'

De mooi gedekte ontbijttafel. Verse bloemen, servetten, gekookte eieren in eierdoppen met zelfgemaakte vilten mutsjes erop, drie kleine puntmutskaboutertjes.

'We moesten hier toch hoognodig eens schoon schip maken.'

Ik ging sprakeloos op mijn plaats zitten en begon te eten, hoewel ik helemaal geen trek had.

'Rooooos!' riep mama, en haar stem sloeg een beetje over. 'Ontbijt!' Ze kwam bij me zitten, onthoofdde haar ei en lepelde het vakkundig uit. 'En, wat staat je vandaag te wachten op school?'

Ik haalde mijn schouders op. Mijn moeder had er altijd een hekel aan als iemand zijn ei onthoofdde. Ze had een hekel aan het geluid van staal dat door de eierschaal snijdt.

'Niks bijzonders.'

Roos kwam de trap af, peilde met opgetrokken wenkbrauwen de situatie, kreeg een waarschuwende blik van mij – 'Commentaar heeft geen zin, laat haar maar!' – en speelde het spelletje mee. Op haar manier.

'Dat noem ik nog eens een ontbijt. Goed idee om de heer des huizes eruit te gooien!'

Oef.

Mama grijnsde. 'Van nu af aan waait hier een heel andere wind. Eerst ga ik alles eens flink op z'n kop zetten. Jullie vader komt zondag zijn spullen halen. Dan krijgen we eindelijk weer lucht!'

Ze deed wat ze zei, ruimde op en pakte dozen en tassen, dag na dag, avond aan avond, en hield alleen halt voor papa's werkkamer. 'Die mag hij zelf uitzoeken, daar begin ik niet aan.'

Haar aanhoudende vrolijkheid kneep me de keel dicht. Hoe dichter we bij de zondag kwamen waarop mijn vader voorgoed zijn leegte zou achterlaten, hoe minder lucht ik kreeg.

Op donderdag hadden we schoolzwemmen. Dat was altijd zo en ik haatte het. Het zwembad met zijn geurmengsel van chloor en klamme handdoeken die te lang niet droog geweest waren, onder de föhn geschroeide haren en oud afwaswater. De glibberige vloer met een laagje douchegel erop, water met dood haar erin dat zich om je tenen slingerde, of je nu slippers aan had of niet, hardnekkig, beweeglijk, en teennagels van onbekende mensen. De douche die altijd uitging als je net je haren had ingezeept en je ogen niet open kon doen om naar de knop te zoeken, het lauwe water dat je om de een of andere reden moest doorploegen voor een goed cijfer en dat er alleen maar zo fris blauw uitzag omdat iemand de bodem zo geschilderd had.

En ik kon het bovenstukje van mijn bikini niet vinden, omdat mama de la met sportspullen had uitgemest om papa's zwembroek en zwembrilletje eruit te halen.

‘Zonder bovenstukje ga ik niet, mama, waar kan het zijn?’

‘Ik heb het niet weggedaan, schatje, echt niet, dan heb je het de vorige keer niet teruggelegd, of zit het misschien in de was?’ Ze dacht na. Specialisme: wasstromen! ‘Nee, nee, het zit niet in de was.’

Boos knalde ik de la dicht. ‘Schrijf dan maar een briefje voor me!’

‘Leene kan vandaag niet zwemmen omdat ze het bovenstukje van haar bikini kwijt is? Nee. Neem maar een badpak van Roos.’

‘Ja dag, dan kan ik net zo goed meteen naakt gaan. Daar verzuip ik in!’

‘O, ik weet wat, ik weet wat!’ zong mama, en ze deed me de supergemotiveerde bovenstukjestruc voor. Men neme een T-shirt, rolle het aan de voorkant op tot een worst en trekke die door de hals. En klaar is Kees!

Voor school werden Roos en ik door haar vrienden opgewacht.

‘Hé, waar zat je nou gisteren?’ Leenegraag keek Roos verwijtend aan. ‘We zouden toch de demonstratie voorbereiden?’

Roos zette haar fiets op slot. ‘Ik kan op woensdagavond niet. Dan repeteren we.’

‘Wie, we?’ vroeg Vlammetje, al wist hij dat eigenlijk best en beet hij daarom op zijn nagels, wat zijn moeder vast en zeker niet goed vond.

‘Mijn band en ik. Sta ik hier voor de rechter of zo?’ Roos liep langs hen heen richting school en de anderen volgden haar op de voet.

Ik was misselijk. Ik word altijd misselijk als er iets gebeurt waar ik bang van word. Roos zong in Dantes band. Ze bleef niet uit zijn buurt, wat eigenlijk wel moest – hij graaide met zijn bleke spinnenvingers naar mijn zus.

'Zing je nu toch in de band van die gast?' durfde Durfniet te vragen. Vlammetje perste zijn lippen op elkaar. Etrib zette grote ogen op. Jut liet Jul struikelen.

'Ja, en we doen mee aan het festival, als jullie het zo nodig moeten weten. We zullen er de komende tijd dus keihard tegenaan moeten.' En weg was ze.

Om bij het zwembad te komen moest ik om het schoolgebouw heen lopen. Roos en ik hadden nog niet veel gepraat. Over papa en hoe het nu verder moest. Zwijgend keken we naar wat er gebeurde. Ik onbeweeglijk, Roos in een vlucht naar achteren. Of naar voren? Misschien sloeg ze gewoon nieuwe paden in omdat thuis geen thuis meer was. Omdat niets meer zou zijn zoals het hoorde te zijn.

'Hé Leene, zin om te gaan zwemmen?' Linnea en Annemarie haalden me in met hun enorme vuil- en waterafstotende tassen. Ze waren toch zulke goede vriendinnen. Ze deelden al hun geheimen met elkaar. Ze hadden allebei lang blond haar dat heen en weer zwiepte als ze liepen, en de geheimen waar ze nog achter moesten komen waren: hoe gebruik ik blauwe oogschaduw zonder dat het lijkt alsof iemand me een knal verkocht heeft, en wat doe ik ertegen dat ik recht op een bestaan als domme muts afsteven?

In de kleedkamer wikkelden ze handig een handdoek om zich heen en trokken daaronder hun leuke bikinietjes aan, onderstuk en bovenstuk. De zwembadgeur trok in mijn neus en de misselijkheid werd erger, het hielp niks dat ik probeerde door mijn mond te ademen. Zou papa zijn computer ook meenemen? En het bureau, de hele kamer, de zijne en de mijne, onze werkkamer, waar ik geleerd had hoe de sterren heetten en waarom de maan maar één keer in de maand vol was?

'Oeh Leene, tof bovenstukje.'

Ik staarde naar Linnea. Haar gezicht was vervormd, alsof het van elastiek was en iemand het uit model had getrokken. De dikke lippen vormden een gapend gat met lange tanden erin en een speekseldraad die van boven naar beneden liep.

'Pas maar op, als het verschuift zien ze je boooorsten!'

De stem sleepte als een oude grammofoonplaat die te langzaam draaide. Ik haalde uit en gaf haar een dreun. Mijn hand kletste midden in het monstergezicht, de hele Linnea werd naar achteren geslingerd en zag er in één klap weer uit als de domme muts die ze was. Haar wang werd knalrood, haar mond viel open, in de kleedkamer heerste een verbaasd zwijgen.

'Ben je gek geworden?' krijste Annemarie, die als eerste haar tong terugvond.

Ik pakte mijn tas in, trok mijn jas aan en rende weg. Gewoon weg. Urenlang rond de stad, over de heuvels en ten slotte naar huis.

'Meneer Burkhardt heeft gebeld.' Mijn moeder zat al op me te wachten. In de gang had ze dozen opgestapeld, netjes dichtgeplakt en beschreven. 'Je hebt Linnea geslagen?'

Ik gooide mijn tas in een hoek en stampte de trap op.

'Leene, hier blijven, dit kan niet!'

'Het kan ook niet dat papa hier niet meer woont. Dat hij zomaar bij ons weggaat. Het kan niet dat we hier opeens alleen zijn en het kan ook niet dat Roos gewoon maar verdwijnt! Weet je, mama, alles kan, alles is mogelijk!' schreeuwde ik, en ik smeet mijn kamerdeur achter me dicht, liet me op bed vallen en huilde ik weet niet hoe lang. Na een tijdje werd er zachtjes aangeklopt en kwam mama binnen met een dienblad. Warme soep, drie sneetjes wit brood, keurig schuin doorgesneden en in een mooie waaier gerangschikt, een grote rode bloem in een vaasje. Ze zette het zachtjes op tafel, kwam naar mijn bed en aaide me over mijn hoofd.

'Linnea vroeg er gewoon om! De stomme trut!'

Toen ging ze weer, want er was nog veel te doen voor papa zondag met de verhuiswagen kwam voorrijden.

Joooohnny! 's Avonds sloop ik naar de werkkamer. De deur knarste alsof ik opeens een geheime kamer binnenging, en nog een keer toen Varkentje zich naast mij naar binnen drong, met een verwijtende blik in zijn ogen, het varkenshart bedroefd. Er had de hele dag nog niemand aan zijn stekelhaar gezeten.

Binnen rook het oud en stoffig, als in een kamer waar lang niemand geweest is. Ik zette de bureaulamp en de computer aan en ging op papa's stoel zitten. Waar zijn billen nog maar een paar dagen geleden het hout verwarmd hadden. Varkentje ging aan mijn voeten liggen en begon teder aan mijn tenen te knabbelen. Een van de klokken aan de muur was stil blijven staan en de la vroeg me dringend hem open te maken en de horloges na te kijken, zorg ervoor, zorg ervoor! Nou, voor mijn part konden ze verroesten!

Klingbing.

'Hoi Leene, beste vriendin!' Johnny grijnsde me met zijn reusachtige mond vanaf het beeldscherm aan, legde een hand op zijn borst en maakte een buiginkje. Ik glimlachte. 'Nog nieuws van het thuisfront?'

Dat vond ik een passende uitdrukking. 'Mijn vader verhuist zondag, mama stopt fluitend zijn spullen in dozen, Roos zingt in Dantes band en ik heb Linnea zo'n hengst gegeven dat ze achterover tegen de muur sloeg en geen woord meer kon uitbrengen.'

Johnny hield zijn hoofd schuin en fronste zijn voorhoofd. 'Hè?'

'Wat, hè?'

'Oké, dat met Linnea is cool, de rest klinkt fout. Is dat dé Dante? Die ontspoord was?'

Ik knikte en kroelde Varkentje met mijn tenen tussen de oren.

Johnny schudde peinzend zijn hoofd. Hij wist niet wat hij moest zeggen, en dat zou ik in zijn plaats vast ook niet geweten hebben. 'Hé, heb je zin om dit weekend even heen en weer te scheuren naar Hamburg? Dan hoef je die ellende tenminste niet mee te maken. Het is trouwens toch hoog tijd dat we elkaar weer eens zien. Oog in oog, tjiktjak!'

Ik staarde hem aan. Johnny had me zojuist het enige dragelijke uitzicht geboden, een lichtpuntje dat ik me even geleden nog totaal niet had kunnen voorstellen.

'Johnnyponny!'

Vastbesloten mijn zin te krijgen ondanks mama's bezwaren (je bent pas dertien, je kunt niet alleen zo'n heel eind met de trein, dat vind ik niet goed en dan ook nog logeren, komt niets van in) marcheerde ik de woonkamer in, waar ze met harde muziek op woest bezig was, en hield de treinverbindingen die ik op internet had opgezocht onder haar neus. 'Ik ga naar Johnny.'

Mama keek vluchtig naar het briefje en glimlachte. 'Wat een goed idee! En Judith? Vindt die het ook goed?'

Judith was Johnny's moeder. Mama kende haar al eeuwen, maar net zo oppervlakkig als iedereen. Ik knikte van ja, hoewel ik geen flauw idee had, jammer dan, Johnny zou het wel regelen, en gaf haar een kus, met het beklemmende gevoel dat ze niet helemaal goed bij haar verstand was.

9

Op zaterdagochtend pakte ik mijn tas. Mama had me geld en instructies gegeven en ik had Roos ingeprent om voor Varkentje en de anderen te zorgen, hoe vaak ze ook naar Dante toe moest.

'Iedereen gaat zijn eigen gang, Kippetje, zo werkt het nu bij ons.'

Mama had beloofd me naar het station te brengen. Toen ik beneden kwam, stond ze me tussen al die dozen aan te kijken. 'Ik ben klaar!' Trots? Eerder hulpeloos.

'Mooi. Ik ook. We moeten gaan.'

Mama keek op haar horloge. 'Beetje vroeg nog, hè?'

'Toe nou. Ik wil de trein niet missen!'

Mijn moeder trok haar jas aan en pakte een kleine weekendtas, die ik tot nu toe over het hoofd had gezien. 'Best. Je vindt het vast niet erg als ik meega.'

Ik geloofde mijn oren niet. 'Naar Johnny?'

'Ja, ik ben klaar hier en toen dacht ik...'

'Maar... dat is helemaal niet afgesproken!'

Mama keek me aan, probeerde het in elk geval, maar ze kon haar ogen niet stilhouden en ze vlogen over mijn gezicht. Toen wist ik dat ik haar niet thuis kon laten.

In de trein zat ze aan één stuk door te kletsen, en eigenlijk was het nogal wat, wat ze daar deed, voor iemand die de weekwas nog niet klaar had en in geen jaren ons stadje uit was geweest.

'Koffie, Fanta, Sprite!'

Mama kocht van alles en nog wat van de man die licht gebogen met zijn karretje door de trein liep en stapelde het voor ons op het tafeltje op, terwijl ik met haar telefoon Johnny probeerde te bereiken.

Geen enkel probleem. Judith vond het juist leuk. Tenslotte had ze met mama, Klein-Johnny en kleene Leene jaren geleden een mat in een speelgroep gedeeld. Bovendien was ze expert op het gebied van alleenstaande moeders en nare mannen. Johnny's vader was voor zijn geboorte al spoorloos verdwenen.

Mama klapte in haar handen. 'Helemaal goed. We gaan er een mooi weekend van maken. Roos weet ervan, en als zij er niet bij wil zijn als papa komt, ik bedoel, hij heeft de sleutel nog, hij gaat z'n gang maar.' Ze gooide het lege pindazakje in het prullenbakje en werd stil. Buiten regende het inmiddels. De druppels liepen horizontaal over het raam en verdeelden het landschap, de bomen, de hemel in grijze stroken.

'Ben jij wel eens in Hamburg geweest?' vroeg ik om de stilte te verbreken.

Mama schudde haar hoofd. 'Er is van alles te beleven!'

Ik haalde een foldertje over de stad en het actuele culturele aanbod uit mijn tas: 'De Vrije en Hanzestad Hamburg is als stadstaat een deelstaat van de Bondsrepubliek Duitsland, de tweede stad van het land en de zevende van de Europese Unie... Het devies van Hamburg luidt *Libertatem quam peperere maiores digne studeat servare posteritas* (Moge de vrijheid verworven door de voorouders door het nageslacht waardig behouden worden) en is als inscriptie te vinden boven het portaal van het stadhuis. Hamburg, in het Latijn Hammonia...'

Toen ik weer opkeek was mama in slaap gevallen. Ze leunde met haar hoofd tegen het raam en het zwarte haar krulde in haar hals omlaag. Ze was mooi. Mooier dan alle andere vrouwen.

In Hamburg stonden Johnny en Judith ons op het perron op te wachten. Johnny was gegroeid en een klein stukje groter dan ik. Hij zag er anders uit, wat me via de webcam helemaal niet opgevallen was, maar misschien had ik niet goed opgelet: ouder, op weg een man te worden, mijn Johnnydwerg. Dat maakte me verlegen, en toen ik hem een hand wilde geven kreeg hij zijn wereldberoemde slappe lach.

'Sorry Leene,' proestte hij, 'maar dat gaat zo niet.' Hij omhelsde me, drukte me tegen zich aan en veroorzaakte een onbekende gevoelsexplosie.

'Hé, fijn je te zien,' kraakte ik zachtjes in zijn straathondenhaar, en dat vond hij ook, duidelijk.

We wurmden ons in Judiths oude Renault, bewonderden de stad en Judith zelf, omdat ze er auto kon rijden zonder meteen een ongeluk te krijgen, en namen onze intrek in de kleine, oude maar oergezellige bovenwoning.

'Ik dacht zo dat Leene maar bij Johnny moest slapen.' Judith keek mijn moeder vragend aan, we liepen tenslotte niet meer in luiers rond, maar mama had al haar bezwaren door de wc gespoeld en wij vonden het ook best. Natuurlijk.

'Ik ga koffiezetten, maar daarna moet ik wel nog even naar kantoor. Zaterdag betekent helaas alleen voor andere mensen weekend. Natascha, zet je spullen daar maar bij de bank, die klappen we straks uit.'

Het was allemaal heel ontspannen en we lieten ons vallen.

'Dat was het beste idee dat je ooit hebt gehad,' verzekerde ik Johnny toen we op zijn kamer zaten. Vanuit het raam kon je die gekke hijskranen in de haven zien, achtergebleven sauriërs, die zonder ogen huilend over zee uitkeken, verdrietig omdat ze uitgestorven waren. 'Daar moeten we heen!'

Nadat Judith vertrokken was – 'Maar vanavond gaan we op kroegentocht, Natascha!' – pikte mama mijn Hamburgfolder en ging op pad. 'Ik wil jullie niet in de weg zitten, en je gelooft het nooit maar er is een tentoonstelling... wacht, waar staat het nou... "Behang door de eeuwen heen". Alsof ze speciaal op mij gewacht hebben, toch?'

Johnny nam me mee naar de kranen. Langs zijn nieuwe school, het hockeyveld waar hij wel eens speelde, en de kiosk waar hij altijd zijn 'broodje negerzoen' kocht. 'Wil je er een?'

Ik schudde mijn hoofd. 'Heb je vrienden?'

Johnny haalde zijn schouders op. 'Een paar kennissen, je weet hoe dat gaat bij mij.'

'Je bent in elk geval geen dwerg meer. Hoe durf je eigenlijk zo te groeien?'

'Ik heb geprobeerd het tegen te houden en dagenlang mijn adem ingehouden. Maar nee hoor. En nu jij. Hoe gaat het met de statafel?'

'Loop ik met gemak onderdoor. Maar misschien neemt mijn vader hem nu wel mee. Voor zijn nieuwe leven.'

Johnny was tot nu toe niet over het onderwerp begonnen en daar was ik hem heel dankbaar voor. Ik had geen zin om erover te praten, wilde niet vertellen wat er precies gebeurd was en wist ook niet hoe het verder zou gaan.

Johnny pakte mijn hand en zei niets. Boven ons hoofd cirkelde een stel meeuwen. Ik vroeg me af wat ze verwachtten. Dat we vissen uit onze zak zouden toveren of zo?

Bij de kranen gingen we op een stenen trap naar het water zitten kijken.

'Zullen we weglopen?'

Ik keek naar Johnny, zoals hij daar in de verte zat te turen en zulke dingen voorstelde. Zijn oor was net als vroeger, klein, heel vlezig aan de bovenkant en een beetje rood. Het was het zachtste oor dat je maar kon hebben. 'Hoe bedoel je?'

'Ten eerste is het hier stom. Judith werkt de hele dag en heeft 's avonds vaak nog lange vergaderingen met haar baas.' Hij wachtte even. 'Ten tweede ben jij er niet. En dat is helemaal niet goed. Niet alleen omdat jij me nu niet meer kunt redden, maar, ik bedoel, dat zou onder andere toch wel fijn zijn.'

Ik begreep dat er voor Johnny niets veranderd was. Hij was nog steeds het pispaaltje en had niemand gevonden die mijn rol wilde overnemen. Gelukkig maar, aan de ene kant. Ik dacht aan zijn blauwe oog, aan het verhaal over de glazen deur, en het ergerde me dat ik daar niet doorheen geprikt had, te veel met mezelf bezig was geweest. Judith kon niet anders. Die moest geld verdienen. En daarom had ze zoals altijd veel te weinig tijd voor een Johnny die het beste was wat ooit geboren was.

'En waar gaan we dan heen?'

'Ik heb heel veel geld gespaard. Ik had namelijk geen idee waar ik het aan uit moest geven, behalve broodjes negerzoen, maar dan hou je nog flink wat over. We gaan gewoon ergens anders heen, en daar maken we het leuk. Meer weet ik niet, maar het is beter dan wat ze ons hier te bieden hebben. Toch?'

Ik knikte en dacht aan Varkentje. 'Maar we moeten wel mijn varken ophalen.'

'Oké.'

We hadden een plan, en daar werden we zo blij van dat we deden wie het eerst thuis was en sneller waren dan het geluid.

Judith en mijn moeder giechelden in de badkamer omdat Judith mama opmaakte en ze samen allerlei kleren aanpasten en popelden om de deur uit te gaan. Ik had mijn moeder nog nooit zo gezien. Ze was gelukkig, alsof ze zich bevrijd voelde. Ze ging op zoek naar nieuwe mogelijkheden, net als Roos; ze waren allemaal alleen maar blij, alsof ze van hun ketens bevrijd waren. Was het zo erg geweest?

Terwijl Johnny een rugzak voor ons inpakte, zat ik voor zijn raam naar de kranen te kijken en aan papa te denken. Wat deed hij nu? Greta zoenen? Met haar dansen? Het is achter de rug? We kunnen eindelijk samen verder? Dacht hij intussen ook aan ons? Was hij mij vergeten, had hij me bij zijn horloges in de la gestopt, en zo ja, zou hij me dan af en toe komen opwinden? Te laat, nee, ik ben er niet meer, ik ga er met Johnny vandoor!

'Fijne avond jullie, maak je geen zorgen, het kon wel eens laat worden!' Judith en mijn moeder wipten nog even bij ons binnen om gedag te zeggen. Mama zag eruit als een andere vrouw. Als een pop, niet als zichzelf. Ze glimlachte naar me, straalde niet zoals Judith, haar ogen vlogen weer alle kanten op. Ze gaf me een kus op mijn wang en veegde hem meteen weer af. 'Sorry, ik ben geen lippenstift gewend. Hou je taai, lieverd!' Alsof ze wist dat we elkaar niet meer zouden zien. Weg.

Johnny gaf me een bodywarmer en veegde een traan weg. 'Het wordt koud 's nachts. Gaat het?'

Ik knikte.

'Ik haal nog wat proviand uit de keuken en dan kunnen we gaan!'

Ik staarde uit het raam en opeens hadden de kranen toch ogen, en het leek alsof ze zich langzaam naar mij toe draaiden om me te waarschuwen. Als je alleen maar je eigen gang gaat, dan sterf je uit. Vluchten zonder terug te vechten? Denk aan het thuisfront! Schijt aan het thuisfront! Denkt er soms iemand aan mij? Nee, ik ga, ik ben weg, wat zij kunnen, dat kan ik ook. Ze stuiven allemaal uit elkaar alsof er nooit iemand van iemand gehouden heeft, en als ik de enige ben die heimwee heeft, die de anderen mist, die het goed vond zoals het was, dan heb ik daar ook niets meer te zoeken, niets, helemaal niets!

Iemand sloeg een arm om me heen. 'Leene, hé meisje!'

Ik had niet gemerkt dat er duizend tranen over mijn wangen liepen.

'Wat zou je ervan zeggen als we de proviand hier opaten?'

Ik knikte.

'En als je morgen weer met je moeder mee naar huis ging?'

Ja.

'Je hebt gelijk. Je kunt niet zomaar weglopen. Maar dan moeten we elkaar wel vaak opzoeken en veel chatten en zorgen dat we elkaar niet uit het oog verliezen. Afgesproken?'

Ik sloeg mijn armen om mijn Johnny heen en was hem verschrikkelijk dankbaar, want ik zou absoluut met hem meegegaan zijn, ik was nooit van z'n leven teruggekrabbeld. Zijn wang tegen de mijne, zo lekker warm, zijn hand door mijn haar, als iets wat je vasthoudt. 'Afgesproken,' fluisterde ik.

10

Mama had haar autootje bij het station geparkeerd en we reden naar huis. Het was zondagavond. Ze keek de hele tijd op haar horloge. 'Hij is vast al weg, maak je geen zorgen.'

Maar hoe dichter we bij ons tankstation kwamen, hoe langzamer ze reed; als een slak ging ze op het waarschijnlijk halfleeggehaalde huis af. Het was alsof we uit een andere wereld kwamen, honderd jaar weg waren geweest, en alsof de gedachte aan thuis ons nu pas weer inhaalde.

Het was een vreemde dag geweest in Hamburg. Johnny en ik hadden niet veel gepraat. Alles was gezegd en we probeerden allebei voor onszelf te bedenken hoe het verder moest, nu we besloten hadden niet voor de situatie weg te lopen.

Tussen mama en Judith was iets voorgevallen. Er stond een muur tussen hen in, maar van wat voor stenen die gebouwd was kwam ik pas in de trein terug te weten.

'Jullie mogen altijd terugkomen,' had Judith bij het afscheid gezegd, en mijn moeder had opvallend koel gereageerd, terwijl Johnny zijn hand naar me uitstak en het mijn beurt was om hem grijnzend te omhelzen.

'Ze heeft een minnaar!' zei mama verontwaardigd bij een biertje in de restauratiewagen.

'Mag dat niet?'

Mama brieste: 'Het is haar baas!'

Ik haalde mijn schouders op. 'Als hij nou aardig is.'
'Hij is net zo'n zak als je vader. Heeft thuis een vrouw en drie kleine kinderen.' Mijn moeder verhief haar stem en deed Judith krijsend na. 'Maar hij wil bij haar weg en dan beginnen we samen een nieuw leven!'
Oké, dat was onacceptabel. Zeker voor ons, want wij waren degenen die met het oude leven waren blijven zitten.
'Weet je, ze ziet er goed uit en heeft een fantastische baan bij het reclamebureau, gaat graag uit en is hartstikke slim. Waarom moet ze uitgerekend achter een man aan die al bezet is en voor andere vrouwen verboden terrein hoort te zijn?'
'Maar hij doet er zelf toch ook aan mee?'
Mama knikte. Ja. Maar al te waar!
Er stond geen verhuiswagen voor ons tankstation. Het erf lag er opgeruimd en verlaten bij en de voordeur zat op slot.
'Misschien is hij helemaal niet geweest?' mompelde mama terwijl ze haar sleutel zocht, en ik kon niet precies bepalen of ze dat goed of slecht zou vinden.
Hij was trouwens wel geweest. Hij had zijn dozen meegenomen, de meubels, en een briefje op tafel gelegd:
Bedankt voor het inpakken. Ik bel, Daniël!
Varkentje danste om me heen, deed overduidelijk een varkensvreugdedansje, met een enthousiasme dat zijn weerga niet kende. Mama liep door de kamers en keek. Keek stil naar wat overgebleven was, de lege planken, de witte vlekken op de muur waar papa's ruimtefoto's hadden gehangen, die ze toch altijd foeilelijk had gevonden. Met heen en weer schietende ogen kwam ze de keuken in, zocht

hier, keek daar, en toen bleef haar blik rusten op de haak van het maanschort. Hij was leeg. Mama wees ernaar, slikte, kon een hele tijd geen woord uitbrengen. 'Hij heeft het meegenomen!'

'Het was van hem!'

Mama keek me aan alsof ik een vreemde was. 'Maar ík heb het voor hem gemaakt!' schreeuwde ze, toen zakte ze zomaar langs de muur in elkaar, leunde tegen de plek waar het schort had gehangen, tastte ernaar alsof het er nog moest zijn en misschien alleen maar onzichtbaar geworden was, en begon te huilen.

'Mama... toe nou...'

Varkentje en ik gingen naar haar toe om haar te troosten, maar ze duwde ons weg, zat alleen maar te snikken, kon niet praten. Ik wist niet wat ik moest doen, maar gelukkig kwam Roos net binnen.

'Nu snapt ze het,' fluisterde ik.

Roos knikte en haar gezicht stond zacht en vol medelijden. Ze legde een hand op onze huilende moeder. 'Mama. Kunnen we je ergens mee helpen? Kunnen we iets voor je doen?'

'Ik wil mijn man terug!' snikte ze, gebarend dat we weg moesten gaan. Ze wilde alleen zijn, zo mochten we haar niet zien. In de steek gelaten moeders moeten sterk zijn, om hun in de steek gelaten kinderen te kunnen opvangen.

'Ik ga de dieren voeren,' zei ik met schorre stem, en ik vertrok met Varkentje richting tankstation. De kippen kregen korrels, de katten een vol etensbakje, de konijnen paardenbloemen en gesneden wortel, Varkentje oude aardappels, die al klaar lagen. Iedereen at en pikte en smakte en was tevreden, terwijl ik in de winkel stond en niets anders voelde dan leegte, boosheid en medelijden, wat bij elkaar eigenlijk best veel was en niet om uit te houden.

Roos kwam naar ons toe. 'Ik heb mama naar bed gebracht.' Mooi. 'Nu moet ik repeteren.'

'Kun je niet hier blijven?' fluisterde ik.

Roos schudde haar hoofd. 'Ga gewoon mee. We hebben toch een buitenstaander nodig die ons vertelt hoe het klinkt.'

Ze liep met de fiets aan de hand. Ik liep naast haar en eindelijk praatten we met elkaar.

'Heb je papa gezien?'

'Nee, daar zit ik ook niet echt op te wachten. Hij kan me gestolen worden. Trouwens, we hebben bijna alleen maar gerepeteerd. Als we een kans willen maken op dat festival zullen we wel met een paar echt goede nummers moeten komen. Iedereen weet hoe kritisch Kamphus is.'

'Hij heeft zijn computer op mijn kamer gezet. En de webcam ook.'

'Goh, wat aardig!'

Maar toch. Hij was me niet vergeten. 'En de anderen heb je helemaal niet gezien?'

'Nee.'

Het maakte me bang dat Roos zo van het ene moment op het andere alles afschudde wat met haar leven voor de scheiding te maken had.

'Dan zijn ze vast boos. Vooral Vlammetje.'

'Pfff, Vlammetje! Wat denkt hij wel?'

'Hij vindt je gewoon leuk.'

'Maar ik hem niet.'

'Vind je Dante wel leuk?' vroeg ik zacht.

Roos was bij hem geweest. Op het reusachtige terrein van Wrakken Paultje, met autopletter en lopende band en miljoenen oude wrakken, metalen onderdelen, banden, alles. Wrakken Paultje was anders dan de doorsnee schroothandelaar, geen dikke vent in een onderhemd, altijd zwetend in een blauwe tuinbroek. Hij had wild zwart haar en de priemende ogen van zijn zoon. Hij was niet bepaald toeschietelijk, had nooit zin om met mensen te praten, ook niet als ze iets van hem wilden kopen. Ze kochten het toch wel, want ze hadden het nodig en hij had alles. Vroeger, toen zijn vrouw, Dantes moeder, nog leefde, schijnt het anders geweest te zijn. Haar dood had zijn hart gebroken, en iedereen weet dat je met zo'n kapot hart niet in staat bent mensen dichtbij te laten komen, laat staan liefde te geven. Die kilte moest voor Dante onverdraaglijk zijn geweest. Wrakken Paultje woonde met zijn hond (zwart!) in een klein huisje midden in een enorme puinhoop.

Toen Dante terugkwam, had hij zijn vader laten weten dat hij in de oude politiebus zou trekken die al jaren op het terrein stond weg te roesten. Wrakken Paultje vond het best. In het achterste deel, waarin normaal de gevangenen vervoerd werden, bouwde Dante een bed, hij zette een tafel neer en een stoel, installeerde een oud chemisch toilet en was nu bezig de motor te repareren.

Roos had voorzichtig op de achterdeur geklopt. 'Dante?' Ze wilde hem een idee voor een nummer laten zien, zomaar een ingeving.

'Kom erin!'

Ze deed de deur open. Dante zat op zijn stoel, met zijn benen recht vooruit, en keek haar aan. Roos klom in de bus en liet haar blik rondgaan. Geen foto's, geen posters, geen boeken of andere persoonlijke dingen. Een oude computer gaf een beetje licht, waarin Dante er duivelser uitzag dan ooit.

'Ik wilde je dit laten zien.' Ze stak het papiertje met haar idee naar hem uit en hij liet haar gewoon staan terwijl hij las.

'Dit is toch een of ander volksliedje?'

Roos knikte opgewonden. 'Precies, een canon, *He ho, span de wagen aan*, dat als refrein, en in het couplet wil ik me dan afvragen... je weet wel, of dat nog wel werkt als de regen over het land komt, ik bedoel, of we genoeg wagens hebben om ons uit de bagger te trekken of weet ik wat voor niet te vinden gouden bossen stro te redden, en waarom die niet meer goud zijn, alleen omdat het regent, zoiets, een beetje filosofisch bedoeld.'

Dante drukte het opnameknopje van zijn mp3-speler in en begon het lied te neuriën. Roos viel in.

'Jij bent goed!' Hij glimlachte vluchtig en speelde het lied af.

'Daar kunnen we toch wel iets van maken?'

'Dorst?'

Roos knikte en Dante stond op, haalde uit een klein, ratelend koelkastje een fles cola (dat riekte naar een concept: zelfs het drinken moest zwart zijn!), gaf hem aan haar en bleef staan toekijken terwijl ze dronk.

'Woon je hier goed?'

Dante knikte. 'Hier ben ik op mezelf. Niemand die me stoort.'

Roos ging grijnzend op de grond zitten. 'Behalve ik dan.'

'Behalve jij dan.' Hij grijnsde terug. 'Als dat ding het weer doet, kan ik overal naartoe met mijn huisje. Dan ben ik vrij, snap je?'

Daarna vertelde hij wat er allemaal mis was met de motor, en dat hij zich er eerst in moest verdiepen om de hele boel te kunnen begrijpen, best ingewikkeld, zo'n motor. Roos luisterde en kon haar ogen niet van hem af houden. Zijn hele manier van doen, zijn lichaam, zijn ogen, alles boeide haar, trok haar aan als magie. Hij gaf haar het gevoel dat hij veel meer van het kleine leven begrepen had dan anderen, en vooral ook dan zijzelf. Hij zou geen raad hebben die haar hielp haar problemen op te lossen, want hij was geen probleemoplosser maar een probleemverachter, en het was zaak erachter te komen of die manier van leven het beste was.

'Daar komen de kraaien,' onderbrak hij zichzelf, en hij ging met Roos op het dak van zijn bus staan, waar ze goed konden zien hoe de vogels zich in de vroege avond in de omringende bomen verzamelden. 'De vraag is altijd waarom ze er zo'n herrie bij maken.'

Roos grijnsde naar me. 'Volgens mij is hij helemaal niet zo rot als hij eruitziet. Hoe was het eigenlijk in Hamburg?'

'Ging wel. Eerst was het fijn om gewoon weg te zijn, maar toen vertelde Judith aan mama dat ze een verhouding heeft met een getrouwde man.'

Roos zoog lucht tussen haar tanden door.

'Nou ja, toen was het wel uit met de pret.'

Roos zette haar fiets voor de kelder op slot. 'Je moet er gewoon voor zorgen dat zoiets je niet overkomt.'

'Maar hoe dan, Roos, hoe?'

'Daar komen we nog wel achter. Je moet het op de een of andere manier heel anders aanpakken.'

De band ontving me gelaten, ik luisterde naar de repetitie en was verrukt van mijn grote zus, met haar ongelooflijke stem die boven alles uit zweefde en je recht in je hart raakte.

'Jullie zijn super. Daar zal Kamphus van opkijken!' riep ik enthousiast toen ze klaar waren.

Dante grijnsde. 'Die heeft een hekel aan me. Zoals iedereen.'

Ik durfde geen antwoord te geven, maar Roos legde haar hand op zijn arm en trok haar wenkbrauwen op. 'Maar mij mag hij wel. Ook zoals iedereen.'

Buiten voor de Ravenkelder was de hele vriendenclub bij elkaar gekomen. Ze leunden tegen een lantaarnpaal, zaten op hun fiets of stonden, zoals Vlammetje, met hun handen diep in hun zakken maar wat te staan, een stap naar links, een stap naar rechts, te wachten op Roos, die vast verbaasd was om hen te zien, maar deed alsof het de gewoonste zaak van de wereld was en haar fiets van het slot haalde.

'We kwamen je ophalen.'

'Zondagavond, weet je nog?'

'We nemen afscheid van het weekend met uitzicht op de rivier.'

Dat klopte als een bus. Dat deden ze al een hele tijd, het was een van de vele rituelen die hen met elkaar verbonden. Vlammetje zei niets. Hij keek Roos alleen dreigend aan, wat zelfs ik niet helemaal eerlijk vond, want ze had niets met hem en kon dus doen wat ze wilde, tot op grote hoogte in elk geval.

'En waarom zijn jullie daar dan niet? Ik moest repeteren, dat wisten jullie toch? Of is dat soms verboden?'

Durfniet bond meteen in. Die hield niet van ruzie. 'We willen jou er gewoon graag bij hebben. Verder niets.'

Roos knikte, ze stapten allemaal op hun fiets en op dat moment kwam Dante de kelder uit, met zijn zwarte jas losjes om zijn schouders. 'Ga je nog mee?'

Hij zei niet waarheen of waarvoor en een seconde lang was het alsof de aarde stopte met draaien, zo stil keken ze allemaal naar Roos, en die had ook alleen maar die ene seconde nodig om een beslissing te nemen. 'Sorry, jullie moeten zonder mij afscheid nemen.' Ze stapte van haar fiets en verdween met Dante in het donker.

'Roos!' Ik was net zo verbijsterd als de anderen. Ze hadden op haar staan wachten, omwille van hun vriendschap. Een paar jaar lang was Roos voor deze mensen het middelpunt geweest. En nu vertrok ze zomaar. Net als mijn vader. Maar ook door mijn geroep keerde ze niet om.

De dagen daarna waren verschrikkelijk. Mama kwam haar bed helemaal niet meer uit. Roos vond dat we haar met rust moesten laten, ging naar school, liet de afkeuring van haar oude vrienden van zich af glijden en repeteerde verder als een bezetene voor die ene zaterdag, de dag waarop er zo'n twintig bands zouden spelen voor een jury waarvan Walter Kamphus, cultuurcommissaris van de Stadsbank, voorzitter was. Ambitieus als hij was, was het hem gelukt het festival voor jonge bands ook buiten onze deelstaat bekend te maken, hij zamelde geld in, haalde kenners binnen en was berucht om zijn verontwaardiging als stumpers of beginnelingen het waagden zijn naar cultuur hunkerende oren te beledigen. Sinds een paar jaar vond de harde selectieprocedure zelfs voor publiek plaats. Zo verdiende Kamphus in elk geval een deel van de kosten terug.

De Black Blogs waren om half vier als veertiende band aan de beurt en Varkentje en ik gaven Roos de hele ochtend advies op het gebied van Wat-moet-ik-aan en Hoe-beweeg-ik-me-op-het-podium. Natuurlijk was het niet het juiste moment, maar wanneer kreeg ik haar anders te spreken? Ik moest gewoon met haar praten, want ik wist niet hoe het verder moest.

'Mama heeft de hele week in bed geleden. Ze heeft geen honger, geen dorst en zelfs geen zin om planten te plukken. Ik heb oma al drie keer moeten afpoeieren, want die heeft natuurlijk allang iets in de gaten, ze is namelijk niet achterlijk en ze ruikt het als er ruzie is. Hoe lang denk je dat het zo nog door kan gaan? En hoe zit het eigenlijk met onze vader? Die zou toch bellen? Waar zit hij? Als mama nu doodgaat, van puur liefdesverdriet wegteert in haar bed, dan kan ik het hem niet eens vertellen!'

Roos bekeek zichzelf in de spiegel. 'Overdrijf toch niet zo, Kippetje. Dat doe je anders ook nooit. Ik heb mama elke dag thee gebracht...'

'...en ik heb die elke avond door de gootsteen gespoeld!'

'Hoe dan ook, mama heeft liefdesverdriet. Die man met wie jij zo graag wilt bellen, heeft haar compleet kapotgemaakt. Hij heeft haar bedrogen en voorgelogen, en nu ligt hij ergens met zijn nieuwe vriendin en denkt niet eens meer aan haar!'

'Dat is niet waar, Roos, dat is helemaal niet waar!' gilde ik. Hoe kon ze rondjes draaien voor de spiegel terwijl om haar heen alles naar de maan ging?

'Geef haar de tijd. Het duurt gewoon even. Ze staat wel weer een keer op. Ze gaat heus niet dood, en als ze toch doodgaat kun je haar ex-man bereiken op het instituut.'

'Maar ik wil niet dat ze doodgaat,' fluisterde ik. De tranen liepen over mijn wangen, terwijl ik tegelijkertijd Varkentje moest afweren omdat hij voor de troost per se mijn gezicht wilde aflikken.

Roos kwam met een zucht naast me zitten. 'Zullen we even bij haar gaan kijken? Wij samen?'

Mama lag in haar verduisterde kamer met haar ogen open op haar zij. Het bed was veel te groot voor haar alleen. Roos deed de gordijnen open. 'Hé mam, moet je horen, we spelen vandaag voor Kamphus. Voor het festival.'

Mama kneep met haar ogen tegen het plotselinge licht en trok een gezicht. 'Doe dicht!'

'Vind je niet dat je weer eens uit bed zou moeten komen?' vroeg Roos overdreven vriendelijk. Mama's bevel negeerde ze.

Ik stond naast mama's bed alsof ze ziek was. En dat was eigenlijk ook zo, zoals wanneer je niet weet wat je moet zeggen omdat de behandelend arts geen beterschap kan beloven. 'We kunnen een stukje gaan wandelen,' stelde ik voor, 'alles staat in bloei buiten, echt waar, het is één grote bloemenexplosie, dat móét je zien.'

Mama ging rechtop zitten en haalde een hand door haar haar. 'Dat is lief van je, Leentje, maar het gaat niet.'

'Waarom niet?'

Ze zuchtte, liet zich weer achterover vallen en ging op haar andere zij liggen, met haar gezicht van me af. 'Het gaat niet, laat me maar even, ik sta heus wel weer op. Alleen vandaag nog niet. Oké?'

Roos knikte naar me, wat zoveel betekende als: 'Zei ik toch, ik heb er verstand van, niets aan de hand.'

'Wil je iets drinken of eten?'

Mama schudde haar hoofd in de kussens, en het knisperde alsof iemand er stiekem een vuurtje onder gestookt had. Roos trok me aan mijn arm de kamer uit, maar op het laatste moment draaide mama haar gezicht nog een keer naar ons toe en probeerde te glimlachen. 'Jullie zijn schatten. Veel succes, Roos. Neem je Leene mee?'

Natuurlijk zou ik meegaan, en het deed me goed dat mama zich zorgen maakte.

'Zo, en dan kun je me nu misschien eindelijk vertellen: broek of rok.'

'En als papa belt dat hij ons wil zien?'

Roos keek me met fonkelende ogen aan. 'Hou nou eens op. Hij kan wel zo veel willen, ik wil in elk geval niet. Nooit meer. Voor mij is die gast dood. Was je er net bij in mama's kamer of niet? Heb je gezien wat hij haar heeft aangedaan?'

Het grote selectieconcert vond plaats in de evenementenhal. Overal hingen spandoeken van de Stadsbank en andere sponsors, op het podium stonden de instrumenten klaar en een jonge vrouw met headset liep gestrest heen en weer en probeerde alles in goede banen te leiden. Midden in de zaal stond de mengtafel, met daarnaast stoelen en tafels voor de jury. De rest van de stoelen was weggehaald, zodat er een gezellige sfeer kon ontstaan. Ik zat bij Roos en haar Black Blogs backstage en voelde de opwinding. Overal liepen muzikanten rond, er werd gezongen, gefloten, getrommeld en geföhnd, ze hingen rond in de gangen of in de recreatieruimte en telkens wanneer de vrouw met de headset binnenkwam, stormden ze met z'n allen op haar af om dingen te vragen. Iedereen was het erover eens dat een middagoptreden stom was, want het was algemeen bekend dat het 's middags nooit gezellig kon worden, maar de vrouw drukte de sputterende kunstenaars op het hart dat het nu ook helemaal niet om de sfeer ging, dat het een serieuze zaak was – en dat ze de tent op z'n kop konden zetten, mochten ze later op het festival bewijzen. Bovendien moest iedereen die niet backstage hoorde nu meteen de zaal in, de eerste band stond klaar!

Ik omhelsde mijn grote Roos en wilde net over haar schouder spugen toen me te binnen schoot dat mijn vader dat altijd deed als hij ons gelukwenste en dat Roos dat vast niet wilde. 'Toi-toi-toi,' mompelde ik dus maar. Zij maakte het V-teken en liet zich naast Dante tegen de muur op de grond zakken. Heel dicht tegen hem aan. Haar wangen lichtrood, hij volkomen onaangedaan, alsof ook dit weer een van de vele dingen in het leven was die hem worst waren.

De zaal was maar halfvol, het was waar, mensen gingen liever 's avonds naar een concert. Er waren een paar mensen van school die ik kende, maar niet goed genoeg om erbij te gaan staan. Ik zocht een plekje vanwaar ik het podium goed kon zien, de muziek goed kon horen en de jury in de gaten kon houden. Kamphus zat in het midden, voor de verandering zonder stropdas, met stralend witte tanden en ogen die je konden grijpen als ze wilden. Hij had een microfoon voor zich waar hij nu de hele tijd in zat te blazen en waardoor straks het voorlopige oordeel geveld zou worden.

De eerste band begon te spelen, Kamphus sloeg met zijn pen de maat en iemand tikte me op mijn schouder. Het was Vlammetje, met Durfniet, Etrib en Leenegraag.

'Hoi!' Ik vond het leuk dat ze er waren, en ze kwamen naast me op de grond zitten.

'Dit konden we moeilijk laten schieten!'

'Weet je wanneer ze aan de beurt is?'

'Over een uur ongeveer.'

Elke band speelde één nummer en dan volgde er óf een vernietigend oordeel, verstopt in de zin: 'Bedankt, maar dit past niet in onze stijl,' of 'Het spijt ons, maar misschien kunt u beter nog even oefenen.' Alleen al dat Kamphus de muzikanten met 'u' aansprak was een belediging. IJskoud en aalglad. Óf de juryleden knikten kort naar elkaar en Kamphus deelde mee dat de band voorlopig door was en dat ze na een volgende, interne selectieronde contact zouden opnemen.

Voor mij werd het steeds spannender. Tot nu toe had er nog niet één band gespeeld in de stijl van de Black Blogs, die harde muziek met die radicale teksten, gezongen door mijn zus met haar regenstem. Na elk nummer verscheen de vrouw met de headset op het podium om de volgende kandidaat aan te kondigen. 'De Black Blogs!'

Ik keek naar Kamphus. Hij rolde met zijn ogen en boog zich hoofdschuddend naar de andere juryleden. Duidelijk, hij gaf hun van tevoren al geen kans. Hij kon Dante niet uitstaan. Kamphus woonde net als Wrakken Paultje al zijn hele leven in ons kleine stadje. Hij kende Dantes geschiedenis, was misschien al eens de dupe geweest van diens misstappen, gaf hem als gestaalde moralist en hoeder van het geld geen kans in het leven en voelde zich ook persoonlijk niet geroepen zijn duistere ziel te redden.

Eerst kwamen de muzikanten met hun instrumenten het podium op. Dante keurde Kamphus geen blik waardig. Diplomatie was niet zijn sterkste punt.

'Heeft Roos iets met hem?' wilde Vlammetje weten.

Ik dacht na en moest bekennen dat ik het niet wist. Ze waren vaak bij elkaar, maar of ze echt iets hadden?

'Ik begrijp haar niet. Wat wil ze van hem?'

'Om te beginnen meedoen aan het festival, Vlammetje.'

Hij schudde zijn hoofd. 'Geloof ik niet. Er zit meer achter. Is het trouwens waar dat jullie ouders...'

De Blogs begonnen te spelen en ik negeerde zijn vraag. Dit was niet het goede moment, maar Vlammetje wist eigenlijk nooit wanneer dat was.

Op een keer gebeurde er iets bij de rivier: Roos zong een warm, gevoelig liefdeslied en beantwoordde Vlammetjes zwijmelende blikken. Zo uitgebreid dat wij elkaar allemaal giechelend in de zij porden, en als hij die avond iets geprobeerd had zou ze er zeker op in zijn gegaan. Maar hij wist waarschijnlijk niet wat hij moest doen of hij durfde niet, dus stelde hij het versieren uit tot het volgende goede moment. En toen was het te laat.

Roos sprong het podium op:

'Rotliefde,
we hebben schijt aan jou,
we moeten je niet,
je zet ons toch in de kou!
Rotliefde,
we doen de deur voor je dicht,

we maken je dood
en gaan op zoek naar het licht!'

Ze gingen over op de canon over de gouden bossen stro, speelden een soort mix van al hun nummers en verklaarden aan het eind weer de oorlog aan de liefde. Roos gaf alles en zong het laatste 'Rotliefde' warm en zacht en zonder begeleiding, zodat het door de hele zaal zweefde en zich aan alle harten hechtte.

Even bleef het stil, toen brak er een daverend applaus los. Ook wij stonden op en klapten en schreeuwden tot onze handen en keel er zeer van deden. Mijn aandacht was intussen geheel en al bij de jury. Er was geen kort knikken, zoals bij de andere bands die door waren, maar twee van de juryleden waren ook gaan staan en de anderen praatten op Kamphus in, die aan één stuk door met zijn hoofd bleef schudden. Dat meende hij niet! Het ging nu niet om persoonlijke voorkeuren of wraakgevoelens. De zaal stond op z'n kop, de Black Blogs waren geniaal geweest, dat kon hij niet zomaar negeren. Ik wist zeker dat ik hem naar de strot zou vliegen als hij straks zijn vernietigende zin zou uitspreken. 'Dat was toch goed, Vlammetje, zeg op, dat was toch gewoon goed!'

Vlammetje knikte met samengeperste lippen. 'Zingen kan ze.'

De Blogs stonden op het podium te wachten. Het publiek schreeuwde om een toegift. En Kamphus en zijn jury werden het eens. Hij zuchtte, streek zijn volle, donkere haar naar achteren, boog zich naar de microfoon, kuchte. 'Ben jij niet de dochter van Natascha Dunker, die bij ons in het koor zingt?'

Roos knikte.

'Oké. Jullie mogen blijven. We nemen contact met jullie op.'

De bandleden sprongen van blijdschap over het podium, de zaal joelde, Dante grijnsde. Voor hem was het een kleine persoonlijke overwinning, die hij vrij zeker aan mijn zus te danken had.

'We want more, we want more!'

De Black Blogs pakten hun instrumenten en begonnen te spelen, maar daar kwam Kamphus overeind met zijn microfoon. 'Klaar, afgelopen, dit is tegen de regels, ieder maar één nummer, dit kan zo niet!'

Spelbreker. Kon niet tegen zijn verlies. Hij mocht blij zijn dat hij zo'n gave band op het programma had. De vrouw met de headset legde de jongens het zwijgen op, en ze slenterden van het toneel, niet zonder eerst nog een keer opgetogen naar het publiek te zwaaien.

Toen Roos 's avonds thuiskwam was ze nog steeds compleet door het dolle heen. Ze plofte naast me op een keukenstoel en zat eerst een tijdje zomaar te lachen. 'Jemig, heb je dat gezien, Leene? Hoe die vent zich op zat te vreten? Maar het ging ook allemaal zo te gek, echt waar, en ik was nog wel zo zenuwachtig, maar als je dan opkomt, ik bedoel, als het echt begint... Opeens werd dat allemaal weggeblazen, had ik alleen nog maar zin om te zingen en al die mensen te laten horen wat we denken, wat we voelen, dat gaat dan opeens veel, veel makkelijker, ook makkelijker dan wanneer je het moet zeggen, snap je wat ik bedoel? Man, man, hopelijk krijgen ze hem zover dat hij ja zegt, en vooral niet alleen omdat mama bij hem in het koor zingt!'

'Je was super. Zelfs Vlammetje moest het toegeven.'

'Was die er ook?'

Ik knikte. 'Hij wilde weten of je iets met Dante hebt.'

Roos schoot in de lach, en op dat moment ging de telefoon.

'Vind je dat grappig? De arme jongen.' Ik nam op. 'Met Leene Dunker.'

'Daniël Dunker, je vader, hallo Leentje!'

Ik stond met mijn mond vol tanden. 'Dag papa.' Ik keek snel naar Roos. Alle blijdschap was uit haar gezicht verdwenen. Hard, in zichzelf gekeerd stond ze op, maar ik zwaaide naar haar. Blijf alsjeblieft hier! Ze sloeg haar armen over elkaar en ik zette de telefoon op de speaker.

'Hoe gaat het met jullie?'

'Goed. Met jou?'

'Ach.' Stilte. 'Ik wil jullie graag zien.'

Roos schudde haar hoofd.

'Ik moet met jullie praten. Bovendien, ik mis jullie.' Doctor Daniël Dunker had het duidelijk alles behalve makkelijk met dit telefoongesprek. 'Hoe is het met Roos?'

Weer schudde ze haar hoofd.

'Weet ik niet.'

Stilte.

'Wat denk je, Leene? Als jullie morgen nu eens naar de stad komen, dan spreken we ergens af. Om een ijsje te eten... of zo?'

Roos stampte de kamer uit, de trap op, en knalde haar luik dicht.

'Leene?'

'Nee. We zorgen liever voor mama.'

Mijn hart brak toen ik ophing. Zonder dag te zeggen.

11

In de winkel van het tankstation rook het nog steeds een beetje naar de vette hotdogs die er vroeger verkocht werden. Zelfs de lucht van hooi, kippen- en konijnenuitwerpselen en de typische varkensgeur die alle zwijnen met zich meedragen kon dat niet verhullen. De rekken voor chips, kranten en snoep waren natuurlijk allang leeg, maar konden heel goed dienstdoen als kippenstok en hooiopslag. Ik had de deur goed dichtgedaan, alle dieren losgelaten en mijn cassetterecorder in het midden gezet. 'Zo, nu allemaal even luisteren!'

Behalve Varkentje had natuurlijk niemand echt belangstelling voor mij, maar ik was vastbesloten een nog nooit vertoond dressuurnummer in te studeren en op de gouden bruiloft van mijn grootouders op te voeren.

'Goed, de gasten zitten om ons heen. We doen net alsof er niets aan de hand is, dat doen jullie trouwens al heel goed, en jij, Varkentje, maakt een buiging.'

Varkentje keek me met zijn kraaloogjes aan.

'Kop omlaag!' Ik duwde zijn kop zachtjes naar beneden. 'Zo. Dan begint de muziek.' *Marmer, steen en staal vergaan*, zoals papa bedacht had. 'Kippen, graag van de ene kant naar de andere trippelen!' Ik joeg ze op en ze renden druk kakelend weg. 'Heel goed, dat gaat prima zo! Varkentje, jouw beurt, de truc met het staartje.' Ik gaf hem tekens, maar hij reageerde niet, bleef zonder zich te verroeren op zijn krulstaart zitten. 'Varkentje!' Niets. Ik zette de muziek weer uit. 'Waarom doe je het niet? Heb jij nou ook al geen zin meer?'

Roos had me in mijn gezicht uitgelachen toen ik haar over het dressuurnummer vertelde. 'Je denkt toch niet echt dat we iets gaan opvoeren? Wij? Als oma hoort dat mama alleen nog een ex-man heeft...'

Mama had zeker geen zin. Ze had nergens energie voor. Ik was al dagen bezig de berg was weg te werken en had eerst nog geprobeerd de weg te vinden in haar veel te ingewikkelde systeem. Welk wasmiddel waarvoor en op welke temperatuur? Wat bij wat en hoe lang? Uiteindelijk had ik alles bij elkaar in de machine gestopt, wasmiddel erbij en gaan. Het verbluffende resultaat: alles was schoon, alles zag eruit alsof mama er urenlang mee bezig was geweest. Wist ze dat niet?

Ik brak een stuk brood af en hield het omhoog. 'Varkentje, krulstaart!' Meteen liet hij de krul hangen, '...onze liefde blijft bestaan...', de konijnen kwamen er ook aan en het was wel duidelijk wat er moest gebeuren: omkoperij was in aantocht. 'Nog een keer van voor af aan.'

Er werd aangeklopt.

'Wacht, deur dicht laten!' Vlug stopte ik de konijnen in hun hokken, ik joeg de kippen op stok en deed open.

'Pakketje! Er moet even iemand tekenen,' zei Hercules, onze gespierde postbode, en hij hield me dat rare apparaat voor waarop niemand ooit een handtekening kon lezen omdat het nooit goed pakte en er op het laatst alleen een paar losse halen te zien waren. Hij gaf me twee pakjes en een stapeltje enveloppen. 'Hoe gaat het eigenlijk met je moeder? Die heb ik in geen eeuwen gezien.'

Hercules was een van de weinigen die zagen hoe mooi mama was. Ze maakten altijd een praatje als hij de post kwam brengen, waardoor papa's gave Amerikaanse brievenbus met het rode vlaggetje en de klep totaal overbodig was. Hercules kwam zelfs als hij geen post voor ons had.

'Moet u nou eens horen, mevrouw Dunker, vandaag is er niets voor u bij. Ik heb het twee keer nagekeken. Niets!'

Ik nam Varkentje mee naar buiten en deed de deur van het tankstation op slot. 'Ze is een beetje ziek.'

Hercules werd bleek. 'O, niets ernstigs, hoop ik?'

Ik dacht na. Als iemand haar bed niet meer uit kwam, nee zei tegen zowel de dagelijkse dingen als eventuele attracties, haar passie verwaarloosde, ook al was het maar de was, dan was het best ernstig. Maar wilde ik dat met Hercules bespreken? 'Nee, nee, gewoon zo'n maag-darm-dingetje.'

'Wens haar dan maar van harte beterschap van me. Ik kom morgen wel weer even langs.'

Best. Altijd welkom.

De pakjes kwamen van papa. Een voor Roos en een voor mij. Even had ik de neiging ze een schop te geven richting vuilnisbak. Wat had dit te betekenen? Probeerde hij ons soms om te kopen met cadeaus? Maar ten eerste schoot me te binnen dat hij geen andere keus had – wij wilden tenslotte geen contact met hem en hij gaf het in elk geval niet op – en ten tweede was ik benieuwd wat erin zat. Ik nam de pakjes onder mijn arm en liep naar het huis. Onderweg bekeek ik de enveloppen. Rekening, rekening, rekening, brief van school. Burkhardt schreef in zijn functie van rector. Hij wilde een van de ouders/

verzorgers spreken, aangezien er de laatste tijd een aantal klachten over zowel mij als Roos was binnengekomen. Een aantal klachten te veel. Wat Roos betreft kon ik het me goed voorstellen, want die fietste steeds vaker zo langs school naar Dante.

'Tja, dat komt ervan als er niemand meer op de kinderen let,' deed ik met nasale stem.

Varkentje keek me verrast aan, dacht misschien dat ik weer een of andere dressuuraanwijzing gaf en liep achter me aan naar binnen. Tot mijn verbazing zat mama aan de keukentafel. Blijkbaar is het met zitten net als met fietsen: je verleert het niet. Ik drukte de schoolbrief achterover en legde de rest van de post op de stapel die voor haar op tafel lag. Ze had twee van de minstens twintig enveloppen opengemaakt en opzijgelegd.

'Er is veel te regelen.'

Ik knikte. 'Papa heeft iets gestuurd.' Legde de pakjes op tafel.

Mama staarde ernaar. 'Wat aardig van hem,' kwam het van heel ver weg. 'Ik moet even liggen.' Ze stond op, sloeg haar ochtendjas om en slofte de keuken uit. Ze was dunner geworden. Wat ze altijd zo graag gewild had maar wat nooit gebeurd was, was nu bereikt, maar het kon haar niet gelukkig maken. Integendeel.

Papa had me een verrekijker gestuurd, zo een die piraten gebruiken om vijandelijke schepen op te sporen. Op zich klein, maar uitschuifbaar tot een enorme lengte. Met een gouden randje.

Lieve Leene. Ik weet dat ik jullie veel pijn heb gedaan en me niet aan mijn belofte heb kunnen houden. Ik wil graag proberen het je uit te leggen en hoop dat je nog eens van gedachten ver-

andert. Binnenkort is het volle maan, die kan je met deze verrekijker dan heel goed zien. Wat zou hij nu weer voor een gezicht trekken? Ik wil je niet omkopen of zoiets, ik wil alleen dat je een keer naar me luistert.

Ik hou heel veel van je, je papa.

De telefoon ging.

'Hallo, met Leene Dunker?' Mijn stem klonk gesmoord, maar hij moest zich dan ook langs een dikke brok tranen heen wurmen.

'Leene, met je oma, ik wil nu onmiddellijk mijn dochter spreken.'

'Ik denk niet dat ze nu kan...'

'Ik laat me niet meer met een kluitje in het riet sturen. Wat is er aan de hand, Leene, er is iets mis bij jullie.'

Niets aan de hand, mama staat alleen net tot aan haar knieën in plantensap, nee, ze is er niet, ze is de was aan het doen. Al die smoezen had ik al afgedraaid en opeens leek het me totaal overbodig om te doen alsof er niets aan de hand was, leugens te verzinnen en ons niet meer bestaande gezin in bescherming te nemen. Papa had toegegeven dat hij zijn belofte gebroken had, het was voorbij, het gezin was uit elkaar gevallen en op een gegeven moment zou iedereen er toch wel achter komen. Waarom voelde het als een tekortkoming, alsof we met z'n allen schurft hadden, of de pest?

'Leene?'

'Mama ligt in bed en kan niet praten omdat papa een ander heeft en verhuisd is.'

Stilte. 'Ik kom eraan, ik ben morgen bij jullie!'

'Nee, oma, wacht...!'

Maar ze had opgehangen en waarschijnlijk haar weekendtas al uit het rommelhok gehaald. Ik staarde naar de telefoon. Oma was lastig en vermoeiend, maar er viel opeens een enorme last van mijn schouders, alsof iemand tegen me gezegd had: 'Nu komt alles goed, Leene. Oma regelt het verder wel en jij kunt ermee ophouden.' Ik sjeesde de trap op, stormde mama's slaapkamer in en vertelde haar wat er morgen ging gebeuren.

'O nee!'

Toen pakte ik het cadeautjc voor Roos en ging op weg naar Dante.

Om de sloperij liep een hoge afrastering, maar het gammele hek stond zo ver open dat ik er zijdelings door kon schuifelen, en de zwarte hond stopte met blaffen zodra hij aan me gesnuffeld had. Varkenslucht kalmeert. Ik volgde het smalle pad tussen de torenhoge bergen schroot en keek of ik de politiebus ergens zag. Er stonden hier zo veel wrakken en halve wrakken dat ik me serieus begon af te vragen waar zo'n politiebus eigenlijk aan te herkennen was.

'Zoek je iets?'

Bijna was ik tegen Wrakken Paultje op gebotst. Hij was vanuit het niets verschenen, net zoals zijn zoon altijd deed. Benen in cowboystand, het zwarte haar in de war, fonkelende ogen alsof kleene Leene het grootst mogelijke gevaar vormde.

'Mijn zus.'

Wrakken Paultje zei niets, wachtte af, want dit was te weinig informatie.

'Roos! Ze zingt bij Dante in de band.'

Hij keek me aan alsof er duizend dingen door zijn hoofd

gingen, vragen die hij wilde stellen, informatie die hij eigenlijk nodig had, maar toen wees hij met zijn duim naar achteren. 'In de bus.'

Ik knikte, glipte langs hem en op dat moment zag ik hem ook, groen, politie, het stond er gewoon op. Daar zat Roos nu dus altijd. Haar nieuwe thuis, in elk geval overdag. Ik vroeg me af wat ze er uitvoerden. Op het moment hadden ze de muziek zo hard staan dat mijn kloppen niets uithaalde en ik al mijn moed bij elkaar moest rapen om de achterdeur open te maken. Dante hing op een stoel, Roos zat een eind bij hem vandaan op de grond. Toch vlogen ze allebei overeind van schrik, alsof ik ze op iets illegaals had betrapt.

'Leene, wat doe jij hier?' Roos kwam naar buiten en ik stak het pakje naar haar uit.

'Ik dacht, misschien is het iets belangrijks.'

Roos nam het aan, las wie de afzender was en keek me aan. 'Is het niet.'

'Jawel.'

'Niet.'

'Alsjeblieft. Maak het op z'n minst open.'

Roos haalde haar schouders op, scheurde het pakje open en haalde er een songbook uit. Voor gitaar. Met allerlei nummers om na te spelen. Ze had hem er ooit over verteld, ooit, vóór ze in Dantes band radicale teksten begon te zingen, waarvan papa niets wist, en als hij het wel geweten had, dan weet ik niet wat er gebeurd zou zijn. Roos slikte, dat zag ik best, en daar stond Dante opeens in de deuropening.

'Iets wat ik moet weten?'

Roos schudde haar hoofd, scheurde de bladzijden een

voor een uit het boek en liet ze op het zachte windje dat de volle maan aankondigde over de sloperij vliegen. 'Nog iets?'

Daar stond mijn zus. Grote Roos, geliefd, bewonderd, vertrouwd en opeens zo vreemd. Zo hard.

Ik draaide me om en liep weg. Terug langs al die schroothopen, langs alles wat kapot was. Roos had gelijk dat ze hier zat, hier hoorden we thuis.

'Leene?'

Ik bleef staan, hoorde mijn zus achter me aan komen, voelde haar hand op mijn schouder.

'Ik kan dat niet zoals jij.'

Ik draaide me om. 'Wat kan ik dan? Ik kan niet meer, weet je dat!' En liet haar staan.

Op dat moment scheidden zich onze wegen.

's Avonds laat gingen Varkentje en ik met de smeerbrug omhoog. Ik had mijn verrekijker bij me en ruimschoots proviand voor het varken, zodat hij zich niet zou hoeven vervelen.

De volle maan kwam net boven het huis uit. Ik ging op mijn buik liggen, schoof de verrekijker uit en keek de maan in zijn norse gezicht. Hij was enorm groot, en ik dacht bijna dat ik de structuren herkende die maken dat we er een niet-bestaand gezicht in zien. 'Dit is best een goed ding!'

Varkentje knorde en ik hield de verrekijker voor een van zijn kraaloogjes. Geen idee wat varkens dan zien, maar dom zijn ze niet, dat wist ik, en het mijne zeker niet. Hij had het recht de maan in de ogen te kijken, wat hij ook zag of dacht te zien.

En of hij daardoor tot een inzicht kwam of niet, mijn besluit stond vast. Ik zou niet dezelfde weg gaan als Roos. Ik wilde niet leven zonder mijn papa. Varkentje knorde, ik hield de verrekijker weer voor mijn eigen oog en zag mijn moeder voor haar slaapkamerraam naar de volle maan kijken.

12

De volgende dag viel oma over ons heen, een orkaan, vastbesloten om orde op zaken te stellen – een voornemen dat op zichzelf onlogisch was en niet kon werken.

Toen ik uit school kwam stond het Volkswagenbusje op het keurig aangeveegde erf, de waslijnen bogen door en mijn moeder zat aangekleed aan de keukentafel terwijl oma eten aan het koken was. Alle post was opengemaakt en op verschillende stapeltjes gelegd, stapeltjes met namen als 'te betalen', 'opbergen', 'Daniël', 'BELLEN!'.

Mama keek me hulpzoekend aan, rolde vervolgens met haar ogen en oma drukte me zo dicht tegen zich aan dat ik acuut dreigde te stikken, 'mijn kleene!', en zette me meteen een dampend bord voor en mama ook.

'Zo, nu eerst maar eens iets behoorlijks eten.'

Ze kwam met haar bord bij ons zitten en bewees hoe je in een waanzinnig tempo twee dingen tegelijk kon doen: praten en eten.

'Het is nu eerst zaak de dingen te regelen en de boel weer op een min of meer gezond spoor te krijgen. Natascha, heb je Daniël gesproken?'

Mama prikte lusteloos in haar eten en haalde haar schouders op.

'Nee, er valt niets te bespreken.'

Oma wees dreigend met haar lepel naar haar, hoewel het dreigement waarschijnlijk voor mijn vader bedoeld was.

'O jawel! Er moet van alles geregeld worden. Je hebt een goede advocaat nodig, maar geen zorgen, ik heb al hier en daar geïnformeerd. Meneer Bohnekamp, van de wijngaard naast ons, je weet wel, is expert op het gebied van scheiding, alimentatie en wat al niet. Een harde bikkel, die laat zo'n kerel er niet zo makkelijk vanaf komen, dat kan ik je wel vertellen. Waar is Roos eigenlijk? Eet die 's middags niet thuis?'

Mama keek vragend naar mij.

'Tegenwoordig komt ze meestal 's avonds pas,' mompelde ik. Oma trok haar wenkbrauwen op. Dat beviel haar helemaal niet.

'Oké, daar moet verandering in komen. Ook Roos heeft nu een regelmatige dagindeling nodig. Juist nu!'

Ik staarde naar mijn bord en wilde dat ik haar gisteren toch een smoesje had voorgeschoteld.

'Hoe dan ook, Daniël moet niet denken dat hij zo met mijn dochter kan omspringen. Een beetje een jong ding nemen en zich dan zomaar uit de voeten maken, nee nee, dat zal hij berouwen!'

'Mama, laat toch.'

'Wat moet ik laten? Die man waant zich al veel te lang veilig!' Ze bukte zich naar haar enorme handtas en haalde er een briefje uit.

'Ik heb eens goed geïnformeerd. Hier, zijn nieuwe adres, hij moet niet denken…'

Mijn moeder schoof haar bord weg, waar ze niets van gegeten had, en stond op. 'Ik ga even liggen.'

'Natascha, dit gaat zo niet. Dit doe je nou je hele leven al. Als het moeilijk wordt, snel ogen dicht en slapen. Je hebt hier de verantwoording voor twee kinderen en jezelf.

Waarmee ik meteen op het volgende onderwerp kom: de alimentatie. Ik bedoel, jij hebt indertijd je werk opgegeven, weet je wat hem dat gaat kosten? Hier, Kastanjelaan, nou, mooi niet, laat hij maar een kamer in een buitenwijk nemen, met een douche op de gang...' Mama was al weg. Oma liet het briefje zakken en keek me aan.

'Ik kan nog steeds niet geloven dat hij dit gedaan heeft. Hoewel, ik zei jaren geleden al tegen opa...' Ik wilde niet weten wat ze zogenaamd jaren geleden al had zien aankomen. Drama's voorzien was een van haar grootste passies.

Ik vertrok met Varkentje naar mijn kamer en hoorde haar de hele dag schoon schip maken, het huis op z'n kop zetten, orde scheppen, papieren bestuderen. In werkelijkheid was dit precies wat ze wilde, eindelijk kon ze zich ongegeneerd met andermans zaken bemoeien en overal haar neus in steken, mama had de kracht niet om tegen haar in te gaan en als ze ooit weer vertrok, zou ze iedereen vertellen hoe zij, de vrouw met het grootste hart van het land, haar dochter en kleindochters van de ondergang had gered. Ik probeerde Johnny te bereiken.

Klingbing.

'Hé vriendin van me, hoe gaat 'ie?'

Ik schudde mijn hoofd. 'Ander onderwerp. Oma is er.'

'O jee, en neemt de leiding? Dan kan het alleen maar erger worden.'

'Erger kan bijna niet, mama is echt een wrak.'

'Zo leek het hier helemaal niet.'

'Ik geloof dat ze toen nog in shock was. Thuis is ze daarna helemaal ingestort. En jij?'

'Tja, ik ploeter maar gewoon door. Niet weglopen maar volhouden, zei jij.'

Ik knikte nadenkend.
'Maar ik heb wel een aardig meisje leren kennen.'
Meteen zakte de moed me in de schoenen en Johnny moest het aan mijn gezicht gezien hebben.
'Niets vergeleken met jou, echt niet, maar heel aardig en dat helpt een beetje.'
'Naam?'
'Linda.'
'Knap?'
'Gaat.'
Ik probeerde te glimlachen. 'Mooi, dan ben je dus niet meer zo alleen.'
Johnny knipoogde. 'Dat was ik toch al niet. Ik heb altijd jou nog. Je denkt toch hopelijk nog wel aan onze afspraak?'
Tuurlijk. In de zandbak, toen we ons superkasteel bouwden en al onze dieren en poppetjes erin zetten.
'Dit is ons huis,' had Johnny gezegd.
'Als we getrouwd zijn.'
Dat hadden we afgesproken. Ik kwam heel dicht bij de camera, zodat mijn gezicht vervormd bij hem moest aankomen. 'En als ik dan oud ben en een beetje dik, ga je er met Linda vandoor!'
Ook hij stuurde zijn evenbeeld met grote puilogen naar mij toe. 'Echt niet!'

Om klokslag zeven riep oma dat het eten klaar was en haalde ik mama uit haar slaapkamer op. 'Kom!'
'Ik trek dit niet!'
Ik nam haar bij de hand en keek haar aan. 'Mama, ik kan het niet allemaal alleen.'

Ze trok een verschrikt gezicht. 'Maar dat hoef je toch ook helemaal niet!'

Op tafel stonden een overvloedige vleeswarenschotel, een bord met kaas, vers brood, tomaten en kleine kommertjes.

'Ik heb je fiets geleend, Leene.'

We gingen zitten. Oma vouwde haar handen alsof ze wilde bidden en wachtte.

'En nu? Kunnen we beginnen?'

Oma schudde haar hoofd. 'We wachten op Roos, lijkt me. Ze weet toch dat we om zeven uur eten, dat is toch altijd zo bij jullie?'

Mama pakte beslist een snee brood. 'Tegenwoordig is hier alles anders.'

Oma nam haar scherp op. 'Waar is je dochter op dit moment volgens jou?'

Mama keek terug. 'Bij haar vrienden. Waarschijnlijk.'

Roos is bij Dante, dacht ik.

'Roos is bij Dante!' zei oma. Ze haalde een flyer van de Black Blogs uit haar tas en legde hem op tafel. Ze had nog in Roos' kamer rondgesnuffeld ook, terwijl die zich veilig en gelukkig waande.

Roos trok haar jas aan. 'Ik ga naar huis. Vandaag komen we toch niet verder.'

Ze hadden de hele dag op een nieuwe songtekst zitten broeden, een nummer voor het festival. Dante zat op zijn stoel en keek haar aan. 'Ik vraag me echt af wat je daar te zoeken hebt.'

'Ik woon er. Anders dan jij heb ik een ouder thuis die zich zorgen maakt.' Eigenlijk wist ze niet eens zeker of dat wel waar was. De achterdeur van de bus werd zonder kloppen open gerukt. Wrakken Paultje.

'Post!' Hij stak een envelop naar binnen. 'Ik heb brood gekocht.' En weg was hij weer.

Dante grijnsde naar Roos. 'Zie je, mijn ouder zorgt ook voor mij.'

Roos staarde naar de envelop. 'Van de Stadsbank,' fluisterde ze, en ze keek Dante met grote ogen aan. 'Erop of eronder.'

Dante stond op, nam de envelop van haar over, scheurde hem open en las. Zwijgend. Zonder een spier te vertrekken.

'En? Kom op, zeg nou!'

'We doen mee!'

'We doen mee?'

'We doen mee!'

Roos viel Dante gillend om zijn nek. 'Te gek, het is ons gelukt, we doen mee!'

Dante sloeg zijn armen om haar heen, zocht haar mond en kuste haar. Als iemand die van iemand houdt. Hield niet op tot er krachtig op de deur werd geklopt.

'Wat moet je? Anders eten we toch ook nooit samen!' mopperde Dante, die opnieuw Roos' mond zocht.

'Maar wij wel!' Oma rukte de deur open en betrad resoluut Dantes heilige rijk. 'Roos, meekomen alsjeblieft.'

'Oma!' Roos zweefde nog heel ergens anders rond, kon er niet echt op reageren.

'Ik meen het serieus.'

Roos maakte zich los uit Dantes omhelzing. Hij wilde haar niet loslaten.

'We zien elkaar morgen weer,' fluisterde ze. Ze aaide

hem over zijn wang en ging achter oma aan de politiebus uit, met duizend vlinders in haar buik, dolgelukkig en daarom niet zo makkelijk op de kast te krijgen.

Mama en ik hadden in de tussentijd ieder twee boterhammen gegeten en waren niet zo'n klein beetje verbaasd toen oma inderdaad met Roos in haar VW-busje het erf op getuft kwam.

'Zo, en van nu af aan geldt hier weer de oude regel. Om zeven uur avondeten!' besliste ze toen ze aan tafel kwam zitten. 'En dat met die Dante, ik weet het niet hoor, ik vind het geen goed idee en ik weet zeker dat Daniël het er ook niet mee eens zou zijn.'

'Daniël heeft niets te vertellen en jij ook niet,' bromde Roos.

Weer lukte het oma om in noodtempo alle geluksgevoelens de kop in te drukken.

Roos boog zich naar me toe en fluisterde: 'We doen mee!'

Ik keek haar breed lachend aan. 'Ik wist het wel!'

'Wat?' wilde oma weten.

'Dat is geheim,' siste Roos, bereid de strijd aan te gaan.

Oma maakte een dikke boterham met kaas en nam een hap.

'Roos, wat voor geheimen je ook de jouwe wilt noemen, ik ben er nu en vanaf vandaag waait de wind uit een andere hoek. Jullie hebben houvast en structuur nodig, ook jij, vooral jij als ik het zo zie, en daar ga ik voor zorgen. Maatregelen: jullie komen na school eerst naar huis. Er wordt iets normaals gegeten, we kunnen het over huiswerk hebben of wat er verder nog speelt. Als onze taken erop zitten, hebben we genoeg punten verdiend om de rest van de dag leuke dingen te doen. Om zeven uur aan tafel, zoals gezegd, en door de week daarna niet meer de deur uit, maar vroeg naar bed.'

Onze monden vielen open. Wat dacht ze wel? Zo hadden we het nog nooit gedaan! Roos keek naar mama. Waarom zei ze niets?

'Natascha en ik regelen de financiële zaken, de scheiding enzovoort enzovoort. Als je zegt dat je al een jaar niet meer bij elkaar woont, kun je meteen scheiden. Daar heeft Daniël vast niets op tegen.' Nog één hap en de hele dikke boterham was in de regelaars- en vernietigersmond van mijn oma verdwenen.

'Maar ik wel!' zei mama. Eindelijk! Ze had al haar moed bij elkaar geraapt, was kaarsrecht gaan zitten om haar verzet met waardigheid kracht bij te zetten en stak van wal.

'Het is echt heel lief van je dat je gekomen bent, mama, en het heeft ons tot nu toe alle drie heel erg geholpen, maar ik denk dat het nu wel genoeg is. We redden ons verder wel.'

Oma deinsde verontwaardigd achteruit, terwijl Roos en ik heel tevreden een boterham begonnen te smeren. 'Pardon?'

'Je hebt me gehoord. We leven hier op onze eigen manier en dat zullen we ook blijven doen. Ook al hebben we misschien een tijdje geen houvast, we weten waar we thuishoren.' Ze keek ons bijna smekend aan en wij knikten braaf, het deed er niet toe hoe we er echt over dachten, op dit moment was het zaak onze draak van een oma de deur uit te werken.

Oma stond met een hoogrood hoofd op. 'Prima. Als je

er zo over denkt. Opa redt zich toch ook maar moeilijk zonder mij.' Dacht ze, want anders kwam ze er straks misschien nog achter dat ze geen reden had om te leven. 'Hij doet zijn best, voor jou, Natascha, maar als het zo moet!'

Mama glimlachte naar haar. 'Dan is het dus voor iedereen beter.'

Oma ging haar spullen pakken. Op dit moment wist ze zeker dat ze nog nooit zo vernederd was, maar over een week zou ze het weer vergeten zijn, la open, verschrikkelijke vernedering erin, la dicht en nooit meer opendoen.

'Pffff.' Roos slaakte een zucht van verlichting.

'Evengoed, om zeven uur aan tafel blijft zo!' zei mama met een strenge blik op Roos.

Een paar minuten later beende oma zonder iets te zeggen de deur uit, maar ik maakte van de gelegenheid gebruik, pakte gauw mijn rugzak en ging achter haar aan. 'Ik rij nog even met haar mee naar de stad. Ik kom met de laatste bus terug.'

Mama knikte, niemand vroeg ergens naar en dat vond ik prima.

Oma reed als een maniak, woedend, beledigd, zei geen woord. Ik staarde uit het raam en liet me in de stad afzetten.

'Niet boos zijn, oma, mama moet het toch zelf voor elkaar zien te krijgen.'

Oma snoof en scheurde weg.

De Kastanjelaan kende ik wel. Een brede chique winkelstraat met bomen en een smal watertje in het midden, alleen toegankelijk voor voetgangers en fietsers. Nummer 143 was een groot, oud huis met enorme ramen, niet goedkoop om daar te wonen. Hier had mijn vader dus een kamer gehuurd?

Ik bestudeerde uitvoerig de bordjes naast de deur, maar zijn naam stond er niet bij. Had oma zich vergist? Ik ging op een bankje aan het water zitten en scande de ramen. Het schemerde al, hier en daar brandde licht.

Op de tweede verdieping kwam een vrouw een keuken in. Bruine krullen. Ik wist het niet zeker. Ik haalde mijn verrekijker uit mijn tas, schoof hem uit en richtte hem op het raam op de tweede. Het was Greta. Ze leunde met haar armen over elkaar tegen het aanrecht, zei vast iets guitigs, lachte, praatte met iemand die op haar af kwam en haar kuste. Een man met een schort voor met de volle maan erop. Mijn vader. Hij zag eruit als altijd, deed hetzelfde, droeg hetzelfde, had alleen een andere vrouw. Gewoon omgewisseld. Hallo nieuw leven.

Ik kon het niet meer aanzien en liep naar de bushalte. Weer was ik diep gekwetst en weer was mijn eerste gedachte dat ik hem nooit meer wilde zien. Maar al terwijl ik op de bus stond te wachten, dacht ik verder en herinnerde ik mezelf eraan waarvoor ik gekozen had: voor de andere weg, niet die van Roos. Die van mij was moeilijker. Dat had ik nu duidelijk gemerkt, maar ik kon niet anders.

Thuis lag mijn moeder op de bank in de woonkamer te snurken. Naast haar stond een lege wijnfles.

13

'Hoe bevalt de verrekijker?'

'Goed. Je kunt er alles mee zien. Heel erg bedankt.'

'Ik heb hem bij een gek rommelmannetje gekocht. Mister Moon, heeft verstand van sterren en zo. Heb je mijn brief ook gelezen?'

'Ja.'

'Zullen we in het weekend een keer afspreken?'

Ik verzamelde moed door in te ademen. Natuurlijk had ik geweten dat dit de reden was van zijn telefoontje. En opeens kwam ik op het idee om hem op de proef te stellen. Nee, dat doe je niet met je vader, maar in mijn bijzondere situatie was het belangrijk om te weten of hij zou liegen of niet. Daarvan hing af of ik mijn weg of de weg van Roos zou volgen.

'Hoe is het eigenlijk met je, papa?'

'Het gaat. Ik mis jullie.'

'En hoe is het met Greta? Zijn jullie nu een stel?' De hamvraag!

Mijn vader aarzelde en dat maakte me bang. Bang dat hij zou liegen en ik de consequentie moest inzien. Want ik kende de waarheid. 'Ja. We zijn een stel. Zullen we het daarover hebben als we elkaar zien? Zaterdag?'

'Ja!' Godzijdank.

'Onze ijssalon? Ze zeggen dat het mooi weer wordt.'

Ik kon duidelijk horen dat hij zich erop verheugde. 'Oké.'

'Zaterdag om vier uur. Komt dat uit?' Gek. Vroeger bepaalde hij gewoon altijd hoe laat. Nu vroeg hij het aan mij, alsof ik niet zijn dochter was maar een kennis of een collega.

'Dat komt uit! Tot zaterdag dan.'

'Wacht even, Leentje. Heeft Roos haar cadeau ook gekregen?'

'Ja.' Ik wist natuurlijk wat hij eigenlijk wilde weten. Was ze er blij mee? Wat zei ze? Denk je dat ze zaterdag ook komt? Maar omdat ik verder niets zei, vroeg hij niet door en lieten we het erbij.

Na oma's spectaculaire aftocht had ik gehoopt dat mama van de bank af zou komen om de touwtjes in handen te nemen. Maar ze bleef liggen (al was het niet meer in haar verduisterde slaapkamer) en bedronk zich drie avonden achter elkaar aan papa's beste rode wijn, die hij bewaarde voor een speciale gelegenheid en helaas voor hem vergeten was. Ik betwijfelde of hij de gelegenheid speciaal genoeg zou hebben gevonden.

Maar vandaag was mama opgestaan om zich op haar werkplaats te storten. Grote opruiming. Varkentje en ik keken af en toe of alles nog goed ging. Voor de werkplaats lagen bergen stof, vilt en verf. Veel spullen die bij haar eerste aanval van opruimwoede gespaard waren gebleven: tassen, ringen, jurken, behangfiguren.

'Wat ga je daarmee doen?'

Mama kwam bezweet tevoorschijn uit een doos. 'Grofvuil.'

'Gooi je dat allemaal weg?'

Ze keek me somber aan. 'Ik moet iets veranderen in mijn leven. Dit is van vroeger, dat doe ik niet meer. Ik ben nu ex-vrouw en alleenstaande moeder. Geen teer poppetje dat stoffen verft en grappige ringen maakt van vilt.'

'En dan?'

'Ik ga werk zoeken. Net als ieder normaal mens.'

Weg was ze weer. Varkentje snuffelde aan de spullen, wroette en woelde zoals varkens altijd doen, en ik vond dat hij gelijk had. We zochten de mooiste dingen uit, redden stoffen en behangfiguren en sleepten alles naar het tankstation. De rekken waren leeg, waarom zouden we ze niet vullen met mama's ondergewaardeerde schatten? Misschien zou ze op een dag bij haar positieven komen en verschrikkelijke spijt krijgen omdat ze alles voor eens en altijd aan de vuilniswagen had meegegeven.

De rekken waren ideaal, je kon dingen ophangen en neerzetten en neerleggen, ik maande de kippen tot voorzichtigheid en Varkentje rolde zijn staartje uit, dacht misschien dat we wel weer eens konden oefenen. Ik kroelde hem tussen zijn oren. 'Geen idee of het nog wat wordt met ons optreden. Het is niet alleen dat papa weg is, Roos er geen zin in heeft en mama met andere dingen bezig is, want nu is oma ook nog boos.'

Varkentje ging zitten en knorde. Teleurgesteld misschien.

'We wachten nog maar even.' Waarop? De plotselinge verzoening? Vroegere tijden? Ik zuchtte, keek om me heen in de opeens zo kleurige ruimte en pakte een vilten tas met een zilveren volle maan erop, en daaromheen in steeds grotere cirkels gedroogde rode bessen en kleine, harige linzen. Van mij!

'Het lijkt wel een winkel hier! Het stoffenstation, niet gek!' Roos stond in de deuropening. Ze zag er anders uit.

Bezield. Ver weg en honderd procent verzoeningsgezind.

'Dit wilde ze allemaal weggooien.'

'Mama ruimt op. Dat is tenminste iets.'

Mijn afspraak met papa brandde me op de lippen. Zoals Roos er nu uitzag, zou ze misschien toch meegaan.

'We hebben binnenkort een fotoshoot met alle bands die op het festival spelen, met pers en de hele rataplan. Ga je mee?'

'Misschien. Ben je verliefd?'

Roos grijnsde. 'Hoezo, kun je dat zien?'

Ik knikte en grijnsde terug.

'Hij is... goddelijk. Perfect. Ongelooflijk.'

'Iedereen zegt dat je beter uit zijn buurt kunt blijven.'

Roos haalde haar schouders op. 'Niemand kijkt verder dan zijn neus lang is.'

We slenterden naar huis over het erf, dat mama net volhing met pasgewassen was. Wit en rood/roze/oranje. Ik besloot niet tegen haar te zeggen dat het ook goed ging als je alles bij elkaar in de machine stopte, net zoals ik Roos niets over mijn afspraak met onze vader had verteld.

Hij zat al in de ijssalon toen ik aankwam. Aan het tafeltje waar we vroeger ook altijd hadden gezeten, omdat je daar het beste kon zien wat voor ijs andere mensen aten. Het spel heette: Bekijk mijn ijs en zeg me wie ik ben.

'Hoi.'

Hij sprong meteen op, stond tegenover me en had er vast onmiddellijk spijt van, want hij had geen idee wat hij moest doen. Gaf je je dochter in zo'n geval een hand? Ik kon hem niet echt helpen, dus ging ik maar zitten, zette mijn maantas neer en knipperde met mijn ogen tegen de zon.

'Ook toevallig dat je ons tafeltje kon krijgen.'

Hij ging ook weer zitten en schoof de metalen stoel zo hard over de stenen vloer dat iedereen zich naar ons omdraaide. 'Sorry!' Papa glimlachte naar me. 'Ik had gereserveerd.' Hij speelde met zijn vingers, zenuwachtig en zo snel dat je de indruk kreeg dat hij er minstens vijftien had. 'Ik ben zo blij dat je er bent!'

Ik knikte en begon in de ijskaart te bladeren. 'En, wat voor ijs zijn we vandaag?'

Papa boog zich naar me toe en rook net als altijd. 'Zie je die vrouw daarachter? Onopvallend omdraaien, ja, nu.'

Een verzorgde dame in een mantelpakje zat voor een enorme ijscoupe met slagroom en vruchten en sterretjes en parapluutjes en werkte die met kleine hapjes weg. 'Bankierster, let altijd op haar lijn, gaat niet eens met collega's naar de kantine, maar eet wel stiekem reusachtige porties ijs.' Papa keek me verwachtingsvol aan.

'Werkloos, vroeger bankierster, is vandaag jarig en heeft een van haar oude pakjes aangetrokken. Heeft geen vrienden meer, trakteert zichzelf op een ijsje en kan daardoor de hele week thuis geen licht aandoen,' stelde ik voor.

Papa leunde achterover en bekeek de vrouw. 'Werkloos, denk je?'

Ik klapte de ijskaart dicht. 'Ik neem een Dido de Clown. Dan denkt iedereen die ons spel speelt: opgewekt, heel klein meisje dat met papa een ijsje eet en plannen maakt voor de zomervakantie.' Dat was gemeen, al bedoelde ik het helemaal niet zo, en mijn vader stopte meteen met het grappige spelletje en het krampachtige glimlachen.

'Goed. Dan neem ik de Zwartepiet met extra chocola en zonder amandelsnippers.' Hij bestelde, vouwde zijn onrustige handen voor zijn buik – in tegenstelling tot mama was hij niet afgevallen – en keek me aan. 'Je wilt meteen ter zake komen en er niet omheen draaien?'

'Heb ik van mijn vader geleerd.'

Hij knikte. 'Oké. Ik heb me de laatste tijd het hoofd gebroken over hoe dit allemaal heeft kunnen gebeuren en vooral waarom ik jullie de waarheid niet kon vertellen.'

'O, wat is dat voor een beeldig tasje?' De werkloze bankierster stond plotseling naast ons.

'Neem me niet kwalijk dat ik stoor, maar zoiets heb ik nog nooit gezien. Mag ik vragen waar je dat gekocht hebt?'

Papa staarde naar het tasje.

'Mijn moeder heeft het gemaakt.'

De vrouw zette grote ogen op. 'Zelf? Ongelooflijk. Heeft ze er nog meer van?'

Ik schudde mijn hoofd. 'Nee. Ze maakt van alles er altijd maar één.'

'Wat jammer. Mag ik hem van je kopen?'

Ze pakte haar portemonnee en liet ons heel, heel veel bankbiljetten zien.

'Nee. Nee, dat kan niet. Maar ze maakt ook andere mooie dingen!'

De vrouw straalde. 'Waar kan ik die zien? Is er een winkel?'

'Nog niet, maar gauw wel.' Ik merkte hoe verbaasd papa was.

'O, dan geef ik je mijn e-mailadres, dan kan je het me laten weten als het zover is.' Ze pakte papa's servet, krabbelde haar adres erop en gaf het aan mij. 'Heel lief van je. Misschien kunnen we je moeder ook overhalen om nog zo'n tas...' Ze keek me met haar perfect opgemaakte ogen aan.

'Misschien wel.'

'Mag ik jouw e-mailadres ook?' Nu moest mijn servet eraan geloven. Daarna schreed ze terug naar haar ijscoupe en zwaaide als een deftige dame. 'Vergeet me niet, hè?'

De serveerster bracht onze persoonlijkheidscoupes.

'Begint Natascha een winkel?'

'We denken erover.'

Papa knikte peinzend. 'Maar dan moet ze met mensen praten.'

'Ja. Daarom juist.' Ik prikte in mijn clown en voelde me een kleine overwinnaar.

Papa schraapte zijn keel. 'Goed, wat ik je, geloof ik, moet uitleggen is waarom ik met Greta verdergegaan ben en tegenover jullie deed alsof het allemaal weer goed zou komen.'

Ik keek hem aan. En waarom je eigenlijk een vriendin nodig had? Als je dat wilde, had je niet met mama moeten trouwen, en als je van plan was er toch weer vandoor te gaan, had je geen kinderen moeten krijgen! Hoe je ermee leeft en wat je ermee doet? Hoe het verder moet? Of het voorgoed is en wat er nog komt – of niet? Ik wilde het niet echt weten en ik voelde ook dat hij al die vragen niet echt kon beantwoorden. Hij zou eromheen draaien, niet omdat hij het me niet wilde vertellen, maar omdat hij het waarschijnlijk zelf ook niet wist.

'Het... ik... ik werd gewoon verliefd. En toen... toen kon ik niet weg... niet bij jullie... niet bij haar... alles was verkeerd, alle wegen leidden naar het niets, naar de afgrond. Ik wilde mijn gezin niet kwijt, Leene!'

Maar dat ben je nu wel. Je had ook meteen eerlijk kunnen zijn. Doe niet zo hulpeloos en zo ongelukkig, terwijl je in werkelijkheid met mama's maanschort voor het raam met Greta staat te zoenen! Ik kon niet voorkomen dat er tranen over mijn wangen rolden, en één ding was zeker, die hele clown hielp niets; iedereen wist nu dat we het niet over de zomervakantie hadden.

Mijn vader keek me aan en was opmerkzaam genoeg om me niet aan te raken of te troosten, hoewel hij vast en zeker niets liever gedaan zou hebben. 'Eén ding weet ik in elk geval: het verandert niets aan mijn gevoelens voor jou en Roos.'

'En mama dan?' gooide ik eruit. 'Het kan toch niet zomaar voorbij zijn! Liefde verdwijnt niet, weet je dat dan niet?'

Nu pakte hij toch mijn hand en dat deed me tegen de verwachting in goed. 'Nee, waarschijnlijk niet. Maar je moeder en ik...'

'Hou op! Ik wil het niet weten.' Ik viste een zakdoek uit de maantas, probeerde rustig te worden en snoot met extra veel lawaai, want dat was ook altijd een van onze wedstrijdjes geweest: welke olifant toetert het hardst?

Papa gunde me de tijd en stapte intussen uit zijn slachtofferrol, om weer de beschermer te worden die hij altijd geweest was. 'Je hebt gelijk. Luister goed, ik zal je in het vervolg altijd op elke vraag die je hebt antwoord geven, eerlijk en zo goed als ik kan. Zeg het maar als je zover bent. Voor mij is het belangrijk dat we elkaar zien, dingen doen samen, deel blijven uitmaken van elkaars leven. Ik ben jullie vader en dat blijf ik ook.'

Ik knikte en nam een enorme hap clown. 'Weet je wat?'

Met volle mond praten hoort niet, maar als je met je vader die een ander heeft en eigenlijk graag wil uitleggen waarom, in de ijssalon zit, dan mag je alles. 'Die vrouw was niet werkloos.'

Papa's ene mondhoek trok omhoog in een grijns. Alleen die ene maar, en toch zag hij er heel erg opgelucht uit. Zijn Zwartepiet was inmiddels veranderd in vanille-chocoladesoep. 'Heb je zin om wat over Roos te vertellen?'

Dat had ik niet, want alles wat ik hem kon vertellen zou een aanval van vaderlijke razernij uitlokken. 'Geef haar nog een beetje de tijd.'

Papa rolde met zijn ogen. 'Onze verstandige kleene Leene, hou daarmee op! Je hoeft niet altijd de tussenpersoon te zijn en je zus of mij of je moeder te beschermen.'

Nee?

'Vertel gewoon hoe het met haar gaat!'

Roos lag met Dante verstrengeld op de brits in de politiebus. Haar zwarte haar nat van het zweet, blosjes op haar wangen, niets aan haar lijf. Zijn arm om haar heen voelde hard aan. Weinig vlees, weinig spieren, net als overal aan zijn lichaam.

Dante had zijn ogen dicht, haalde gelijkmatig en ontspannen adem.

'Waarom zouden we eigenlijk bij jou uit de buurt moeten blijven?' Roos fluisterde, spinde tevreden als een kat en liet haar vingertoppen over zijn lichaam lopen.

'Omdat ik gevaarlijk ben.'

'Wanneer?'

Dante maakte zich los uit hun omhelzing, steunde met

zijn hoofd op zijn hand en keek Roos met zijn ijsogen warm aan. 'Ik zeg wat ik denk. Ik herken eikels. En iedereen is een eikel.'

'Ik ook?'

'Vast wel. Als het einde in zicht is.'

Er liep een rilling over Roos' rug. Over welk einde had hij het? Kon er nooit eens iets bestaan zonder einde? Er schoot een zin uit een schlager van haar vader door haar hoofd: 'Aan deze liefde komt nooit een eind.'

'Wat deed je, waar je was toen je niet hier was?'

Dante liet zich op zijn rug vallen en staarde net als Roos naar het roestige plafond van de bus. 'Ik moest leren me te beheersen.'

'En?'

'Ze zullen wel het gevoel hebben gehad dat ik het geleerd had. Anders was ik nu niet hier.'

Roos draaide zich naar hem toe en streelde zijn naakte lijf. Heel licht. 'Dat zou jammer zijn.' Ze kuste hem.

'Daar kan ik niets over zeggen, papa, het gaat prima met haar.'

'Ze gaat met die Dante om.'

'Wat heeft hij eigenlijk gedaan, dat we niet met hem om mogen gaan?'

Mijn vader staarde met een donker gezicht naar zijn ijssoep. 'Die jongen heeft zichzelf niet in de hand. Er woedt een enorm potentieel aan criminele energie in hem. Hij is bijvoorbeeld van school gestuurd omdat hij die in de fik wilde steken, en uit kwaadheid, omdat hij vond dat hij onrechtvaardig behandeld werd, heeft hij de auto van de rector compleet de vernieling in geholpen. Hij steelt en hij liegt en maakt met niemand contact. Hij is je reinste kruitvat en ik vind het onverantwoord dat hij vrij rondloopt. Dante is tot alles in staat, letterlijk alles.'

'En hoe weet jij dat allemaal?'

'Ik ken hem sinds hij klein was. Toen hij vijf was sneed hij al regenwormen in stukjes en hing hij bijen op aan zelf geknutselde galgen. Wrakken Paultje heeft het me laten zien.'

Ik scheurde het kleurige kartonnen hoedje van Dido de Clown in stukken en liet de snippers op tafel dwarrelen. 'Hij heeft geen moeder.'

Papa haalde zijn schouders op. 'Er zijn wel meer kinderen die geen moeder hebben, en die slaan ook niet om zich heen.'

Ik dacht aan wat Roos over haar fantastische Dante had gezegd. Had zij beter gekeken dan de rest?

'Zeg dat alsjeblieft tegen haar. Vertel haar wat hij allemaal gedaan heeft. Ze moet oppassen voor die jongen.'

Ik wist vrij zeker dat Roos zich niets wijs zou laten maken. Papa boog zich naar voren en woelde door mijn haar. 'Nee, sorry, dat is mijn taak. Ik zal proberen haar te bereiken.'

En al helemaal niet door haar vader!

Ik stond op en klopte mijn kleren af, alsof we in de viezigheid hadden gezeten. 'Ik moet gaan. We eten om zeven uur. Zoals je weet.'

We omhelsden elkaar.

'Ik verzin wel een schema, zodat we elkaar regelmatig kunnen zien, goed?'

'Om het weekend, paasvakantie, kerst en verjaardagen om en om.'

'Of zo. Dag, kleintje van me.'

'Dag, papa.'

Om klokslag zeven uur zaten we aan tafel. We aten spaghetti bolognese van mama, de pasta was veel te zacht, de saus... maakt niet uit, het belangrijkste was dat we bij elkaar waren.

'Ik ben vandaag naar de stad geweest,' zei ik.

'O ja?'

'Ik had jouw maantas bij me en een vrouw was er helemaal weg van, ze wilde hem ter plekke van me kopen.'

'En? Voor hoeveel?' informeerde Roos, maar mama reageerde helemaal niet.

'Geen idee, ik verkoop hem toch niet. Maar ze was heel erg geïnteresseerd in je spullen, mama, en ik moest je per se vragen om er nog zo een te maken.'

Mama schudde haar hoofd. 'Geen tijd.'

Roos fronste haar voorhoofd. 'Geen tijd?'

'Nee, ik heb een baan gevonden. Maandag begin ik.'

'Wat voor baan?' vroeg ik, want eigenlijk was ik nog helemaal niet klaar met mijn verhaal, ik moest dat van die winkel nog aan haar voorstellen.

'In de wasserette.'

'Wát? Achter de toonbank of de strijkmachine?' Roos wist niet wat ze hoorde.

'Overal.'

'Maar dat is toch zonde!' Ik was echt van mijn stuk. 'Je maakt zulke mooie dingen, en dan ga je in de wasserette overhemden staan aannemen?'

'Ik heb anders ook best veel verstand van de was, zoals jullie weten.'

Ik sprong op. 'Mama, doe het niet. Ik weet iets veel beters. Roos bracht me op het idee, weet je nog Roos, toen je dat zei van die winkel? We beginnen een winkel, in het tankstation, en daar verkopen we je spullen. Het zou super goed lopen, ik weet het zeker!'

Roos haalde haar schouders op. 'Zou kunnen.'

'Nee!' zei mama. 'Ik maak geen spulletjes meer, dat had ik je al gezegd, Leene. Gedoe van vroeger. Alles wordt anders.'

'Wat een onzin, mama. Papa was ook heel erg onder de indruk van het idee.'

Mijn moeder legde haar bestek neer, nam een grote slok rode wijn en keek me aan. 'Papa?'

Ik ging weer zitten en had het gevoel dat ik haar bij de lurven had. 'Ja. Ik heb hem vandaag in de stad gezien.'

Roos stond op. 'De rest interesseert me niet. Ik ben boven.'

'En? Hoe gaat het met hem?'

'Heel goed.'

'Hoe ziet hij eruit?'

Ik vond mama's vragen niet prettig. Zo had ik het niet bedoeld. Ik dacht alleen dat ze zich misschien zou bedenken over de winkel. 'Goed.'

'Hmm, kun je ook nog iets anders zeggen?'

'Nee, verder moet je het maar aan hem vragen. Maar hij was erbij toen die vrouw zo enthousiast was.'

Mama tuurde nadenkend in haar glas. 'Hij vond die tas ook altijd zo mooi.'

'Kom op, mama, laten we een winkel beginnen. Ik help je!'

Mama schudde haar hoofd. 'Geen sprake van, en nu

zeker niet. Je vader heeft het recht niet om iets wat ik doe goed of slecht te vinden. Begrepen?'

Klingbing.

'Ze wil nu een doodgewone vrouw zonder man worden, eentje die elke cent uit haar mond spaart omdat ze nu eenmaal zo gewoon is en máár in een wasserette werkt! Zie je het voor je, Johnny, al is het maar heel vaag?'

'Nee. Maar misschien heeft ze dat een tijdje nodig. Het zal vast niet haar laatste station zijn.' Johnny zag er goed uit.

'Hoe gaat het met Linda?'

'Goed hoor, we doen samen wiskunde omdat ik daar slecht in ben, en Engels omdat zij daar slecht in is.'

'Je bent verliefd.'

'Niet waar.'

'Wel waar. Roos ziet er net zo uit als jij sinds ze verliefd is op Dante.'

'Echt? Dat zal je vader leuk vinden.'

'Ben je verliefd?'

'Nee. Ik ben gewoon minder alleen.'

'Zeg je het als het wel zo is?'

Johnny maakte het V-teken naar de camera. 'Ik zweer het! Hé, beste vriendin, waarom begin je die winkel niet in je eentje?'

'Dat kan toch helemaal niet, daar ben ik veel te klein voor.'

'Jij te klein? Sinds wanneer?'

De dagen daarna kwamen er vijf e-mails. Een van de werkloze bankierster en de rest van vriendinnen van haar, aan wie ze alles in geuren en kleuren verteld had.

'Zullen we het doen, Varkentje?'

Hij knorde en wapperde met zijn oren. Ik besloot dat dit ja betekende en ging aan de slag. Sleepte alle rekken naar het midden van de ruimte, ook de konijnenhokken en Varkentjes modderhoek, die hij toch bijna nooit gebruikte. Vond in mama's werkplaats nog wat crèmekleurige muurverf en begon het oude tankstation op te knappen.

'Wat ben je aan het doen?' vroeg mama, toen ze op een avond uit haar werk kwam, in een oude-oma-schort waarop rechtsboven *Snelreiniging* geborduurd was.

'Ik begin een winkel.'

Mama schudde haar hoofd. 'Als je het maar laat!'

'Nee. Lekker gewerkt vandaag?'

Mama keek me afkeurend aan. 'Heerlijk!' blies ze.

'Die oude kassa daar op de toonbank doet het nog.'

'Als je het maar laat, zei ik!'

Ook Roos was niet bijster enthousiast over mijn eenmansactie, al was het maar omdat ze nergens bijster enthousiast over was. Ze tikte tegen haar voorhoofd toen ik haar beschreef wat voor bord ik buiten wilde ophangen. 'Het is een hartstikke goede naam. En jouw idee!'

Roos schudde haar hoofd – 'hoe wou je dat in je eentje voor elkaar krijgen?' – en fietste weg. Ik schilderde met een dikke kwast in grote letters *Het stoffenstation* op een stuk hout. 'Laat ze maar denken wat ze willen, hè Varkentje?' Ik deed een paar stappen achteruit en keek sceptisch naar mijn werk. 'Mama had dit wel veel beter gekund. Denk je ook niet?'

Varkentje gaf geen antwoord. Ik keek om me heen. Hij was er niet. Zuchtend zette ik de kwast in de verfpot, veegde mijn handen af aan mijn broek en begon hem te roepen.

'Varkentje? Varkentje!'

Ik zocht overal, kon hem niet vinden en liep dus de route die hij ook genomen had toen hij Dante tegen het lijf gelopen was. De straat over, wat vreselijk, de heuvel op tot aan de boom. Daar was hij niet. Verder dus, de heuvel weer af. Ik riep en zocht naar sporen, maar niets, in geen velden of wegen. De volgende straat over, ook veel te gevaarlijk, langs het kapelletje en daar vond ik hem in het eikenbosje, waar hij naar eikels of paddenstoelen of wat dan ook zocht en over de grond lag te rollen. 'Ben je gek geworden? Je kunt niet zomaar de benen nemen! Als je zo doorgaat, moeten we je toch nog opsluiten.' Ik sloeg mijn armen om hem heen en kreeg een natte, vieze snuitzoen. 'Kom, mee naar huis, gek varken dat je bent.'

We liepen terug en ik besloot hem een halsband te geven. Zodat mensen konden zien dat hij van iemand was en hem niet meteen naar de slachtbank joegen. Veel mensen denken namelijk dat varkens er alleen zijn om opgegeten te worden.

Toen we thuiskwamen hing het bord boven de winkel en was mama bezig levensgrote dieren uit een rol behang te knippen en die op de pas geverfde muren te plakken. 'Ik hoop dat je niet boos bent, maar dit staat best leuk, toch?'

Ik, boos? Ik keek haar stralend aan. 'Het staat fantastisch! Daar zou ik nooit op gekomen zijn!'

'Tja, als je behangfiguren verkoopt, moeten ze ook op de muren zitten, nietwaar?' Ze sloeg een arm om me heen en we bekeken ons werk vanbuiten af en van een afstandje.

‘Wat denk je? Over vier weken open? Redden we dat?’

Ik viste een briefje uit de stapel naast de kassa.

‘Momentje, ik heb alles uitgeprint. Wacht, lalala, blablabla… voorwaarden om een eigen winkel te kunnen beginnen:

1. *Startkapitaal*
2. *Een goed ondernemingsplan*
3. *Winst op lange termijn, anders heeft het geen zin*
4. *Moed*
5. *Doorzettingsvermogen*
6. *Bereidheid om risico’s te nemen*
7. *Werklust (meer dan 40 uur/week)*
8. *Commerciële basiskennis’*

We keken elkaar aan, knikten en begonnen de rekken zo uitnodigend mogelijk neer te zetten.

‘Ik heb met papa gebeld. Hij zegt dat Roos met Dante omgaat en dat ik moet oppassen. Wat vind jij daarvan?’

‘Dat is Roos d’r zaak.’

Mama knikte. ‘Ken je hem?’

‘Niet echt. Ik vind hem een griezel, maar Roos vindt hem… goddelijk. Volgens haar kunnen wij het allemaal niet beoordelen.’

‘Hm. Misschien heeft ze gelijk.’

‘Hebben jullie verder nog iets besproken, papa en jij?’

Mama schudde haar hoofd, maar ik had zo’n vermoeden dat haar besluit om mee te doen met de winkel iets met het telefoontje te maken had. Ik zal jou eens wat laten zien! Of zoiets.

14

Soms gaan drie weken snel voorbij en soms langzaam. Als je een winkel wilt openen, gaan ze snel voorbij. Mama werkte dag en nacht aan nieuwe spullen, ontwierp behangfiguren en verfde stoffen, verzamelde en droogde planten, draaide ringetjes, reeg kettingen, naaide tassen en jurken en maakte van alles een prototype, en daarnaast voor alle gasten die zouden komen een vilten anjer voor in het knoopsgat.

'Hoeveel mensen komen er denk je, Leene?'

Ik haalde mijn schouders op. 'Geen idee. Daar zat ik ook al over te denken, vanwege de uitnodigingen.'

'Ach, we maken gewoon posters, die kunnen Roos en jij dan overal ophangen.'

We zaten aan het ontbijt. Roos verstopte een dikke zuigzoen in haar hals onder een sjaaltje en was het er verrassend genoeg meteen mee eens.

'O, en ik moet die werkloze mevrouw nog mailen,' schoot me te binnen. 'Dan hebben we meteen klanten in de stad.'

'Ik kan bij die fotoshoot wel eens rondvragen, misschien is er een journalist die zin heeft om te komen,' opperde Roos.

Mama knikte. 'Aanstaande zaterdag van zes tot acht,' zei ze nog maar een keer en Roos grijnsde.

'Je kunt niet beweren dat we hier ooit iets doen zoals andere mensen.'

‘Het is precies de goede tijd, Roos. De mensen hebben hun boodschappen voor het weekend gedaan en kunnen zich hier helemaal overgeven aan de kunstnijverheid en hun prosecco.’

‘Aan de kunst,’ verbeterde ik mijn moeder.

‘Niet overdrijven.’

Ik nam een hap van mijn boterham. ‘Een paar uitnodigingen moeten we wel hebben. Voor Judith en Johnny bijvoorbeeld, oma en opa…’

Mama fronste haar voorhoofd. ‘Judith hoef ik niet te zien.’

Ik rolde met mijn ogen. ‘Ze weet hartstikke veel van marketing en zo. Dat zou toch mooi zijn, misschien heeft ze nog een paar tips voor ons of kan ze contact leggen met mensen in Hamburg.’

‘Ik wil geen tips van iemand die gezinnen kapotmaakt.’

Roos en ik keken elkaar aan. Dan niet.

‘En oma?’

Mama grijnsde. ‘Ik ga haar meteen bellen.’ Ze pakte de telefoon, toetste het nummer, wachtte en zette de speaker aan zodra oma opnam. ‘Hoi mama, met Natascha.’

‘Ah, jij bent het.’ Mama moest niet denken dat ze het zo makkelijk kon bijleggen. Ze bleef deze keer langer beledigd dan anders.

‘Moet je horen, we openen hier volgend weekend een winkel en daarvoor wilde ik jullie van harte uitnodigen.’

Zwijgen. Toen: ‘Je hebt zeker hulp nodig.’

‘Nee, Roos en Leene helpen me. Ik wil jullie er gewoon graag bij hebben.’

Stilte. ‘Ik denk niet dat het lukt. Je hebt geen idee wat zich hier afspeelt. Een of andere gemene druifluis heeft zich op onze wijnstokken gestort, en als we die niet onophoudelijk bestrijden...'

'Wie is dat?' Opa op de achtergrond.

Oma hield haar hand zo halfslachtig op de telefoon dat we haar antwoord gewoon konden horen. 'Niet belangrijk!'

'Hè mama, wat jammer nou. Dan moeten jullie maar gauw een andere keer langskomen.'

'Ja, we zullen zien, als we die luis ooit kwijtraken.'

'Succes!'

'Jij ook.'

Mama hing glimlachend op. 'Geen uitnodiging dus. Druifluis!'

Ik raapte al mijn moed bij elkaar. 'En papa?'

Roos stond op. 'Je bent niet goed wijs, laat hem wegblijven! Ik moet me nu klaarmaken. Ga je nog mee, Leene?'

Ik schudde mijn hoofd. 'Nee. Ik ga naar papa en blijf daar slapen.'

Hij had gebeld om dit voor te stellen. Natuurlijk betekende dit voor mij de grootst mogelijke verschrikking, maar ik had nu eenmaal besloten niet voor de dingen weg te lopen en daar wilde ik me ook aan houden. Mijn rugzak was al gepakt en ik vond het heel vreemd om een tandenborstel in te moeten pakken als ik mijn vader wilde zien.

'Je bent echt hartstikke gek.' Roos vertrok en mama roerde nadenkend in haar koffie.

'Als je daar toch bent, mag je hem best vragen of hij zin heeft. We gaan in elk geval niet speciaal voor hem een uitnodiging maken.'

In mijn binnenste kwam de zon op, maar vanbuiten knikte ik ernstig. 'En de mensen van je koor en zo? Kamphus, bijvoorbeeld?'

Mama trok een gezicht en keek me wanhopig aan. 'Kun je zo'n winkelopening niet zonder mensen doen?'

Kamphus had zijn filiaal van de Stadsbank aangekleed voor de fotografen. Overal het logo van de bank en van het festival, hijzelf in fijne zijde, met bijpassende stropdas en opgewonden rode vlekken in zijn gezicht, een gebrek dat hij niet onder controle kreeg en wat de fotografen later moesten retoucheren. Kamphus begroette Roos vriendelijk. 'Zeg maar tegen je moeder dat ze weer eens naar koor moet komen.'

De pers was er, en een fotograaf die speciaal kwam voor de posters en de programmaboekjes. Roos schoot meteen een van de journalisten aan en adviseerde hem volgende week de spectaculaire winkelopening in het tankstation niet te missen. 'Het stoffenstation, klinkt wel leuk,' zei hij, en hij noteerde de datum.

Dante was heel kalm, stond als altijd als een gevoelloos stuk steen tussen alle opgewonden bandleden, liet de grote en vandaag extra mooie Roos de interviews doen en deed afstandelijk als ze te dichtbij kwam, alsof hij niet wilde dat iemand van hun liefde zou weten, of alsof het hem pijn deed als ze hem aanraakte, juist zij.

De Black Blogs, allemaal in het zwart, lachten breed in de camera, alleen Dante keek donker voor zich uit.

'Dante, kan het misschien wat vriendelijker of ligt dat niet in je aard?' Kamphus trok aan de zwarte ongenaakbare, pulkte en peuterde aan zijn zenuwen, die om de een of andere onduidelijke reden op springen stonden.

'Wat is er met jou?' Roos boog zich in een pauze naar hem toe en fluisterde in zijn koude oor.

Hij week achteruit.

'Hé? Heb ik iets verkeerd gedaan?'

Dante schudde zijn hoofd en ging naar de wc. Toen hij terugkwam droegen de Black Blogs knaloranje T-shirts van de Stadsbank en stonden ze bij alle andere bands.

'Groepsfoto!' riep Kamphus, zwaaiend met het T-shirt dat voor Dante bedoeld was.

'Dat trek ik niet aan.'

Kamphus wist niet wat hij hoorde. 'Pardon?'

'Dat trek ik niet aan! Dat is de kleur van de zon en van je holadijee, dat trek ik niet aan!'

'Dit is het T-shirt van de bank die jouw optreden mogelijk maakt. Dus trek aan, net als iedereen.'

Dante keek vijandig naar de verzamelde manschappen, zijn band in het oranje, zijn Roos aangepast, en ontplofte. 'En jullie doen het nog ook, stelletje dombo's. Wat was het principe van onze band? Hoe heten we ook alweer? Nou? De Stadsbankband? Orange Blogs? Jullie gaan door het stof voor dit mannetje, in plaats van bij je standpunt te blijven!'

Roos rende naar hem toe om hem eraan te herinneren dat hij geleerd had zich te beheersen.

'Dante, het is alleen maar voor die ene foto.'

Hij duwde haar ruw opzij. 'En die ene foto is er precies één te veel.'

Kamphus was knalrood in zijn gezicht. Daar viel niets meer aan te retoucheren. 'Als je je niet kunt aanpassen, zoals gewoonlijk, dan spelen jullie ook niet. Zo simpel is het.'

Dante glimlachte. 'Precies, zo doen we het.'

'Dante!' gilde Roos, en de jongens van de band raakten buiten zichzelf, begonnen tegen hem te schreeuwen, maar hij duwde iedereen opzij en vertrok zonder nog een woord te zeggen.

'Dante!' Roos riep wanhopig iemand na die ze niet kende, en de journalisten waren blij met dit kleine maar fijne schandaal.

Papa haalde me op bij de bushalte. 'Anders verdwaal je straks nog.'

Ik liep naast hem en deed alsof ik van niets wist. 'Kastanjelaan? Best chique.'

'Het is Greta's huis. Het is maar tijdelijk. Je moeder was namelijk niet bereid me de tijd te geven om iets voor mezelf te zoeken.'

Ik keek hem van opzij aan, maar besloot genadig om laffe smoesjes en onterechte vermoorde-onschuldachtige klachten dit eerste weekend door de vingers te zien. Het was middag, de zon scheen mild door de kastanjebomen langs de middenberm en doopte alles in een zacht licht. Zo hoorde het. Papa deed de deur open. 'Hartelijk welkom, Leene, ik ben heel blij dat je er bent.'

Het was een gezellig maar een beetje een kaal huis. Hoge plafonds, mooie tapijten, alles op de een of andere manier net zo modern en elegant als Greta zelf en helemaal niet speels zoals ons tankstation. Zachte klassieke muziek lag over alles heen.

'O, je bent van muzieksmaak veranderd,' zei ik gesmoord, en ik wist niet wat ik met mezelf aan moest. Ik durfde niet zomaar wat rond te banjeren en alles te bekijken. In het huis waar mijn vader nu woonde.

Greta kwam de keuken uit, droogde haar handen af en glimlachte naar me. 'Die schlagerherrie, daar kan ik echt niet tegen. Hoi Leene, trek je jas uit en doe alsof je thuis bent.'

Hoe moest ik me dat voorstellen?

'Ik haal even iets te drinken,' zei papa vlug, en hij verdween in de keuken.

Greta pakte mijn rugzak aan en zette hem onder de kapstok. 'Kom, ik laat je het huis zien.'

Er was een woonkamer, een slaapkamer en een keuken, allemaal perfect ingericht, maar niets van papa, geen foto, geen stoel, geen klok. Daarna maakte Greta zich uit de voeten – 'Ik moet nog even naar het instituut om iets te kopiëren' – en papa en ik maakten intussen het eten klaar. Het maanschort liet hij voor de zekerheid achterwege.

'Wat vind je ervan?'

'Waar zijn al je werkkamerspullen?'

'Die moest ik opslaan. Er is hier geen plaats voor al die ouwe troep en het past er ook niet echt bij.'

'Niets van jou past erbij!'

Papa glimlachte onzeker naar me. 'Jawel hoor, Leene, een hele hoop.'

'En waar moet ik slapen?'

'De bank kan uitgetrokken worden.'

Alles was vreemd en beklemmend. De gedachte alleen al dat ik in de woonkamer zou slapen, terwijl papa in dat enorme bed tegen Greta aan kroop, was onverdraaglijk. Moest je jezelf dat wel aandoen? Had Roos misschien toch gelijk? Was papa nu gelukkiger?

'Ben je gelukkig?' fluisterde ik, precies op het moment dat papa de staafmixer aanzette en mij niet kon verstaan.

‘Wat?’ schreeuwde hij overdreven hard. ‘Zei je iets?’

‘Ben je nu gelukkiger?’ schreeuwde ik terug.

Hij zette de staafmixer uit, staarde naar de muur en dacht na.

‘Je zei dat ik alles mocht vragen,’ verontschuldigde ik me meteen.

Hij knikte. ‘Het is te vroeg om dat te zeggen. Ik mis jullie en alles is nog chaotisch en nieuw. Moeilijk te beantwoorden, snap je?’

Ik keek hem aan, wilde meer en had geen zin om hem er zo makkelijk van af te laten komen.

Hij zuchtte. ‘Greta maakt me gelukkig.’

Ik greep de staafmixer, zette hem aan en begon als een gek in de aardappels te stampen. Dat dacht hij maar! Dat ging wel weer over! En dan? Dan was het misschien te laat. Papa concentreerde zich op de groente en liet me razen.

Greta kwam precies om zeven uur thuis. ‘Kunnen we eten? Mmmm, het hele huis ruikt ernaar!’

De tafel was gedekt, het eten was klaar.

‘Ik moet nog even naar de wc.’ Ik holde naar de badkamer en deed de deur op slot. Precies zeven uur. Had hij dat ook gewoon van thuis meegenomen? Ik nam nogal de tijd, keurde Greta’s parfumflesjes een voor een, bekeek papa’s spullen, rook aan zijn aftershave en deed er een beetje van op mijn T-shirt. Daarna haalde ik alles zorgvuldig uit elkaar, zette papa’s spullen links en Greta’s spullen rechts op het plankje boven de wastafel, daartussen de beker met de tandenborstels, die ik met de ruggen naar elkaar toe zette. In de rand van de spiegel zat een foto van Roos en mij. We lagen op de smeerbrug en trokken gekke bekken naar de camera.

Er werd aangeklopt. 'Leene? Is er iets? Het eten wordt koud.'

Nee, nu ben ik klaar. En het is kwart over zeven. Nu kunnen we eten.

Greta vertelde over het instituut, ze discussieerden een tijdje over het meteorietenprobleem en deden alsof het allemaal heel gewoon was.

'Hoe gaat het op school?' informeerde papa, een vraag waarop ik nog nooit een antwoord had geweten. Hij werd me voortdurend door allerlei volwassenen gesteld, maar ik wist nooit wat ik ermee moest. Geen idee hoe het ging.

'Gewoon. Maar thuis is alles anders.'

Papa trok zijn wenkbrauwen op, hij dacht misschien dat ik op zijn vertrek doelde en van plan was om in bijzijn van Greta te vertellen hoe verschrikkelijk mama eraan toe was en hoe vreselijk we hem misten.

'We beginnen een winkel. Zaterdag gaan we open.'

'Echt waar?' Papa kon het nog steeds niet helemaal geloven.

'Ja, we hangen posters op en mama werkt zich dag en nacht een ongeluk om straks genoeg spullen te hebben, want er komen heel veel mensen, en o ja, we verwachten zelfs de pers!'

'Wat leuk voor je moeder, dan heeft ze eindelijk iets te doen,' zei Greta. Ze bedoelde het waarschijnlijk niet kwaad, maar in mijn oren klonk het als een belediging. Wat had papa haar verteld?

'Mijn moeder heeft altijd iets te doen gehad. Meerdere dingen zelfs. Ze heeft bijvoorbeeld haar kinderen opgevoed en niet naar Engeland gestuurd.'

Greta keek me aan en duwde de hand van mijn vader

weg, die haar sussend probeerde te aaien. ‘Moet je horen, ik zou niets liever willen dan mijn zoon hier hebben. Ik bedoelde het niet zo, Leene, ik kan me alleen zo voorstellen dat ze het de laatste tijd niet makkelijk heeft gehad, en dan vind ik het fijn om zoiets te horen.’

Ja, omdat jij dan van je schuldgevoel af bent, maar dat denk je maar. ‘Waarom is je zoon dan niet hier?’ vroeg ik, maar de opmerking die me op de lippen brandde liet ik weg: *‘...dan kon je je met hem bemoeien en hoefde je geen vader en man van andere mensen af te pakken.’*

‘Toen mijn man en ik gingen scheiden, woonden we in Engeland. Christopher had al zijn vrienden daar en wilde niet weg.’ Ze glimlachte een beetje verdrietig, een beetje geforceerd, want ze had geleerd wat iedereen in zijn leven moet leren: te doen alsof het allemaal best gaat en vooral de sfeer niet bederven. ‘Maar hij komt binnenkort bij me... bij ons logeren. Misschien kunnen jullie elkaar dan leren kennen.’

Ik had een hekel aan jongens met te grote tanden.

‘Goed, en vertel me dan nu maar eens: hoe heet die winkel eigenlijk? Zit hij voor in het tankstation? En wie heeft jullie geholpen?’

‘Hij heet Het stoffenstation en niemand heeft ons geholpen. We hebben het helemaal zelf gedaan. De opening is om zes uur en mama zegt dat ik je rustig mag uitnodigen.’

Papa knikte en keek Greta aan. ‘Dat kunnen we best doen, toch?’

‘Jij moet in ieder geval gaan, vind ik.’

Papa pakte een vork, bleef haar strak aankijken.

‘Ik ga later wel een keer een kijkje nemen.’

Mijn vader fronste zijn voorhoofd en proefde van de groente. 'Gek... dat smaakt een beetje naar...'

'Het smaakt naar dragon, dat heb ik erover gestrooid, sorry, dat vind ik zo lekker!'

Papa trok een chagrijnig gezicht. 'Je hebt er gewoon dragon bij gedaan. Dat past er helemaal niet bij.'

'Ik vind van wel. Dragon past overal bij. Zo is het toch, Leene?'

Ik haalde mijn schouders op, wilde me er niet mee bemoeien. 'Ik heb het niet eens geproefd.'

Papa schraapte met zijn mes het bovenste laagje van zijn groente en Greta keek hem verbaasd aan. 'Kom op, Daniël, zo erg is het nou ook weer niet.'

'Dat bepaal ik zelf wel, net als welke kruiden ik gebruik als ik kook. Als jij kookt mag je dragon gebruiken. Áls je kookt!'

Toen ik later in het donker op mijn uitschuifbank zat, was het beklemmende gevoel al een stuk minder. Misschien zou mijn vader toch vroeger dan verwacht merken dat Greta maar tijdelijk was. Vroeg genoeg misschien. Ik sloop op blote voeten naar het raam en keek naar de hemel. Het was volle maan.

15

De laatste dagen voor de opening werkten we allemaal op volle toeren. Roos en ik hingen de hele stad vol met de kleurige posters van onze moeder. Mijn zus praatte er niet veel bij. De glans van het verliefd zijn was eraf, het sjaaltje was overbodig geworden en ze leek wel verstard. Ze had me natuurlijk over de gebeurtenissen tijdens de fotoshoot verteld. Ze kon er met haar verstand niet bij en wist niet hoe ze ermee om moest gaan, zij, die anders altijd rechtstreeks op de dingen af ging, rechtstreeks en zonder aarzelen. Ze wachtte. Wachtte tot Dante misschien gekalmeerd zou zijn, iets zou laten horen, vanzelf weer zou opduiken om zijn excuses aan te bieden. Toen er op woensdag nog niets gebeurd was, kwam Roos met de band samen in de Ravenkelder. Er viel niet veel te bespreken. Omdat Dante niet kwam opdagen dachten ze een tijdje na over een vervanger, maar Roos kon en wilde daar niet aan en beloofde iets aan de toestand te doen. Ze wilde op het festival spelen, maar dan mét Dante, en wat ze nog veel liever wilde, was dat hij haar gebutste hart oplapte en het goddelijke in hem, waar zij zo van hield, weer liet oplaaien.

'Ga je met hem praten?' vroeg ik, terwijl ik de vierhonderdste poster op een schutting plakte.

Ze knikte. Goedschiks of kwaadschiks.

De vrouw van slager Brandt vond het goed dat we er

een in haar etalage hingen. 'Zo te zien wordt dit toch geen directe concurrentie voor mij,' zei ze met haar schelle lach.

Vlammetje kwam tevoorschijn vanachter een gordijn van kleurige plastic koordjes, dat het woonhuis van de winkel scheidde. 'Hoi Roos, hoe gaat het?'

'Goed,' zei Roos, en met haar hele wezen straalde ze het tegenovergestelde uit.

'Ga je weer eens met ons mee naar de rivier? Gewoon, voor de lol?' Dat was moedig en vergevingsgezind en eigenlijk helemaal niets voor Vlammetje.

'We hebben het nu echt heel druk met mama's winkel.'

'En met het festival, toch?'

Roos knikte. 'Misschien een keer als alles weer gewoon is.'

Toen ze op de sloperij aankwam, hing Dante tot aan zijn heupen onder de motorkap. 'Hé, niet schrikken.'

Hij kwam geen millimeter van zijn plaats en ging gewoon door met moeren aandraaien.

'Het is tijd om te praten, vind ik.'

'Waarover?' klonk het gedempt vanuit de motor.

'Over het festival bijvoorbeeld of over het weer of, als je het niet heel erg vindt, over ons. Misschien herinner je je dat we nog maar kort geleden vrij belangrijk waren voor elkaar.'

Nu verwaardigde hij zich toch uit zijn dekking tevoorschijn te komen en liet de moersleutel vallen. Zijn gezicht was nog smaller geworden, het zwarte haar stond alle kanten op en hij had zich al een tijdje niet geschoren. Zag er niet meer zo glad uit. 'Daar heb ik niets aan veranderd.'

Roos sloeg haar armen over elkaar. 'Wie dan wel, volgens jou?'

'Jij. Wie heeft zich aan de kant van de stumpers opgesteld?' Hij liep een paar meter bij haar vandaan, om bij een waterslang zijn handen te wassen.

'Omdat ik een oranje T-shirt aantrok? Je spoort niet!'

'Dat zeg ik. Jij hebt de zaak veranderd.'

Roos pakte hem bij zijn schouders en draaide hem naar zich toe. 'Jij duwde me weg, je was zo koud als een blok ijs, die hele stomme fotoshoot lang en daarvoor ook al een beetje. Je sloot je in jezelf op en liet mij in de kou staan.'

Dante veegde zijn handen af aan zijn broek, deed een stap achteruit en liep langs haar naar de bus. 'Laat toch, Roos, we zijn te verschillend.'

Roos holde achter hem aan. 'Dat meen je niet. Je geeft het dus gewoon op? We hadden zoiets groots voor ons, wij en de band en alles!'

Dante haalde zijn schouders op. 'Dat denk je misschien alleen maar, dat iets groot is. Niets is groot genoeg.'

Roos versperde hem de weg, vocht tegen haar tranen en dwong hem haar aan te kijken. 'Dante, ik hou van je, of dat nu groot is of klein.'

'Dat is jouw probleem.'

Toen kusten ze elkaar.

Later lagen ze naakt en bezweet naast elkaar in de bus.

'Wat ben je van plan?' vroeg Roos.

'Ik repareer de bus, dan ben ik weg.'

'Waar ga je heen?'

'Maakt niet uit.'

'Zonder mij?'

'Jij moet naar school en je moeder helpen en slijmliedjes zingen bij de rivier.'

'Ik zou liever op het festival spelen.'

'Doe wat je niet laten kunt.'

Roos nestelde zich tegen zijn harde schouder. 'Neem me mee,' fluisterde ze.

Dante staarde naar het plafond. 'Ik kan dit niet. Het komt me allemaal te dichtbij opeens.'

Roos keek hem warm aan. 'We komen er wel.'

Zaterdag, half zes. Natascha Dunker, haar jongste dochter Leene en Varkentje stonden bepakt en bezakt voor het kakelbont versierde tankstation. Ik had me zelfs laten overhalen om een rok aan te trekken, een van mama's creaties. Patroon: hagedissen schieten omhoog langs gepleisterde muur. Varkentje had zijn nieuwe halsband om, met speciaal voor deze feestelijke dag een vilten anjer eraan, en mijn moeder had een van haar oude, lange, licht doorzichtige jurken ingenomen en er een onderjurk van turkooizen zijde bij gemaakt. Haar zwarte haar zat met rode pijpenragers opgestoken, geen make-up, rode wangen van de opwinding, blote voeten. Ze was heel mooi en ik hoopte maar dat papa echt zou komen, dan kon hij zien wat hij opgegeven had.

Het tankstation ging schuil onder enorme hoeveelheden bloemen, zelfgemaakte slingers overal, één wilde, bonte chaos, zodat het naambord bijna niet meer te lezen was: *Het stoffenstation, vandaag open!*

De kippen waren in het begin niet zo blij geweest toen we hun woonruimte verbouwden. Ook zij willen, net als iedereen, dat alles altijd bij het oude blijft, maar ze hadden zich aangepast, leefden tussen de koopwaar, scharrelden rond de kassa en irriteerden de konijnen in hun hokken. Alleen Varkentjes modderhoek hadden we opgeruimd en hij was definitief naar mijn kamer verhuisd. Maar zijn onmiskenbare geur lag ondanks bloemen en wierookstokjes nog over alles heen en verspreidde zijn bijzondere charme.

'Waar zit je zus eigenlijk?' Mama friemelde links en rechts wat, liep van hier naar daar en kon geen seconde stilstaan. Intussen nam ze alvast een glas prosecco.

Roos had zich de hele dag nog niet laten zien, hoewel ze eigenlijk samen met mij grote pijlen aan puntige paaltjes de grond in moest rammen, zodat niemand de grote gebeurtenis zou kunnen missen. Nu werd het echt wel tijd, tenslotte moest zij de prosecco ronddelen zodat mama zich met de klanten bezig kon houden, terwijl ik, de dwerg in hagedissenrok, zou rondlopen met een mand vol anjers om weg te geven.

'Weet je, Leene, als er niemand komt is het ook niet zo erg.'

'Mama, het is vijf vóór.'

'Je vader en jij zouden er nu anders al een half uur zijn. Wat zei hij eigenlijk? Komt hij?'

'Misschien. Ik zet even de muziek aan.'

Mijn moeder had de oude platenspeler die ze een keer op een vlooienmarkt gekocht had tevoorschijn gehaald. Deze manier van muziek draaien leek haar toepasselijk, en toen de eerste krakerige tonen klonken moest ik haar gelijk geven. Het was net zo bijzonder als de rest.

Om vijf over zes kwam Roos op haar fiets de hoek om gescheurd. 'Sorry!'

Mama zat op een bankje voor de winkel haar hoofd te schudden. 'Geef niet, er komt toch niemand.'

Roos liep met haar fiets naar het erf. 'Zo terug!'

Een van de oude vedettes zong net 'Ik weet, op een dag zal er een wonder gebeuren' toen er een Jaguar kwam voorrijden. Het was de werkloze bankierster met haar vriendinnen.

'Mama!'

Ze sprong op, frunnikte even aan haar pijpenragers en was er klaar voor. De dames stormden op haar af, feliciteerden haar met de fantastische winkel, die ze nog niet eens gezien hadden, maar als je de buitenkant zo zag wist je al genoeg, en die tas, echt, die kreeg ze maar niet uit haar hoofd.

'Ik heb er voor u nog een gemaakt,' zei mijn moeder glimlachend, en daarna had de vrouw het helemáál niet meer.

Roos kwam de hoek om gerend en nam het alcoholgebeuren over, terwijl ik de dames een voor een een anjer overhandigde. Daarna doken ze onder in de wondere wereld van Natascha Dunker en hoopten nu al dat ze genoeg geld bij zich hadden.

'Nog een prosecco?' Roos had iets duisters over zich. Alsof ze onder Dantes gordijn gekropen was. Alles wat ze deed was alleen maar een poging. De glimlach voor de dames, de beleefdheid en behulpzaamheid. In werkelijkheid wilde ze hier niet zijn en in de werkelijkheid daarachter was ze boos omdat het zo was. Want eigenlijk wilde vooral Dante niet dat ze hier was. Maar we kregen geen tijd voor een gesprek. Opeens stroomde het hele stadje onze kant op, stortte zich op ons, moest anjers en prosecco hebben, wilde kletsen en commentaar leveren, misschien zelfs een koopje scoren.

'Daar heb je die persgast!' siste Roos me toe. Ze bekommerde zich persoonlijk om hem, liet hem de winkel zien en nam hem ten slotte mee naar mama, die ons er per se bij wilde hebben op de foto. Cheese! Ik vroeg me af waar papa bleef.

Vlammetje kwam met de hele club, Roos deelde prosecco uit en er werd geen woord vuil gemaakt aan de moeilijke vriendschapsonderbreking van de afgelopen tijd. Vlammetje bekeek zijn sombere geliefde, die al haar luchtigheid kwijt was, geen gevat antwoord meer wist te bedenken en er op de een of andere manier niet eens echt bij was.

'Ik ben klaar,' kwam de journalist Roos vertellen, 'dit komt er zeker in. Zulke mooie spullen, het is bijna kunst!'

Ik grijnsde trots. Het ging hartstikke goed allemaal.

'En? Spelen jullie definitief niet op het festival?'

Roos werd bleek, terwijl Vlammetje en de club onopvallend hun oren spitsten. Ze knikte duister.

'Tja, niets aan te doen dan. Graag of niet.' Met deze woorden nam de tactvolle krantenman afscheid. Vroeger zou Roos hem er flink van langs hebben gegeven.

'Is dat waar?' vroeg Vlammetje.

'Ja.'

'Waarom dan?'

'Dante en Kamphus, dat ging niet samen.'

Vlammetje legde een hand op Roos' schouder. 'Wat jammer nou. Jullie waren zo goed.'

Roos trok zich los. 'Je hebt het gehoord. Graag of niet.'

Op dat moment kwam oma's Volkswagenbusje aan getuft. Niet zoals gewoonlijk met levensgevaarlijke snelheid, maar langzaam, pruttelend, een beetje schokkend. Het busje bleef midden op straat staan en opa stapte uit.

'Papa!' Mijn moeder zwaaide vanuit de menigte, rende naar hem toe en viel hem om de hals. 'Wat fijn dat je er bent! Waar is mama?'

Opa knipoogde naar mijn moeder en overhandigde haar een fles goede wijn. 'Die is druk met die luis. Maar een van ons moest er toch bij zijn. Wat ziet het er goed uit hier!'

Hij kreeg een glas prosecco van Roos, nam het bij wijze van uitzondering aan want eigenlijk moest hij niets hebben van dat nieuwerwetse spul, en begaf zich onder de mensen.

'Opa, zonder anjer hoor je er niet bij, hoor.'

Ik kreeg een opakus, vroeg me voor de duizendste keer af waar papa bleef en werd van achteren op mijn schouder getikt. Het was Hercules, onze postbode. Hij had een bos gele rozen bij zich, die er in zijn reusachtige handen uitzagen als madeliefjes, en wilde naar mama toe, die alweer in haar winkel verdwenen was. Hercules schudde zijn hoofd. 'Wat mooi allemaal. Wil je dit voor mij aan haar geven?'

'U kunt gerust naar binnen gaan, mama was er net nog.'

'Och nee, dat is me te veel drukte. Doe haar de hartelijke groeten, ja? En zeg maar dat ze het prachtig gedaan heeft.' Met reuzenstappen beende hij weg, langs mijn vader, die hem met aanmerkelijk kleinere tegemoetkwam. Te voet keerde doctor Daniël Dunker naar huis terug. Voor even. Ik zette de rozen in een gieter, die toch vol met water stond, en rende naar hem toe.

'Wat leuk!'

'Wat jullie hier op poten gezet hebben, dat is pas leuk.'

'Nou ja, het is vooral mama's werk.'

Hij was echt sprakeloos en zijn gedachten liepen als de boventiteling bij een opera over zijn voorhoofd. Waarom nu pas? Waarom heeft ze al die jaren alleen maar voor de tv gehangen en wilde ze niemand spreken? Lag het aan mij? Heb ik haar zo verlamd? Waarom nu pas...?

Ik stak een anjer in zijn ietwat verfomfaaide jasje en moest weer voor de gasten zorgen. 'Mama is ergens binnen.'

'Ik red me wel, Leentje. Ik ken bijna iedereen hier.'

Natuurlijk zag ik dat mama hem zag, van ver snel even zwaaide en weer onderdook. Opa's gefronste voorhoofd, maar hij nam de uitgestoken hand toch aan. De mensen uit het stadje, die hem kenden en feliciteerden met zijn vrouw. Of was het ex-vrouw? Ze wisten het niet precies, je hoorde van alles, maar papa liet hen in het donker rondzwemmen, zoals ik aan hun teleurgestelde gezichten kon zien. Opeens was ik trots op hem. Ondanks alles. Roos draaide zich om zodra ze hem zag en verdween in de menigte. Terwijl hij vooral op zoek was naar haar, die hem zo langdurig bleef afwijzen. Hij stak zijn handen in zijn broekzakken en slenterde tussen de opgewonden kwebbelende mensen door de winkel in, achter Roos aan, zonder haar echt gezien te hebben, en ik volgde hem, misschien om hem te beschermen, of gewoon om niets te missen.

Papa begroette mama met een kusje rechts en een kusje links en complimenteerde haar uitvoerig met haar winkel. Maar eerst had hij haar aandachtig bekeken.

'Roos, geef je vader eens een prosecco.'

De klos! Roos kwam met een boos gezicht dichterbij en hield haar vader het dienblad voor, waarbij ze zelf zo ver mogelijk bij hem vandaan bleef.

'Dank je, Roos.'

'Ik dacht altijd dat je afviel als je verliefd was.' Ze draaide zich om en wilde de winkel uit lopen, maar bleef meteen weer staan en drukte zich naast mij tegen de muur. 'Shit, daar heb je Burkhardt!' Mijn klassenleraar, onze rector. 'Dat is niet goed.'

Hij zette doelgericht koers naar mijn vader, die nu aan de statafel de bedrijvigheid gadesloeg.

'Ik licht m'n hielen. Straks breekt de hel los!'

'Roos, je blijft hier, je laat me nu niet alleen!' Haar hielen lichten, daar was ze goed in de laatste tijd. 'Je wilt toch alleen maar terug naar Dante!'

Roos' ogen schoten vuur. 'Nou en?'

'Niets nou en. Vandaag moet hij gewoon even wachten.'

Ze schraapte zenuwachtig met haar witte voortanden over haar onderlip. Dat was nou juist het punt. Ze wist niet of hij dat wel zou doen. Maar ze bleef. Ik wurmde me tussen de mensen door en glipte onder de statafel, die met zijn lange tafelkleed de perfecte schuilplaats was. Voor het eerst was ik blij dat ik er nog zonder moeite onder paste.

'Ik weet dat dit een ongunstig moment is, meneer Dunker, maar aangezien u ondanks meerdere uitnodigingen niet op mijn spreekuur verschenen bent, moet ik wel naar u toe komen.'

'Meneer Burkhardt, zegt u het eens?'

'Uw dochters, ik vraag me af of u weet wat die zoal uitvoeren.'

'Momentje alstublieft. Natascha, kom je er even bij?'

Ik voorzag een ramp. Hoe kon die gek nu zo ongegeneerd roet in het eten komen gooien! Mama's blote voeten kwamen erbij. 'Ja?'

Burkhardt vertelde dat Roos nog maar zelden op school was, altijd een of ander smoesje had en haar eigen excuusbriefjes schreef.

'O, daar vergist u zich in,' zei mijn vader. 'Die excuusbriefjes zijn van ons. Roos heeft de laatste tijd, laten we zeggen, wat problemen met haar gezondheid.'

Mijn mond viel open, net als die van Burkhardt waarschijnlijk.

'En waarom hebt u niet gereageerd op mijn brieven?'

'U ziet wat hier gaande is,' verklaarde mijn moeder. 'Ik wilde eerst de winkel op poten hebben en mijn man...' Haar man! '...heeft het momenteel heel druk met een meteorietinslag.'

'Maar volgende week zouden we beslist bij u langsgekomen zijn,' zei mijn vader. 'Wilt u misschien een glaasje prosecco, meneer Burkhardt?'

Mama wreef nerveus met haar ene voet over haar andere been.

'Nee, dank u. Wat Leene betreft constateer ik met spijt een enorme teruggang in haar prestaties, maar dat zal u dan ook wel bekend zijn.'

'Dat komt wel weer goed,' zei mama. 'Iedereen heeft wel eens een baalperiode.'

'Of kent u dat niet? Meneer Burkhardt?' Nu was papa weer even helemaal de kordate geleerde-en-hoofd-van-de-afdeling. Daar had niemand van terug en het betekende eigenlijk: hiermee is het gesprek ten einde. Ik zat onder de statafel en genoot van het warme gevoel dat door mijn lichaam stroomde. Onze ouders stonden achter ons en nog samen ook. Ze wisten hoe ze moesten reageren zonder dat ze van tevoren hoefden te overleggen. En mama zou nooit dragon door papa's eten doen.

'Hoe dan ook, na de zomervakantie moet er wel iets veranderen.'

Om negen uur was iedereen weg. Mama had opa natuurlijk aangeboden om te blijven slapen.

'Nee, dat kan niet. Je moeder weet namelijk helemaal niet dat ik hier ben.'

Mama grijnsde.

'Maar dat met de gouden bruiloft is afgesproken. Dan komen jullie allemaal, hè?'

Mijn vader stapte bij hem in de auto en liet zich naar het station brengen. Eerst kreeg mama nog een links-rechts-kusje en ik wang tegen wang. Roos was er niet.

'Doe Roos de groeten. En regel dat met school, Natascha!'

Mama zette haar blote hielen tegen elkaar, zoals u wilt generaal, en toen tuften ze de straat uit.

Mijn moeder sloeg een arm om me heen en we slenterden terug naar de winkel, waar Roos de glazen opruimde en Varkentje de vloer stofzuigde. 'Dat was een groot succes.'

'Op alle fronten.'

'Ik geloof dat ik uitverkocht ben. En dan nog duizend bestellingen. Die stadse troela's zijn hartstikke gek!' Ze dook de koelkast in en toverde een fles champagne tevoorschijn.

'Mama, ik moet weg!' Roos zat op hete kolen.

'Je mag zo weg. Maar eerst wil ik met mijn dochters proosten op dit succes.' Ze liet de kurk knallen en schonk in. 'Heel hartelijk bedankt voor jullie hulp.'

We proostten, Roos kieperde de champagne in één keer naar binnen en klaar. Mama pakte haar bij haar arm. 'Wat is er eigenlijk met jou aan de hand? Dat met papa is moeilijk voor jullie, dat weet ik...'

'Dat interesseert me niets.'

'Maar waarom ben je dan zo somber? Kan ik je ergens mee helpen?'

Roos haalde haar schouders op, kreeg een kleur en ik merkte dat ze tegen haar tranen vocht. Tranen die al de hele tijd stonden te dringen.

'Nee. Het komt gewoon door het festival en zo.'

'Wat is daarmee?'

Roos kon het niet meer voor zich houden en vertelde alles aan mama.

'Die Dante van jou is niet de makkelijkste, hè?'

Mijn zus stoof meteen op. 'Dat doet er niet toe. Ik vertel het niet zodat jij op hem in kunt hakken, net als iedereen.'

Mama knikte. 'Goed. Ik doe je een voorstel. Deze week ga ik weer naar koor. Als je wilt, praat ik met Kamphus. Die krijg ik wel om.'

'Echt?' Roos' donkere ogen lichtten op.

'Echt. In ruil daarvoor ga jij weer naar school. En wel iedere dag.'

Roos knikte en ik dacht weer aan de bloemen van Hercules.

'Hercules was er ook, hij had bloemen voor je meegebracht. Wacht, waar heb ik ze nou gelaten?'

Ik wilde weg, maar mama hield me tegen. 'En van jou wil ik in het vervolg de brieven van school hebben.'

Ik grijnsde. 'En wat krijg ik in ruil daarvoor?'

Mama nam me in haar armen en gaf me een dikke kus.

16

Klingbing.

'Hé Johnny, ik moet je van alles vertellen, het was... het was een groot succes en papa was er ook!'

Johnny grijnsde naar me. 'Met zijn vriendin?'

'Vergeet die vriendin, die is niet belangrijk. Papa en mama konden het heel goed met elkaar vinden. Ik weet nu dat ze nog van elkaar houden, ik weet het heel zeker, ze komen weer bij elkaar.'

Johnny's gezicht werd ernstig. 'Maar Leene, misschien denk je dat alleen maar.'

Zijn twijfel maakte me kwaad. 'Wat weet jij er nou van, je was er niet eens bij. Ik zorg ervoor dat we met z'n allen optreden op de gouden bruiloft van oma en opa, met het hele gezin, en dan komt alles weer goed.'

Johnny zuchtte alsof hij toegaf, maar ik merkte best dat hij het niet met me eens was. 'Je kunt het altijd proberen.'

'Dat ga ik zeker doen, reken daar maar op. Wat is dit nou, man? Waarom doe je alsof het onmogelijk is?'

Johnny krabde zich op het hoofd. 'Herinner je je Karl nog, die gast met wie Judith vier jaar samen is geweest?'

Ik knikte. Maar wat hadden Karl en Judith met mijn ouders te maken?

'Hij was als een vader voor me, of tenminste, zoals ik me een vader altijd had voorgesteld. En toen ze uit elkaar gingen wilde ik dat ook niet weten. Ik heb alles geprobeerd en aan het eind was het gewoon... afgelopen.'

'Maar dat is iets heel anders!'

Johnny schudde zijn hoofd. 'Weet je wat? We komen over twee weken, dan heeft Judith een schoolreünie. Misschien kunnen we er beter dan over praten, tjiktjak.'

'Als het dan niet allang weer goed is,' snufte ik koppig.

Johnny knikte en probeerde naar me te glimlachen. 'Ja. Goed om je dan weer te zien.'

Ik kon de hele nacht niet slapen. Zo lang duurde het tot ik Johnny's bedenkingen uit mijn hoofd had gezet en zeker wist dat het me zou lukken. Papa had het gevoeld. Hij had gemerkt dat mama en hij bij elkaar hoorden en gezien dat het anders kon worden dan vroeger, gezien wat mama in zich had, al had hij gedacht dat het weg was. Nu moest hij alleen de stap terug nog wagen, die eigenlijk een stap vooruit was.

Toen mama 's middags de winkel op orde bracht, belde ik oma.

'Leene, kleintje van me, hoe gaat het bij jullie? Opa vertelde van de mooie opening. Als ik had geweten dat hij ging, was ik natuurlijk meegekomen, maar nee, dat gaat er een beetje op eigen houtje op uit...!'

'Oma, we komen met z'n allen op jullie feest,' onderbrak ik haar, want ik was bang anders nooit gehoor te zullen vinden.

Stilte. 'Hoezo met z'n allen?'

'Mama, Roos, ik, het varken en papa.'

'Luister eens, liefje, ik weet niet of ik je vader hier wel wil hebben na alles wat hij...'

'Ja, dat weet ik. Maar papa wil zo graag komen. Hij is ook aan jullie gehecht, hoor.'

'Tja, dat had hij misschien eerder moeten bedenken.'

'Oma, laat hem toch. Hij was altijd zo dol op je. Zo'n superschoonmoeder, en hij weet niet eens of hij je dat wel genoeg heeft laten merken. Bovendien had hij zich er zo op verheugd, ook vanwege de uitvoering die we al ingestudeerd hebben.'

'Daniël, dol op mij?'

'Ja, oma! En op je verhalen. Hij kon altijd urenlang naar je luisteren.'

Oma zei niets. Dat was ongebruikelijk, maar ik zag het als een goed teken.

'Goed, laat hem dan maar komen. Weet Natascha dat?'

Ik slikte. Zo ver was ik nog niet, en ik zag mama net over het erf mijn kant op komen.

'Natuurlijk. Ze vindt het best. Het is ook beter als ouders goed met elkaar omgaan. Ondanks de scheiding.'

'Zie je, dat vind ik nou ook.'

'Goed oma, tot op het feest dan, we verheugen ons erop!'

'Ik ook, Leene.'

Vlug hing ik op.

'Met wie was je aan het bellen?' vroeg mijn moeder toen ze binnenkwam.

'O, verkeerd verbonden.' Ik slofte naar de koelkast en kon het nog net laten om er onschuldig bij te fluiten. 'Heb je de winkel al dicht? Sinaasappelsap?'

Mama liet zich op een stoel vallen en trok haar schoenen uit. 'Graag. Er was niet veel te doen en ik wil straks naar koor. Was Roos op school?'

Ik knikte. Ze was geweest. Met een grimmige uitdrukking op haar gezicht was ze de laatste dagen voor de zomervakantie weer in de tredmolen gestapt, had ze haar plaats naast Leenegraag ingenomen en zwijgend gedaan alsof er niets gebeurd was. Al haar hoop was op mama en haar gesprek met Kamphus gevestigd. Ze wilde haar weg met Dante vervolgen en dat het liefst zingend, op het festival en niet op de vlucht, hoewel ze ook die weg gegaan zou zijn, al was het alleen maar om bij hem te kunnen blijven. En om het omgewoelde gezinspad, dat ze allang en veel te vroeg verlaten had, niet af te hoeven lopen.

Mama dronk haar sap in één keer op en vertrok naar boven om zich mooi te maken. Bewaar dat maar voor het gouden huwelijk, dacht ik, voor papa, en ik greep Varkentje bij zijn kladden zodat hij tenminste optimaal voorbereid zou zijn. Zo veel mogelijk kunstjes, dans, dans de varkentjesdans.

Roos kwam vroeger thuis dan normaal. Ze wist dat mama vanavond naar koor ging en wilde haar nog een keer aan haar belofte herinneren.

'Roos, Roos, alsof ik dat zou vergeten,' zei mijn moeder, en ze nam de telefoon op. 'Mama, hallo!'

Shit. Waarom belde ze nou nog een keer? Waarom kon oma nooit iets gewoon laten zoals het was?

Mama luisterde, staakte haar pogingen om in haar smalle laarzen te komen, trok haar wenkbrauwen op en zette de telefoon op de speaker.

'...ik denk ook dat het goed is voor de kinderen als jullie samen komen, heus Natascha, in zo'n geval moeten de volwassenen hun tanden maar even op elkaar zetten, de kleintjes hebben hier tenslotte niet voor gekozen, en ik zie het niet voor me zonder Daniël, hij en ik konden altijd juist zo goed met elkaar opschieten!'

Mama had een enorm vraagteken op haar gezicht en ik stuurde een blik de leegte in, hopend op hulp.

'Dus, we verheugen ons op jullie komst en zijn heel benieuwd naar de uitvoering. Je weet, jullie zijn altijd de enigen die iets doen en het is toch zo'n fijne afwisseling.'

Mama mompelde iets instemmends en hing op. 'Wat heeft die nou opeens?' vroeg ze.

Roos schudde boos haar hoofd. 'We gaan daar toch niet het perfecte gezinnetje uithangen, hè?'

Ik haalde mijn schouders op. 'Als oma en opa dat nou zo graag willen.'

'Ik denk niet dat jullie vader dat zichzelf zal aandoen. Hoe komt ze erbij dat ze goed met elkaar konden opschieten?'

Roos vertrok hoofdschuddend naar boven. 'Wat een zootje hier.'

Ik stak mijn neus in de lucht. Laat je niet van de wijs brengen, het gaat eigenlijk best goed zo.

Mama liet het erbij, wurmde zich in haar laarzen en ging naar haar koor, waar ze al weken niet meer geweest was, om Kamphus van Dante te overtuigen, terwijl ik nu de hardste noot te kraken had: papa. Ik moest hem duidelijk zien te maken dat hij dolgraag naar het gouden huwelijk wilde. Ik sprak af de volgende dag met hem te gaan roeien. 'Roei jij dan?'

'Ik moet iets aan mijn buik doen.'

Toen ik met Varkentje in bed lag, hoorde ik Roos boven mijn hoofd ijsberen. Het koor duurde normaal van acht tot tien. Het was nu half twaalf en mama was nog steeds niet thuis. Toen om twaalf uur eindelijk de sleutel in het slot gestoken werd, holde mijn grote zus de trap af.

'En?'

'Wacht even, eerst die laarzen uit, poeh!'

'Wat zei hij?'

Mama dronk een halve fles water. 'Hij heeft me verteld wat er precies gebeurd is, en hij vindt het zelf ook heel jammer, want jullie waren duidelijk de beste band.'

'Daar hebben we anders niks aan als we het niet mogen laten horen!' Roos stond pal voor mama en klapte in haar handen om haar argument, dat ze toch al met veel lawaai naar voren bracht, nog eens extra kracht bij te zetten.

'Tja, ook zo'n goede band moet zich misschien een beetje aanpassen.'

Roos maaide stuurs met een arm door de lucht, weg met die zin, overbodig en te laat. 'Je zei dat je het zou regelen!'

'Heb ik ook gedaan. Ik heb hem mijn situatie geschetst, wat je wel eens zou mogen waarderen, want daar heb ik het eigenlijk niet zo graag over, zeker niet met de eerste de beste Stadsbankmedewerker. Maar goed, hij kon zich voorstellen hoe het met jou ging, en vreemd genoeg toonde hij toen zelfs een beetje begrip voor Dante. Die heeft jaren geleden wél een keer zijn hele gevel volgespoten met domme kreten.'

Roos keek mama aan als een kind dat nu direct wil weten hoe het sprookje afloopt: en toen?

'Kamphus zal erover nadenken. Hij was toch van plan binnenkort een keer in de winkel te komen kijken, want bij de opening had hij helaas geen tijd. Dan hoor ik het wel.'

Roos ging zitten en begon zenuwachtig met een been te wiebelen. 'Wanneer is binnenkort?'

Mama rekte zich uit en geeuwde vermoeid. 'Morgen of overmorgen, zo lang zullen jullie nog wel kunnen wachten.'

Daar was Roos niet zo zeker van. Dante werkte als een bezetene aan zijn vlucht.

Papa was lid geworden van de roeivereniging. Ik ging achter hem in de boot zitten en deed mijn best om tegelijk met hem op te roeien, de rivier af, die een eind verderop langs ons huis stroomde. In een andere tijd hadden we alleen maar lang genoeg door hoeven roeien om op een bepaald moment Roos en haar vrienden vrolijk op de oever te zien zitten. We konden niet echt met elkaar praten, want papa moest zich steeds omdraaien als hij iets wilde zeggen, anders verstond ik hem niet. Daarom praatte ik maar. Over de opening van de winkel, wat een succes die voor mama was geweest, en hoe fijn het was dat opa tenminste zijn best had gedaan.

'Maar hij kan beter geen auto meer rijden,' zei papa, over zijn avontuurlijke rit naar het station.

'Ze willen dat we met z'n allen op de gouden bruiloft komen.'

Papa haalde de roeispanen in en draaide zich om. 'Dat geloof ik niet!'

'Echt. Vraag maar aan mama, oma belde en opa zei het toch ook?'

Papa ging weer recht zitten en staarde over de rivier, waarop de boot nu gewoon verder dobberde, je hoefde helemaal niet te roeien om vooruit te komen. 'Nou, eerlijk gezegd heb ik daar helemaal geen behoefte aan, Leene. Als ik alleen al aan Louise denk.'

'Ze heeft je zelf uitgenodigd. Dan houdt ze heus wel haar mond. Bovendien is ze heel benieuwd naar onze uitvoering.'

'Louise en haar mond houden. Twee dingen die niet samengaan. Wat vindt mama ervan?'

'Die vindt het best.'

Papa pakte de roeispanen en keerde de boot. Terug naar de haven!

'Ik moet er eerst eens even over nadenken.'

Toen ik thuiskwam was mijn moeder bezig het erf vol te hangen met bonte was, en ik had de indruk dat ze niet zo zorgvuldig gesorteerd had als anders, want tussen groen en blauw zag ik een rode kous bungelen. Eén! Dat overkwam haar nooit. Varkentje begroette me opgetogen, rolde zijn krulstaartje in en uit, en ik wilde net een nieuw kunstje met hem instuderen toen er een donkerblauwe BMW voorreed en Kamphus uitstapte, met in zijn hand een klein bosje bloemen, strak bij elkaar gebonden, wat mama iets gruwelijks vond – ook bloemen moeten vrij zijn om hun schoonheid te kunnen ontvouwen.

'Walter, wat aardig van je!' Ze liet niets merken, en dat Kamphus uitgerekend die charmante voornaam had meegekregen was ook nieuw voor me. 'Allemachtig, Walter!' zou mijn vader nu grijnzend hebben gezongen; voordat hij gedwongen was om naar klassieke muziek te luisteren was dat was een van zijn lievelingsnummers geweest.

'Ja, een kleine attentie ter ere van de opening.'

Mama veegde haar handen af aan haar rok, nam de bloemen in ontvangst en liep met de bankman, die zijn ogen niet van haar af kon houden, richting winkel. ‘Het is nu nogal leeg, maar ik ben bezig de rekken langzamerhand weer te vullen. Met zelfgemaakte spullen vraagt dat natuurlijk een heel andere inspanning dan wanneer je alles bij de groothandel bestelt.’

Ze had haar telefoon in de wasmand laten liggen. Ik staarde ernaar. Zal ik? Ben ik dat? Eigenlijk niets voor mij! Maar wie was hier nu wel wie hij altijd geweest was? Doe het niet, zei de telefoon, maar ik luisterde niet en stuurde mijn vader een sms: *Ik vind dat we met z'n allen naar de gouden bruiloft moeten gaan. Groet Natascha.*

Een blik op de winkel leerde me dat mijn moeder nog wel even bezig zou zijn. Kamphus stond bij elk artikel wild te gebaren van enthousiasme, wat me een beetje wantrouwig maakte. Mannen vonden de dingen die mijn moeder maakte best aardig, maar het enthousiasme was voor de vrouwen, en ik koesterde de verdenking dat zijn euforie meer met mijn moeder te maken had. Het sms-piepje haalde me uit mijn gepieker over de vraag of Kamphus getrouwd was.

Ik weet niet of het wel zo'n goed idee is om daar het leuke gezin uit te gaan hangen, schreef papa, geheel in de geest van Roos.

Daar gaat het niet om. Kinderen van gescheiden ouders hebben het veel makkelijker als die goed met elkaar omgaan. Ga mee. Doe het voor Leene! Ik wist dat de toestand van het kinderhart verharde ouderharten week kon maken, maar daar kwam mama met Walter de winkel uit.

‘Goed, dat zal ik voorstellen, die opdracht is bij jou in goede handen, denk ik zo,’ slijmde hij met een zweem van rode vlekken in zijn gezicht, en ik liet mama's telefoon vlug in mijn zak glijden en sloop stilletjes richting huis.

'Er moet wel snel een beslissing genomen worden, anders red ik het niet meer op tijd.'

'Natuurlijk, ik ga het meteen regelen.'

Het ontbrak er nog maar aan dat hij haar hand kuste voor hij in zijn lelijke auto stapte.

Sms-piepje: *Goed, misschien heb je wel gelijk. Groet Daniël.* Ik balde mijn vuist en wiste alle berichten.

'Heeft iemand mijn telefoon soms gezien?' vroeg mama onder het avondeten.

Ik nam me voor hem de volgende ochtend onopvallend in de wasmand terug te leggen. Mama's kookkusten waren er niet beter op geworden, maar we waren er min of meer aan gewend geraakt. Prutjeseters! Tot papa het weer zou overnemen.

'Is Kamphus geweest?' informeerde Roos. Dantes bus was vandaag voor het eerst gestart.

Mama kauwde op haar eten en wiegde met haar hoofd. 'Ja. Hij wil dat Dante zijn verontschuldigingen aanbiedt. Dan mogen jullie meedoen.'

Roos legde haar bestek neer en keek haar woedend aan. 'Kamphus weet best dat Dante dat nooit doet.'

Mama knikte. 'Ja, dat dacht ik ook al. Maar hij komt jullie een flink eind tegemoet. Dan moet Dante ook een beetje water bij de wijn doen.'

'Moet hij soms als een schooljongen voor hem gaan staan en sorry zeggen? Kamphus heeft hem toch ook geprovoceerd!'

Mama haalde haar schouders op. 'Probeer hem om te praten.'

Roos staarde naar haar eten, in gedachten zoekend naar een uitweg.

'We moeten echt gaan oefenen voor ons optreden op de gouden bruiloft!' Een ander onderwerp, maar ook niet onbelangrijk. Ik had namelijk een nieuw doel voor ogen: een ontmoeting tussen mijn ouders nog vóór het feest, een gezamenlijke repetitie.

Mama liet haar vork zakken. 'Leene, ik weet het niet hoor, we gaan al met z'n allen, dan hoeven we niet ook nog eens een keer iets op te voeren.'

'Maar oma rekent erop. En Varkentje en ik zijn al best ver.'

Varkentje knorde alsof hij me bijviel: Leene heeft altijd gelijk en wat zij wil, wil ik ook. Als toch eens iedereen zo zou denken! Mama vouwde haar handen en keek me aan. 'En wat moeten we dan doen?'

'Wat we al bedacht hadden: Roos speelt gitaar, wij zingen, ik moet de tekst nog aanpassen, papa speelt piano en Varkentje danst. Het wordt een succesnummer!'

Mama's blik bleef op me rusten en werd helemaal week. Ze dacht vast precies dat ene waarmee ik de anderen ook gestrikt had: voor het kind zouden we het moeten doen! Roos reageerde helemaal niet, alleen haar lichaam was aanwezig, gespannen en vol onzekerheid.

'We trekken allemaal iets moois aan en houden een generale repetitie. Dat is toch geen moeite?'

'Je vader en ik zijn wel uit elkaar,' zei mama zacht, zonder te weten hoe weinig mij dat op het moment kon schelen. Die scheiding zou van korte duur zijn.

'Nou en? Vroeger zongen jullie ook altijd samen. En het is voor je ouders!'

‘Heeft Kamphus gezegd of het ook schriftelijk mag?’ Daar was Roos weer.

‘Ik denk niet dat dat genoeg zou zijn, jij wel?’

De volgende dag zocht Roos Kamphus in zijn kantoor op, zonder zelfs maar met Dante gesproken te hebben. Hij zat achter zijn bankbestuurdersbureau met een pen te spelen en keek haar welwillend aan. ‘Ik had eigenlijk Dante verwacht. Ga zitten.’

Roos bleef staan. ‘U weet best dat hij dat niet kan.’

‘Dan moet hij het leren. Hoogste tijd.’

Nu ging Roos toch zitten. ‘Moet hij het per se van u leren, en ten koste van ons?’

Kamphus keek haar lang aan. ‘Het is een verantwoordelijkheid die hij tegenover jullie heeft maar niet voelt. Vind je dat niet eng?’

Roos sloeg haar ogen neer. ‘Jawel,’ fluisterde ze. ‘Maar ik ken hem nu eenmaal ook heel anders. Hij heeft alles in zich, ook veel goeds, en ik weet niet of dwang voor hem wel de geschikte pedagogische aanpak is. Misschien zou hij zich verontschuldigen als hij gewoon mocht optreden en succes zou hebben. Dan zou hij merken dat u hem geholpen hebt. Zonder er iets voor terug te vragen.’

Kamphus zette de pen in de houder. ‘Misschien wel. Maar doet hij dat niet, dan komt hij er toch weer mee weg en blijft hij ons gewoon allemaal koeioneren.’ Hij glimlachte. ‘Maar dat heb je slim bedacht.’

Roos schudde haar hoofd. ‘Ik heb het niet bedacht om u over te halen. Het is mijn mening. Hoe moet ik hem nu zover krijgen dat hij u zijn verontschuldigingen aanbiedt? Naderhand, ja, dan zou ik tenminste een kans maken.’

Kamphus keek naar buiten. 'Je houdt van dat joch.'

'Ja!' En een beetje zachter: 'Al kunt u zich dat niet voorstellen.'

De Stadsbankman vermande zich. 'Goed. Dan doen we het zo en laten we ons verrassen.'

Roos sprong dolblij op en was de man, die ze samen met Dante kort geleden nog meer dan wie ook gehaat had, het liefst om zijn hals gevallen. 'Dank u, meneer Kamphus, u zult er geen spijt van krijgen, heel erg bedankt!' Ze wist niet dat ze op dat moment te veel beloofde.

Kamphus en Roos gaven elkaar een hand.

'Walter. En doe je moeder de groeten van me.'

Roos racete op haar fiets door de stad en trommelde alle bandleden op. 'Kom mee, kom mee allemaal, we mogen optreden, we doen weer mee!'

Dante zat voor zijn bus het geluid van de autopletter op te nemen toen de opgetogen meute op hem af kwam stormen.

'Wat is er met jullie aan de hand?' vroeg hij verveeld.

Roos viel hem om zijn hals, wat ze duidelijk liever deed dan Walter om zijn hals vallen. 'We doen weer mee! We mogen spelen! Het festival is gered.'

Geen reactie.

'Dante, wat is er, man? Kom nou mee oefenen!'

Dante stond op. 'En? Hoe heb je dat voor elkaar gekregen? Ben je voor hem door het stof gegaan, heb je zijn dure schoenen gelikt?'

Roos pakte hem bij zijn armen. 'Ik heb heel gewoon met hem gepraat. Dat doen mensen, Dante, kom, wees nou blij.'

'Ik doe niet mee. Ik ben er klaar mee.'

Roos' adem stokte. De andere bandleden begonnen tegen hem te schreeuwen. Dat meende hij toch zeker niet! Dante schudde iedereen af. 'Laat me met rust. Ik wil er niets meer mee te maken hebben.'

De drummer haalde uit en gaf hem een klap op zijn neus. 'Zo. Dat heb je ook niet. We hebben jou niet nodig!'

Dante bleef onaangedaan staan, verroerde zich niet, uit zijn neus liep een dun straaltje bloed.

'Wij zijn klaar met jou, kom mee!'

De jongens vertrokken zonder zich nog een keer om te draaien. Roos staarde naar Dante en hij keek met ijskoude ogen terug.

'Is dat je laatste woord?' Ze was krijtwit.

Dante grijnsde dunnetjes.

'Loop dan maar naar de hel,' siste Roos, en ze rende weg.

Als ik het plakje aardappel goed in mijn hand verstopte kon niemand het zien. Alleen Varkentje rook de belofte en draaide mee met mijn bewegingen als in een dans, snuit omhoog, staartje in de krul, vol enthousiasme. De varkentjesdans. Papa zou komen repeteren.

'In pak. Het is de generale, weet je!'

Mijn moeder had het altijd leuk gevonden als mijn vader een pak droeg, wat maar zelden voorkwam. Dan kuste ze hem aan één stuk door en wilde ze hem niet meer loslaten. Vandaar.

Ik keek naar de werkplaats, waar Roos zich teruggetrokken had. Ze was diep terneergeslagen sinds ze bij Dante weg was gegaan.

Ik maakte een eind aan de repetitie en ging naar haar toe. 'Groroklele!'

Het duurde een tijdje, maar toen liet ze de smeerbrug toch zakken en mocht ik bij haar komen. Ze lag op het kussen, met een opgezet gezicht en rode ogen van het huilen. Ik klom op de brug en we gingen weer omhoog, een klein stukje weg van de aarde.

Ik kneep in haar hand. 'Rotliefde,' fluisterde ik.

'Dat mag je nooit meer zeggen!' snikte ze.

Ik begreep wel dat ik Roos niet hoefde te vragen of ze mee zou komen repeteren. Wij waren de andere grote bouwplaats in haar leven en ze zou beslist geen muziek maken met haar vader. Als ze nu gelukkig was geweest misschien, maar dat was ze niet, compleet het tegenovergestelde. We zwegen een tijd lang en ik probeerde er gewoon maar voor haar te zijn en naar haar te luisteren toen ze me voor de honderdste keer vertelde over deze dag, de dag waarop ze had gedacht dat alles goed zou komen.

Papa zag eruit als God in eigen persoon toen hij op die vroege donderdagavond uit de auto stapte. Mama zag hem door het raam, waar ze al de hele tijd onopvallend naar hem had staan uitkijken, en deed haar haren weer in een knot.

'Dat doet hij expres, hier aankomen in pak!' mopperde ze.

Ik zat aan tafel en probeerde relaxed over te komen, keek de tekstvellen door die ik geprint had, sneed aardappels in plakjes en aaide Varkentje, die als enige opgewonden was vanwege de generale repetitie en niet vanwege de aanwezigheid van deze of gene. 'Het is de generale repetitie, mama, jij hebt toch ook een pakje aan!' hielp ik mijn moeder herinneren. Ik stond op, tilde mijn hagedissenrok op, die op de gouden bruiloft nog een keer dienst zou doen, en liet mijn vader binnen in zijn eigen huis.

'Ik ben alvast in de woonkamer, kom Varkentje,' zei mama met een hoog stemmetje, en weg was ze.

'Kom binnen, kom binnen!'

Papa gaf me een aai over mijn hoofd, stak zijn handen diep in zijn broekzakken en keek of hij mama zag.

'En? Alles al voorbereid?'

'Alles onder controle.'

Mama stond voor het raam en zag er heel breekbaar, maar ook heel mooi uit. Het pakje dat ze droeg had ik nooit eerder gezien en deed me een beetje denken aan de manier waarop Greta zich kleedde, alleen was het origineler, de stof was turkoois, met een patroon van lichtgroene bladnerven erin. 'Dag Daniël.'

Papa glimlachte onzeker. 'Dag.' Hij wist niet wat hij met zichzelf aan moest, krauwde Varkentje, die hem een tikje onderkoeld kwam begroeten, en liep meteen door naar de piano. 'Roos is er niet.'

'Die komt misschien nog,' zei ik, om maar direct een einde te maken aan dit gevoelige onderwerp, en papa liet het erbij. Hij wist heel goed dat hij op het moment weinig eisen kon stellen.

'Heb je de tekst, Leene? Welk nummer doen we eigenlijk?'

'Precies, welk nummer doen we eigenlijk?' Mama raapte zichzelf bij elkaar en deed haar best om de kille sfeer een beetje op te warmen.

Ik lachte breed naar mijn ouders, man en vrouw, mama en papa, zo hulpeloos en onzeker. '*Marmer, steen en staal vergaan*. Zoals afgesproken.' Uitgerekend dat, dachten ze allebei. 'Ik heb de tekst natuurlijk een beetje veranderd, hier bijvoorbeeld gaat het van: *Marmer, steen en staal vergaan, onze liefde blijft bestaan*. Daar zingen we natuurlijk *jullie*. En zo.'

Mijn ouders bestudeerden de tekst alsof ze hem nog nooit gehoord hadden, alsof we hem niet een miljoen keer in de auto gezongen hadden. Papa probeerde het op de piano, wij hakkelden ongeveer mee en ik liet zien wat Varkentje en ik ingestudeerd hadden.

'Dat is te gek, Leene, geweldig, volgens mij moet je later bij het circus!' Mama's wangen gloeiden.

'Nog een keer vanaf het begin, wanneer komt die varkentjesdans eigenlijk?' Papa begon weer te spelen en wij zetten juist ons lied in toen Roos binnenkwam met haar gitaar.

'Dit is niet om aan te horen!' Ze ging op de bank zitten, heel ver bij papa vandaan, die van pure vreugde twee keer met zijn mond trok, alsof hij zijn scheve grijns wilde laten zien. 'Welke toonsoort?'

Papa speelde het eerste akkoord, Roos viel in, liet ons horen wat zingen was en gaf mij dat heerlijke warme gevoel van Kerst, als we met z'n allen, met ons hele gezin, de boom omver zongen.

Dingdong.

'Wie kan dat nu zijn?' vroeg mama dwars door de muziek heen, en ik stormde naar de deur, zodat zij vooral niet de kamer uit zou gaan waar papa ook zat.

Buiten stond Kamphus. 'Neem me niet kwalijk, Leene, jij bent toch Leene, hallo, Walter, ik moet dringend je moeder spreken.'

'Dat komt nu heel slecht uit!' Scherpe klauwen werkten zich langs mijn rug omhoog. Niet nu, niet hij, alsjeblieft!

Mama verscheen in de deuropening van de woonkamer. 'Wie is daar, Leene?'

'Ik ben het, Natascha.' Kamphus wurmde zich langs me en marcheerde zo onze gezinsbijeenkomst binnen.

'O, neem me niet kwalijk!' Zijn reactie toen papa opstond. 'Ik wilde niet storen, wat spijt dat me nu.'

Mama glimlachte naar hem. 'Geeft niet, hoor. Wat is er aan de hand?'

'De festivalcommissie komt zo bij elkaar en opeens besefte ik met een schok dat ik helemaal geen materiaal van je heb, maar als ik ze ervan wil overtuigen dat jij de aankleding moet doen, dan moet ik wel iets kunnen laten zien.'

Leugenaar. Stoorzender. Laat ons met rust!

Mama glimlachte verontschuldigend naar ons. 'Ja, natuurlijk.'

'Het mooiste zou natuurlijk zijn als je het zelf kon komen presenteren, maar dat komt nu vast slecht uit.'

Ik overwoog serieus om het langste keukenmes te gaan halen en hem ijskoud neer te steken. Mama stond in tweestrijd, terwijl Roos onderuitzakte op de bank en hoopte dat Kamphus niet over het festivaloptreden zou beginnen. Maar die had het veel te druk met mama.

'Nee Walter, natuurlijk ga ik mee, ik bedoel...' mama wendde zich tot ons, '...jullie snappen het vast wel, het gaat echt om een grote opdracht.'

Papa knikte en deed de klep van de piano dicht. 'Het lukt zo ook wel.'

Hoe kon hij dat zeggen? Hoe kon hij haar zomaar laten vertrekken? En nog wel met een kerel die langer en slanker was dan hij en duidelijk wittere tanden had?

Mama stak haar hand naar papa op en liep naar de voordeur. Kamphus lachte nog een keer zijn blinkende tanden bloot. 'Vervelend dat het zo loopt.'

Vervelend, vervelend. Megabalen. Deur dicht en weg.

Papa keek hen na en tussen zijn ogen verscheen de rimpel die betekende dat iets hem helemaal niet zinde. 'Heeft hij echt een opdracht voor haar?' Hij liep naar het raam en zag mama in de BMW stappen. 'Patser!'

Opeens begreep ik dat het niet megabalen maar juist hartstikke goed was dat Kamphus gekomen was. Papa was jaloers, en een betere voorbereiding op onze hereniging op de gouden bruiloft bestond er niet. Hij zou erover nadenken, beseffen dat hij het zo niet wilde en mama terug veroveren.

Ik schokschouderde. 'Hij loopt hier de deur plat.'

Roos hees zich uit de bank. 'Nou, dat was het dan weer.'

Papa keek haar na. 'Gaat het goed met je, Roos?'

In de deuropening draaide ze zich om. 'En met jou?'

Alles komt goed, alles komt goed, alles komt goed!

17

Het gouden jubileum kwam met rasse schreden dichterbij en ik ging nog een keer naar de Kastanjelaan om te repeteren. Papa kende de muziek op zijn duimpje, hij had duidelijk geoefend.

'Ja precies, en dan Varkentje, die maakt een buiging, en zo verder!'

Greta kwam uit de badkamer. Ze had alleen een handdoek omgeslagen en liet haar gladde, lange benen zien. 'Eh, hoe lang gaat dit nog duren? Het is best een aardig nummer, hoor, maar honderd keer achter elkaar?'

'We zijn eigenlijk wel klaar, toch, Leene?'

Ik knikte. Alsof het nummer haar op haar zenuwen werkte! Dat papa met ons naar de gouden bruiloft ging, dát kon ze niet uitstaan. Een mens voelt gevaar aankomen zonder het te weten.

Papa deed de klep van de piano dicht en stond op. 'Dan ga ik maar eens even wat voor ons koken.'

Ik zette de televisie aan, maar voor papa naar de keuken ging draaide hij zich nog een keer om. 'Heeft mama die opdracht van die rare snuiter eigenlijk gekregen?'

'Ja. Ze zitten de hele tijd van alles te bespreken samen,' loog ik, maar het was voor de rechtvaardige en enig juiste zaak.

Met de rimpel weer tussen zijn ogen vertrok papa richting gasfornuis.

Greta had intussen iets aangetrokken en ging achter hem aan. Ze praatten zacht, maar ik kon horen hoe ze haar ontevredenheid spuide. 'Vind je dit nu echt een goed idee? Dat kind denkt vast dat jullie weer bij elkaar komen.'

Dat denk jij ook, beste Greta, jij ook!

'Kunnen we het hier niet een andere keer over hebben?' Papa zachtjes.

'Ach, het is nu toch al te laat. Maar echt, ik vind niet...'

'Greta, alsjeblieft.' Ik hoorde dat hij haar een kus gaf en vroeg me af waar ze die nu eigenlijk en in het algemeen aan verdiend had, maar ze bedaarde, ging naar haar slaapkamer en maakte plaats voor mij.

'Wat eten we?'

'O, gewoon pasta met groente.'

Het rook heerlijk en mijn vader gaf me de pollepel zodat ik kon roeren terwijl hij geschikte muziek voor onder het eten uitzocht. Alles altijd in stijl voor de lieftallige Greta. Onder het roeren keek ik om me heen, en mijn blik bleef rusten op het kruidenrek, niet zo'n vet, ranzig ding als bij ons, waar nog allerlei andere dingen in zaten ook, nepbloemen van de kermis, een flesje frambozenlikeur en opengescheurde navulzakjes, nee, zilveren potjes met keurige etiketjes erop en allemaal vol, salie, oregano, tijm...

Papa proefde het meteen. Hij nam een hap, liet het eten door zijn mond gaan en schudde zijn hoofd. 'Nou smaakt het alweer naar dragon!'

Greta glimlachte. 'Lekker, ik dacht dat je dat speciaal voor mij gedaan had.'

Papa fronste zijn voorhoofd. 'Doe nou niet zo. Ik heb het er helemaal niet ingedaan.'

'Ik ook niet!'

'Wie dan wel?'

Ze keken naar mij. Ik glimlachte onschuldig. 'Ik weet niet eens hoe het eruitziet.'

Papa keek Greta vragend aan. 'Vind je dat grappig?'

Greta keek boos terug. 'Je gaat toch niet weer je rare dragonrel schoppen, hè? Ik heb het er niet in gedaan, ik zou nog eerder mijn vinger afhakken!'

Papa bond in. 'Laten we het er later maar over hebben.'

'Oké, ik maak wel een onderwerpenlijstje, zodat we later niets vergeten!'

De zon brandde aan de hemel, geen wolkje probeerde er ook maar voor te schuiven. Ik zat met mijn korte, pas geknipte touwhaar dicht tegen Johnny aan bij de konijnen in de winkel en genoot van de diepe bewondering die uit zijn mooie ogen sprak.

'Je hebt wel echt iets neergezet, hier,' fluisterde hij, terwijl Judith alles vastpakte, aandachtig bekeek, zelfs de behangdieren aan de muur bewonderde, aan één stuk door knikte of haar hoofd schudde en ten slotte op de toonbank ging zitten om een preek af te steken: 'Ik wist helemaal niet dat je zulke mooie spullen maakte. Dit is kunst, Natascha. Hoe kon je zo'n talent in vredesnaam zo veel jaar onbenut laten?'

Mama haalde glimlachend haar schouders op. 'Dat deed ik ook niet. Ik kwam er alleen nooit zo mee naar buiten. De winkel was Leenes idee.'

Judith knikte goedkeurend naar me. 'Mag ik dit op de een of andere manier in Hamburg bekendmaken? Ik denk dat je met jouw spullen zo een heel eigen label kunt creëren.'

‘Prima idee! Maar eerst moet Natascha ons festival aankleden.’ Kamphus stond voor de vanwege de hitte wijd geopende winkeldeur, lachte stralend naar mijn moeder en stapte toen met uitgestoken hand op Judith af, zoals bankmannen dat kennelijk geleerd hebben (ze gaan geloof ik allemaal naar dezelfde begroetingscursus). ‘Walter Kamphus, en u bent…?’

Judith wiebelde met haar over elkaar geslagen benen, bekeek hem van top tot teen en begon te grijnzen. ‘Judith.’

Kamphus wendde zich tot mijn moeder en liet haar luciferdoosjes in verschillende groottes zien. ‘Kijk, hier moet ons logo op, maar misschien kun jij het nog een beetje, hoe zeg je dat, oppeppen?’ Hij legde een hand op haar arm. ‘Mooier maken?’

Toen ze klaar waren liep mama met Kamphus mee naar buiten en kreeg ze nog een handkus ook. Niet echt, niet huid op huid, maar wel dik overdreven.

‘Nou, als die niet op je valt!’ grijnsde Judith toen mama weer binnenkwam.

Ze werd rood. Mijn moeder werd rood vanwege een Walter. ‘Hij is getrouwd en heeft kinderen!’

‘Nou en? Voor zover ik weet is dat geen beletsel voor het gemene mansvolk.’

Mama keek haar aan. ‘Maar voor mij wel.’

Johnny en ik lieten die twee alleen en slenterden met Varkentje over het erf naar de schommel. Ik liep onder de statafel door, Johnny was inmiddels een halve kop te groot.

‘Hoe gaat het met de bruiloft?’ informeerde hij, terwijl ik op mijn gemak begon te schommelen en genoot van het moment. Ik verheugde me er al de hele tijd op hem te vertellen hoe succesvol ik was geweest. Geheel tegen zijn pessimistische verwachtingen in.

'Helemaal in kannen en kruiken, tjiktjak, zoals jij zou zeggen. Ik weet zeker dat het morgen gaat lukken.'

Johnny knikte. 'Dat zou wat zijn.'

'Het wordt wat!'

Roos kwam naar buiten. Ze was afgevallen en zag behoorlijk bleek, alsof het liefdesverdriet haar langzaam van binnenuit opat en haar bloed doorzichtig maakte.

'Hé Roos!'

Ze ging naast Johnny aan de statafel staan en knipperde tegen het schitterende zonlicht. Ze had de hele dag nog geen voet buiten de deur gezet. 'Alles goed, Johnny?'

'Leuk om hier weer eens te zijn.'

'Hoe lang blijven jullie?'

'Tot zondag. Jammer dat jullie morgen naar de bruiloft moeten.'

Ik sprong van de schommel. 'Wil je zien hoe goed Varkentje kan dansen?'

Inmiddels lukte het zelfs zonder aardappelschijfje. Johnny grijnsde van oor tot oor. 'Jij moet later bij het circus!'

Roos wapperde zich met haar hand koelte toe. 'Zullen we naar de rivier gaan? De anderen zijn er ook.'

Ik spitste mijn oren. Dat klonk een beetje naar het begin van genezing, Roos kwam weer in beweging.

'Goed idee.'

We liepen over de weg de heuvel op en daar stond hij weer. Precies zoals aan het begin van de zomer, toen alles nog anders was. Donker, roerloos, de handen in de zakken van zijn zwarte leren jas, die alleen hij kon dragen bij deze hitte. Dante zweette niet.

Roos bleef staan en staarde naar hem. Ik kon haar hart voelen bonzen. Ze had gedacht dat hij allang ver weg was, gevlogen met zijn politiebus, zonder rijbewijs voorgoed verdwenen. 'Wat doe jij hier?'

'Ik sta op jou te wachten.'

Alsof hij kon weten dat we langs zouden komen. Of had hij al die tijd al staan wachten, dag en nacht? Voor mij had Dante iets bovenaards, dus ook daar zag ik hem voor aan.

'Wat wil je?'

'Met je praten.'

Ik nam Johnny bij de hand en trok hem mee. 'Wij gaan alvast naar de rivier.'

Roos knikte zonder Dante uit het oog te verliezen. 'Waarover?'

'Kom.' Hij liep de andere kant op en zij volgde hem, aangetrokken door die magneet, weerloos bijna, probeerde hem toen snel in te halen en mee te komen met zijn grote stappen, waarvan je je kon afvragen of ze de grond wel raakten. Ze zeiden niets en stopten pas toen ze het hek van de begraafplaats door waren en voor het graf van Dantes moeder stonden. Het was een beetje verzakt, niemand had de moeite genomen het te onderhouden of te beplanten, en alleen een scheef houten kruis met haar naam erop herinnerde aan haar. Dante staarde er bewegingsloos naar, zijn armen hingen slap naast zijn broodmagere lichaam, één ooglid trilde nerveus.

'Ze heeft zelfmoord gepleegd.'

Roos trok verbaasd de Dunkerrimpel tussen haar ogen, de rimpel van onze vader.

'Iedereen zegt dat ze bij jouw geboorte gestorven is.'

Dante staarde donker naar het kruis. 'Dat zeggen ze liever, want ze zijn eikels die de waarheid niet willen weten. Ze heeft vlak na mijn geboorte zelfmoord gepleegd. Postnatale depressie.'

Roos slikte. 'En jij denkt dat het jouw schuld is?'

Dante draaide zijn hoofd langzaam naar haar toe, alsof hij zich opeens alleen nog maar in slow motion kon bewegen. 'Ik heb nooit iets anders te horen gekregen,' fluisterde hij, en zijn diepe stem dreigde te breken. 'Mijn vader heeft me niet één keer in de ogen gekeken. Hij hield van haar en ik heb haar van hem afgepakt.'

Roos fronste haar voorhoofd. 'Wat een onzin. Hij had beter op haar moeten letten, als hij zo veel van haar hield. Als er iemand is die op je let, kun je geen zelfmoord plegen.'

'Je kunt altijd zelfmoord plegen.'

Roos had het liefst haar armen om hem heen geslagen. Maar ze kon het niet. Het was zwaar wat hij met zich meesleepte, maar ze had aan den lijve ondervonden dat hij zich niet zou laten helpen, ook niet door haar. Of was er toch een manier? Probeerde hij haar nu juist een uitweg te laten zien? 'Waarom vertel je me dat?'

Dante keek strak naar het kruis, naar wat er van zijn moeder over was.

'Omdat... ik...' Hij beet op zijn onderlip, zijn hele gezicht was opeens in beweging, weg kilte, weg onverstoorbaarheid, er was alleen nog strijd.

Roos wendde haar blik af en wachtte. Ze liet het houten kruis door zich heen stromen en dacht aan de moeder die zomaar vertrokken was en deze jongen zo alleen had achtergelaten. Als ze hem nu zou kunnen zien, zou ze het dan allemaal anders willen doen? Zou ze hem in haar armen nemen, als ze kon, en zou hij dat toelaten? Zou het een opluchting zijn als ze elkaar weer zagen? Dante zei niets en Roos draaide zich om en liep weg.

De hele club zat bij de rivier. Etrib, ook vandaag weer heel mooi van achteren, Leenegraag met een gezicht van 'laat die Roos maar komen', Vlammetje juist daarom vol verwachting, Jut en Jul, kinderachtig als altijd, en een beetje achter hen verstopt Durfniet. Ze hadden koud drinken bij zich, zaten in flinterdunne shirtjes of alleen in zwembroek in een kring op Roos te wachten.

In plaats van Roos kwamen Johnny en ik, hand in hand, ik had hem gewoon niet meer losgelaten.

Vlammetje speurde achter ons naar zijn bloem, maar ze kwam niet. Alweer stond Dante een hereniging in de weg.

'Misschien komt ze later nog,' troostte ik het gezelschap, maar ik wist net zo goed als zij dat het niet zou gebeuren.

Dus openden ze de kring voor ons. We gingen dicht tegen elkaar aan zitten, wat we sinds Johnny's komst de hele tijd al deden, alsof we hoopten dat iemand ons stiekem had ingesmeerd met secondelijm en we ons alleen maar lang genoeg tegen elkaar aan hoefden te drukken om alleen nog operatief van elkaar te kunnen worden gescheiden.

Ze hoorden Johnny uit, wilden alles weten over Hamburg en zijn nieuwe leven, en Vlammetje draaide zich telkens om voor het geval Roos toch nog kwam opdagen. Hij kon ook niet weten dat ze onderweg naar ons Dantes mp3-speler in haar tas had gevonden. Op de een of andere manier moest hij die er ongemerkt in hebben laten glijden. Nu zat ze in elkaar gedoken op de smeerbrug naar het krassen van de kraaien te luisteren, dat hij voor haar had opgenomen.

'Zullen we gaan zwemmen?' Johnny had geen zwembroek bij zich, alleen een gerafelde onderbroek aan, maar dat kon hem niet schelen, want Johnny had andere dingen altijd al veel belangrijker gevonden, en bovendien was hij het gewend om gepest te worden en had hij geleerd het te negeren.

We zwommen naar het midden van de rivier, gingen op onze rug liggen en lieten ons drijven. Omdat mijn oren onder water zaten hoorde ik niets, behalve van die doffe geluiden die je ook verrassen als je je oor in je kussen duwt. Dat kunnen nachtdiertjes zijn die onder het kussen leven, of in dit geval vissen, of het is je eigen bloed dat je opeens door je lichaam hoort ruisen. We hielden elkaars hand vast omdat we elkaar anders kwijt zouden raken of verschillende kanten op zouden drijven. Ik keek naar de knalblauwe lucht en zag in alles een teken dat mijn actie succesvol zou zijn. Actie Ouderhereniging! Morgenavond zou ik er een vinkje achter zetten, alleen al omdat de lucht zo blauw was.

We hadden geen zin om het hele eind tegen de stroom in terug te ploeteren, dus zwommen we naar de kant en liepen we over de oever terug. De zon werd langzaam minder heet, het opgewarmde gras kriebelde onder onze voeten, en toen we onder een wilg een platgedrukt plekje zagen moesten we even pauzeren.

'Jammer dat we geen waterdichte picknickmand bij ons hebben!' Ik voelde me zo licht, zo vrolijk, ik kon me echt niet herinneren wanneer ik me voor het laatst zo gevoeld had.

'Jammer dat het nog zo lang duurt tot onze trouwerij,' zei Johnny.

Ik grijnsde, maar hij keek heel ernstig en grijnsde niet terug. 'Ach, wie weet wat er in de tussentijd allemaal nog gebeurt. Misschien word ik wel lesbisch, omdat ik die eeuwige liefdeschaos om me heen niet meer wil, of in elk geval niet voor mezelf, of misschien kies jij uiteindelijk toch voor Linda.'

'Kus me!'

'Wat?'

'Ik vind dat we moeten zoenen. We kunnen er natuurlijk eerst over vergaderen, de voors en tegens afwegen of erover stemmen, maar we kunnen ook gewoon gaan zoenen.'

Waarom ook niet? Het was er een goed moment voor, het gevoel klopte, en als we later toch gingen trouwen konden we net zo goed nu alvast...

18

'Beste gasten!' Oma was opgestaan. Haar wagenwiel van een hoed maakte haar ogen onzichtbaar, maar het was haar goed recht zich op deze dag de koningin te voelen. 'We zijn heel blij dat jullie allemaal gekomen zijn om deze grote dag samen met ons te vieren.'

Opa zat kaarsrecht naast haar te knikken. Het pak dat hij aanhad paste niet bij hem, waardoor het leek alsof hij niet anders kon dan kaarsrecht zitten.

'Wie had gedacht dat het ooit zover zou komen? Vijftig jaar getrouwd, vijftig jaar met pieken en dalen, waar we altijd weer uit geklommen zijn...'

Opa keek naar de lucht.

'...dalen, die veel mensen tegenwoordig allang tot scheiden zouden hebben aangezet.'

Papa naast me snoof en ik porde hem sussend in zijn zij. Hij boog zich naar me toe. 'Ik zei toch dat ze haar mond niet kan houden.'

'Vijftig jaar geleden besloten we samen verder te gaan, we hebben onze lieve dochter Natascha op de wereld gezet...' Ze keek stralend naar mijn moeder en de gasten klapten, alsof het een prestatie was om ter wereld gekomen te zijn.

Mama knikte naar de mensen om haar heen. Ze droeg haar turkooizen pakje en had haar haar glad geföhnd. Het omraamde haar gezicht als een lijst. Voor het eerst viel me op dat er een paar grijze haren tussen zaten.

'...kleinkinderen gekregen en deze prachtige lap grond gekocht, waarop we, gedeeltelijk met jullie hulp...' ze pakte haar wijnglas en hief het in de richting van de tafel waaraan de naburige wijnboeren zaten, dicht opeengepakt om maar niet met de buitenstaanders in contact te hoeven komen, '...onze heerlijke wijn verbouwen.'

Iedereen nam een slok en straalde grote tevredenheid uit. Het kwam tenslotte niet vaak voor dat je 's middags al met drinken kon beginnen.

'We kijken terug op een rijk, vol leven!'

Opa staarde in het luchtledige en je had kunnen denken dat hij de woorden van zijn vrouw in twijfel trok, maar waarschijnlijk zat hij alleen maar na te denken over een nieuwe manier om zonder aanmaakblokjes vuur te maken, of de vraag welk nummer de nieuwe snelweg van hier naar daar zou moeten krijgen.

'Tot de dood u scheidt, klonk het vijftig jaar geleden. Laten we hopen dat dat nog een tijdje duurt.'

De gasten klapten instemmend, hieven hun glazen, dronken, en de wijnboerenband, een stel knoestige kerels die alleen van hun wijnstokken te onderscheiden waren doordat ze muziek maakten en er geen blaadjes aan hen groeiden, begon vrolijke oogstliedjes te spelen.

De boerderij van mijn grootouders lag op een heuvel vanwaar je heel ver over de wijngaarden kon uitkijken. Het huis zelf was niet zo groot, maar het erf ervoor bood met gemak plaats aan de tafels voor de ongeveer vijftig gasten ('Eén gast per jaar!' had oma bij de ontvangst gegiecheld), de witte parasols, een podium voor de muzikanten of eventuele toneelstukjes, met een dansvloertje ervoor en een lang buffet dat nu door de cateringservice van kleine voorafjes werd voorzien.

Dat werk had oma zich nu maar eens bespaard. Op haar leeftijd!

Er waren geen naamkaartjes en de gasten waren zelf bij de groepjes gaan zitten waar ze volgens hen bij hoorden. De wijnboeren en de burgemeester, de familie, vrienden en dan nog het gezin Dunker, voltallig aanwezig, inclusief varken.

Kamphus had mama overgehaald zijn mooie BMW te nemen, en het had haar op haar beurt enige overredingskracht gekost om Roos de auto in te krijgen. Ze zat de hele tijd zwijgend naast mama voorin, terwijl mama en ik liedjes zongen, onder andere dat over marmer, en Varkentje vrolijk mee knorde.

Papa, de treinreiziger, was er al toen we aankwamen. Terwijl oma ons met open armen en de uitbundigheid van de gastvrouw ontving, stond hij zich verderop aan een statafel met een eerste wijntje moed in te drinken. Hij had de auto wel gezien maar zei er niets over, met welk recht ook, hoewel hij vast het een en ander had kunnen verzinnen.

'Kom mee, lieverdjes, Daniël is er al.' Oma bracht ons naar zijn statafel en opa zwaaide uit de verte, die was nog bezig de wijn uit het vat in karaffen te schenken.

Mama en papa kusten elkaar links en rechts, ik kreeg een knuffel, waarvoor Roos bedankte. Ze begroette haar vader met een hoofdknik en liep door naar opa.

'Bijna iedereen is er al, wat jammer dat jullie zo laat zijn, Natascha, ik had gehoopt dat je nog iets aan de versiering kon doen. Aangezien jij nu de expert bent.' Mama reageerde niet, daarom gooide oma het over een andere boeg. 'Nou ja, te laat, niets aan te doen, kom mee, daar heb je tante Tilli, mijn hemel, hoe lang hebben jullie die al niet meer gezien!' Ze gaf papa en mama allebei een arm. 'We hoeven het er niet over te hebben.'

'Waarover?' vroeg papa schijnheilig.

'Nou, dat... dat jullie op het moment niet zo goed met elkaar kunnen opschieten.'

Hij trok zonder iets te zeggen zijn wenkbrauwen op, terwijl mama naar de grond staarde en waarschijnlijk spijt had als haren op haar hoofd dat ze het goed gevonden had dat papa ook kwam.

Wacht maar, mama! Alles komt goed, vandaag komt alles weer goed.

Varkentje werd overal enthousiast ontvangen en maakte het mijn ouders makkelijker, want over hen of over hoe het met hen ging werd nauwelijks een woord gewisseld. We zochten een plekje, en daar waren we dan. Het hele gezin Dunker.

'Ik ga wat hapjes voor ons halen,' zei papa.

Hij was nog niet weg of mama verborg haar gezicht in haar handen. 'Ik kan een heleboel dingen verzinnen die makkelijker zijn.'

Roos knikte. 'Hij had zijn nieuwe vriendin mee moeten nemen. Dat was tenminste eerlijk geweest.'

'Ja, daar zat ik echt op te wachten!' kreunde mama, maar ze glimlachte naar papa toen die met volle borden terugkwam. 'Behoorlijk maf weer, die wijnboerenband.'

'En zoals we allemaal weten wordt het er met toenemende alcoholconsumptie niet beter op.'

We vervielen weer in stilzwijgen, aten zonder iets te zeggen en gaven ons over aan onze gedachten. Ieder aan de zijne. Mama dacht misschien aan vroeger en hoe het zou zijn als alles anders was gelopen. Daar dacht papa waarschijnlijk niet aan, al had ik dat nog zo graag gewild. Misschien ergerde hij zich in stilte aan die patserige BMW, of dacht hij aan zijn werk en wat hij volgende week allemaal te doen had. Als het maar niet aan Greta is, alsjeblieft niet, tenzij hij bedenkt dat hij er een puinhoop van gemaakt heeft. Roos zat vermoedelijk bij Dante en zijn vertwijfelde poging zich open te stellen. Ze dacht vast en zeker niet aan de gezinssituatie, want tot nu toe was het haar ook heel goed gelukt om die te verdringen, buiten de deur te houden en er mijlenver van weg te vluchten. En ik? Ik dacht dat alles goed zou komen, dat er alleen maar genoeg wijn hoefde te vloeien, dat het avond moest worden zodat die twee elkaar weer in de ogen konden kijken. Eindelijk. En ik dacht aan Johnny en onze kussen. Het was de eerste keer geweest dat ik een jongen kuste, en ik begon te begrijpen waarom iedereen zo'n heisa maakte van de liefde, waar voor mij opeens ook goede kanten aan zaten. We hadden de volgende dag afgesproken, vóór Johnny terug moest naar Hamburg en weer veel te lang veel te ver weg zou zijn.

Uiteindelijk verbrak ik de stilte. 'Wanneer zullen we ons stukje doen?'

'Zo snel mogelijk, dan hebben we het maar achter de rug,' mompelde mama. Er viel een stukje pasta uit haar mond, dat ze nog net kon opvangen. 'O, pardon.'

Papa moest lachen. 'Weet je nog dat je dat op het astrologenbal ook gebeurde?'

Mama keek hem strak aan. 'Dat was toen al niet leuk en nu is er zeker niets aan!'

Papa kuchte. ‘Sorry. Maar je bent de enige die ik ken die niet met volle mond kan praten.’

Mama slikte een hap door. ‘Dat hoort ook helemaal niet, zoals je weet.’

Papa haalde zijn schouders op.

‘Vinden jullie het nou echt gepast om samen op te treden?’ kwam Roos er opeens tussen. ‘Wat is dit voor spelletje?’

‘Roos, we hebben het nu allemaal al ingestudeerd en oma weet ervan. Dus hou gewoon je mond!’ Ik wilde niets horen wat mijn plan zou kunnen doorkruisen.

‘Ik heb nog iets voor je meegenomen, Roos. Als je het kunt opbrengen om even met me mee te lopen?’ Papa stond op.

Mijn zus keek hem aan en maakte geen aanstalten. Papa zuchtte. ‘Kijk tenminste wat het is.’

Langzaam hees Roos zich overeind, ter dood veroordeeld, gebroken, een vrouw op weg naar de elektrische stoel; als het echt niet anders kan, dood me dan maar.

Ze gingen naar binnen en werden onderweg nog onderschept door oma, die opgewonden tegen hen begon te praten. Het ging vast over het optreden en dat dit precies het goede moment was, vóór het hoofdgerecht werd opgediend. Roos en papa liepen door. Het was zo ongewoon geworden om die twee naast elkaar te zien lopen dat mijn adem stokte van het gevoel in mijn buik, een gevoel dat met geluk te maken had.

‘Goh, hij heeft wel zijn best gedaan, zeg!’ Mama sloeg haar armen over elkaar toen ze Roos met een twaalfsnarige gitaar naar buiten zag komen. Roos kon niet anders dan een beetje lachen, want er was niets wat ze al zo lang zo graag wilde (behalve natuurlijk spelen op het festival, gelukkig worden met Dante en helemaal als laatste misschien ook dat mama en papa weer gelukkig werden, of op z'n minst dat het niet gebeurd was, die hele ellende).

Ze kwamen weer bij ons aan tafel zitten. 'Als je hem niet wilt aannemen, mag je hem van me lenen,' zei papa met een grijns, en Roos kaatste half boos half geamuseerd terug: 'Eens gegeven blijft gegeven. Dat krijg je er nou van!'

Papa was gelukkig, het kon hem absoluut niet schelen hoe je de weg naar het hart van je dochter terugvond. Als je hem maar vond.

'En denk maar niet dat nu alles weer goed is.'

'Ik zou niet durven!'

Mama stond op. 'Goed, laten we het dan maar doen.'

We liepen in ganzenpas naar het podium, de keyboardspeler maakte plaats voor papa, Roos ging met haar nieuwe gitaar op een barkruk zitten, zoals Joan Baez in haar beste jaren, mama ging naast haar staan en ik stelde me met Varkentje voor het podium op. Hij kwam netjes naast me zitten, papa speelde een kort riedeltje, iedereen draaide zich naar ons om en oma sloeg theatraal haar handen voor haar mond, alsof ze deze ongelooflijke verrassing in geen velden of wegen had zien aankomen. Ik stak mijn hand op en liet hem weer zakken. Varkentje maakte een buiging en Roos en papa begonnen te spelen.

'Marmer, steen en staal vergaan, jullie liefde blijft bestaan, alles, alles, alles gaat voorbij, maar niet hij en jij!'

Varkentje en ik draaiden een rondje, hij gaf op tijd pootjes en rolde op het hoogtepunt van de voorstelling zijn staartje uit. Iedereen lachte en joelde, het applaus golfde over de familie Dunker, ik sprong op het podium, zette de anderen op een rij en sloeg mijn armen om mama en papa heen. We maakten een buiging, Roos in haar eentje, tot papa haar hand pakte, en Varkentje keek verwachtingsvol naar me op. Nu heb ik minstens een kilo aardappelen verdiend, bedoelde hij waarschijnlijk. Oma holde op ons af, bedankte ons uitbundig en pinkte een traantje weg, en zelfs opa kwam in beweging met zijn stijve, ingesnoerde lijf en glimlachte naar ons. We hadden niet één fout gemaakt en ik wist dat het de anderen, alle drie de Dunkers, net zo verging als mij: ze voelden zich een gezin, dat kon niet anders.

In de loop van de avond maakten we ons langzaam los uit onze verstarring, we aten, dronken, praatten met die en met die, en ik belandde in de klauwen van tante Tilli, de zus van oma, die nog veel meer praatte dan oma, maar niet zo achterbaks was. Ze zei waar het op stond en voerde niets in haar schild. 'Jullie zijn voor mij altijd een modelgezin geweest, want je weet, kleintje van me, ik ben nooit getrouwd, dat gevoel was me niet gegund, maar als ik jullie zo zie vind ik dat soms wel heel spijtig.' Ze zat in een rieten stoel haar borreltje na het eten te drinken.

'Bent u dan nooit verliefd geweest?' Ik wilde weten of het zo ook ging. Zonder liefde. Want als die zo rottig was, dan kon je haar in principe ook links laten liggen en uiteindelijk toch een beter leven hebben. Tante Tilli kende ons verdriet niet. Ze had haar hele leven een winkeltje gerund, altijd mensen om zich heen gehad, veel gefeest, zo veel dat iedereen zich verbaasd afvroeg hoe het mogelijk was dat ze nog leefde en nog gezond was ook. Ze had plezier gehad, of niet?

Tilli keek naar de lucht, die langzaam donkerder werd, en schudde haar hoofd. 'Eigenlijk was ik altijd verliefd. En jij?'

Ze was de eerste die me ernaar vroeg. De rest dacht dat ik nog met barbies speelde, omdat ik zo klein was. Terwijl ik bij tante Tilli zat verloor ik mijn ouders niet uit het oog. Hun wegen hadden zich gescheiden, papa was druk met opa en zijn uiteenzettingen over de nieuwe tapinstallatie en mama fladderde van de een naar de ander, alsof er een last van hun schouders gevallen was; het ergste hadden ze achter de rug. Roos tokkelde op haar nieuwe gitaar, de wijnboerenband hield uitgebreid pauze om vooral genoeg van opa's goede wijn naar binnen te kunnen werken, en zo zweefde Roos' muziek boven het gezelschap, schiep een zachtmoedige, vredige sfeer en gaf de schemering bijna iets romantisch.

Tilli gunde me de tijd. Was ik verliefd op Johnny? Absoluut. Altijd al. Als je het zo bekeek was ik mijn hele leven al verliefd, was het een doorlopend iets. Onze kussen bezorgden me een ander gevoel in mijn buik, dat sowieso, maar dat we het opeens gewoon gedaan hadden ook. Het was een manier om er ja tegen te zeggen, om het toe te geven, al was het voorlopig alleen tegenover onszelf.

Tilli grijnsde naar me. 'Best moeilijk, hè?'

'Ja, best moeilijk.'

Oma klapte in haar handen. 'Zo, nu is het tijd voor muziek en dans!'

De wijnboeren van de band namen hun plaatsen in en deden onderweg hun best om recht te lopen, Roos blies met haar gitaar de aftocht en probeerde daarbij nog Varkentje mee te krijgen, die met al die welverdiende aardappels in zijn buik voor het podium vredig lag te slapen, en oma haalde opa uit zijn voordracht, want zij moesten met z'n tweeën natuurlijk de dans openen.

'Neem me niet kwalijk, Daniël, maar nu is het mijn beurt.'

De oude wijnboeren speelden nu iets pittigers, wat zij tenminste onder pittig verstonden: oude nummers voor oude mensen die zich bij die muziek juist weer jong voelden. Oma leidde, zij was bij het dansen de man, en iedereen stond om hen heen te klappen, tot ze opa losliet en de burgemeester greep, terwijl opa mijn moeder te pakken kreeg, die eigenlijk dacht dat ze zich goed achter papa verstopt had.

Tilli tikte op haar rieten stoel met de maat mee en Roos kwam met Varkentje naar mij toe.

'Wat een muziek!'

Op dat moment kwam de volle maan tussen de heuvels vandaan. Groot en rond en met zijn wanhopige gezicht kon hij het toch niet laten om even te kijken wat wij uitspookten. Er liep een rilling over mijn rug. 'Zie je dat, Roos?'

Ze knipperde met haar ogen. 'Volle maan. En?'

'Precies, volle maan. Dat is... dat lijkt wel een teken.'

Roos keek me aan en je kon haar gedachten bijna door haar hoofd zien ratelen. Toen pakte ze me bij een arm en trok me een stukje mee. 'Leene?'

Ik keek haar onschuldig aan.

'Dit is toch niet toevallig een door jou op touw gezette ouders-weer-bij-elkaar-breng-actie, hè?'

'Dit is de gouden bruiloft van oma en opa.'

'Jij hebt het allemaal op touw gezet. Anders zouden ze

nooit allebei gekomen zijn! Je denkt echt dat er nog een kans is!'

Ik sloeg mijn armen over elkaar om haar negativiteit af te weren. 'Ik denk het niet, ik weet het!'

Mama en opa waren inmiddels aan het discodansen, mama schopte op haar eigen speciale manier haar schoenen het publiek in. En papa raapte ze op.

'Je moet alleen goed kijken. Maar dat doe jij niet. Jij hebt je vanaf het begin omgedraaid en bent weggerend.'

Roos snoof. 'Het is niet onze taak om de liefde tussen onze ouders te repareren. Papa woont samen met een andere vrouw, dat weet je zelf het beste, want jij gaat er continu heen om die shitzooi aan te zien en je er nog dieper in te laten trekken!'

'Ik ga erheen om te zien hoe het is. En zal ik je eens wat zeggen? Ze hebben heel vaak ruzie!'

'O ja? En dat betekent volgens jou dat papa zich nog wel zal bedenken, en vooral dat mama hem weer met open armen zal ontvangen, alsof er niets gebeurd is? Leene, het wordt nooit meer zoals vroeger!'

Ik sprong uit mijn vel. Wat wilde ze nou met haar zwartgalligheid? Wat wist zij ervan? Ze was er nog nooit geweest!

'Wel waar. En ik heb helemaal geen zin om naar jou te luisteren, naar dat zwartgallige gezeik dat Dante je heeft aangepraat!'

Roos kneep in mijn arm. 'Dante heeft er niets mee te maken. Ik zie de dingen zoals ze zijn!'

Ik rukte me los. 'Ha, dat dacht je maar. Jij ziet helemaal niets!'

Papa zette zijn wijnglas neer. Hij begon al een beetje te zwalken, maar hij tikte mama af, maakte een lichte buiging, zij glimlachte en hij grijnsde scheef. Toen dansten ze in het licht van de volle maan. Ik wierp Roos een verachtelijke blik toe, als om mijn laatste woorden kracht bij te zetten, en ging met Varkentje dichter naar de dansvloer toe. Ze dansten ver uit elkaar. En ze dansten maar één keer. Maar dat was meer dan genoeg.

Toen ze klaar waren met dansen gingen ze aan een statafel staan, papa haalde wijn en mama's schoenen en ze begonnen te praten. Ze stonden in een luchtbel die ervoor zorgde dat niemand hen stoorde. Oma sloeg een arm om me heen. 'Goed dat je me overgehaald hebt. Als ze nu eindelijk maar eens met elkaar praten. Wil je chocoladepudding, Leentje?'

Ik wilde helemaal niets. Alleen toekijken en dat het voor altijd zo zou blijven. Maar op dat moment keek papa op zijn horloge. Hij dronk zijn glas in één teug leeg, keek om zich heen en wenkte ons. 'Louise, ik moet gaan, ik wil de laatste trein nog halen.' Hij sprak met dubbele tong.

'Je kunt toch hier blijven slapen!' flapte ik eruit. Dit mocht niet, hij kon nu nog niet weg!

Oma stond meteen aan mijn kant. 'Natuurlijk, Daniël, dat is geen probleem. We hebben ook nog de kleine logeerkamer, als jullie niet samen...'

Mama verstopte zich in haar wijnglas en wilde met de hele discussie niets te maken hebben. Papa schudde zijn hoofd.

'Nee, laat maar, ik ga liever.'

'Papa, het feest begint nu pas echt!'

Roos stond een eindje verderop en ik ving haar blik. Het was een duistere blik, een beetje verdrietig en vol medelijden. Medelijden met mij en mijn hoop.

Papa legde een arm om mijn schouders. 'Ik vind dat ik naar huis moet, lieverd.'

Naar huis? Dit is je thuis, merk je dat dan niet? Hier zijn wij, je gezin!

'Nou, ik zou het fijn vinden als je bleef,' hield oma vol. 'Ik bedoel, het is jouw beslissing, ik wil me er helemaal niet mee bemoeien, maar we zouden je wel missen. Zo op het hoogtepunt van de festiviteiten.' Ze wees naar opa. Hij worstelde met zijn veelgeroemde tapinstallatie, die aan een of andere verstopping leed, terwijl de gasten naar wijn smachtten. 'En Frans kan je hulp goed gebruiken.'

Ik zag dat papa inwendig terugdeinsde. Oma's slinkse doordrijverij had hem altijd al tegengestaan. Zijn gezicht sloot zich, de rimpel verscheen tussen zijn ogen en zijn mond trok strak.

'Ik ga nu. Dat is maar beter. Greta wacht op me.'

Dat was een klap in het gezicht van het feestvarken. 'Zozo. Dat is dus nog steeds aan de gang, met die scharrel van je?'

Papa trok kwaad zijn jasje aan. 'Ze is geen scharrel, Louise. Greta en ik houden van elkaar, ze voelt zich niet zo lekker en daarom ga ik nu naar huis.'

Oma's lippen veranderden in een rimpelige streep. 'Och, is ze ziek, het arme kind?' krijste ze bijna, veel te hoog, veel te hard, en papa legde een hand op haar schouder.

'Nee, Louise, ze is zwanger.'

Het Ravenplein wordt heringericht. Er moeten bomen komen en een klimrek voor kinderen. De kelder waar Dante en Roos samen gelukkig waren, die daarna lange tijd dichtgetimmerd heeft liggen verstoffen, is nu een Spaans restaurant met donkere kaarsen en zware rode wijn.

In grotere plaatsen neem ik Lulu aan de lijn. Ik ken haar neiging om er in haar eentje op uit te gaan, om zich in het middelpunt te plaatsen, gezien te willen worden. Ik hou haar dicht naast mijn benen. Dat ene ongeluk was genoeg en we moeten koste wat kost voorkomen dat ze haar andere oog ook nog kwijtraakt. Niet dat blindheid Lulu niet zou staan, ze zou er vast wel raad mee weten en per se zo'n geel met zwarte blindenarmband om willen. Maar het is beter van niet. Nu we naar de stad verhuizen, naar een klein huisje met een tuin. Een tuin voor een varken en een lapje aardappelplanten.

Het hele Ravenplein is als een reusachtig cadeau ingepakt in steigers en folie, en als de mensen boodschappen willen doen bij slager Brandt, slager Vlammetje Brandt, moeten ze hem eerst zien te vinden, hoewel hij overal borden heeft neergezet: verse varkensoren, deze kant op. Lulu wordt een beetje nerveus als we de winkel naderen.

'Rustig maar, schatje, jij bent al veel te oud. Wie lust er nou zo'n benig varkensoor?'

Lulu piept. Het idee alleen al. We zijn er bijna voorbij als Vlammetje de winkel uit komt. Zijn haar vlamt allang niet meer zoals vroeger, vooral omdat hij het meeste kwijt is. Hij heeft alleen nog maar een klein, rood kroontje op zijn hoofd, waardoor hij er zeker tien jaar ouder uitziet. Ik weet niet of hij daaronder lijdt, waarschijnlijk niet, hij voelt zich er tenslotte ook niet te goed voor om met een besmeurd schort de winkel uit te komen.

'Leene!'

'Vlammetje, wie heb je nu weer vermoord?'

Hij haalt zijn schouders op. 'Zeg ik liever niet waar Lulu bij is. Gaan jullie?'

Ik knik en weet niet wat ik moet zeggen.

'Die nieuwelingen hebben een doorlopende bestelling geplaatst. We moeten het warme buffet in het tankstation bevoorraden: leverkaas, frikadellen, worstjes enzovoort.'

'Nou, dat is dan goed geregeld. Ik moet gaan, onze trein vertrekt zo.'

'Kom je nog eens langs?'

Dat heb ik me ook al afgevraagd. Er is eigenlijk geen reden voor. De vriendengroep is uit elkaar gevallen. Na de gebeurtenissen die volgden op de gouden bruiloft van mijn grootouders zijn ze nooit meer bij elkaar gekomen, niet in de vroegere samenstelling in elk geval, niet met Roos erbij.

Mijn ouders wonen hier niet meer, Roos is altijd op reis en Vlammetje met zijn kroon van vuur, zijn bedroefde gezicht en het lange mes waarmee hij dagelijks moordt – ook hij zal geen heimwee bij me losmaken. De oude tijden, mijn jeugd, het vertrouwde, ze zijn hier niet meer te vinden, dus kan ik ze net zo goed in gedachten meenemen.

'Misschien, als er een keer een schoolreünie is of zo. Ik wil in elk geval een uitnodiging voor je trouwerij.'

'Iets van Roos gehoord?'

'Al een hele tijd niet, dus het gaat vast goed met haar. En jij?'

'Roos heeft nooit om mij gegeven, dat weet je best.' Hij treurt nog steeds om zijn bloem, zijn onbeantwoorde liefde. Misschien is hij een van die mensen met een hart dat maar voor één persoon kan kloppen, ook al heeft het de verkeerde gekozen. Roos en Vlammetje, de slager, dat wordt nooit wat.

'Het beste, Vlammetje. Probeer haar te vergeten.'

Hij knikt mechanisch, want dat heeft hij allang opgegeven. Na school heeft hij het ambacht van zijn ouders geleerd en sindsdien slacht hij dieren en verkoopt hun vlees. 's Nachts droomt hij van Roos en van een tijd dat hij in het groen aan de rivier romantische liedjes met haar zat te zingen. Ik ben blij dat ik vertrek en het groen achter me kan laten. Dat heb ik lang genoeg gezien!

19

Toen we in de BMW van Kamphus voor het huis stopten, zat Johnny op de schommel op ons te wachten. Mama en ik hadden niet gezongen op de terugweg. We waren alle drie met stomheid geslagen. Zodra papa weg was had mama gefluisterd: 'Ach, in principe zijn we blij met elke nieuwe wereldburger.' Daarna was ze doodsbleek door haar knieën gezakt en flauwgevallen. Normaal doen alleen prinsessen dat. Misschien is mama wel een prinses, in elk geval kan zij het ook.

Vervolgens had Roos onder woest geschreeuw de twaalfsnarige gitaar op een kei kapotgeslagen en daarmee definitief een einde aan het feest gemaakt. Toen mama weer bijkwam op de bank en Roos met een donkere blik in haar ogen haar hand vasthield, waren de gasten zachtjes afscheid aan het nemen.

'Dat is toch niet te geloven. Verpest hij ook nog ons feest, die onbenul. Ik wist wel waarom ik hem niet wilde uitnodigen!' mopperde oma, terwijl ze mama een glas wijn gaf. Opa had de tapinstallatie weer aan de praat gekregen.

Niemand merkte dat ik versteend was en me niet meer kon bewegen. Ik was bij de statafel blijven staan en staarde naar het punt waar ik papa had zien verdwijnen. Zijn woorden schoten heen en weer door mijn hoofd, zochten panisch naar de uitgang maar konden hem niet vinden en zetten zich vast als een bonkende pijn. Mijn bouwwerk van hoop, waar ik zo lang aan gewerkt had en dat op deze dag feestelijk had moeten worden geopend, was ingestort, een hoop stof, niets meer waard. En de volle maan trok een chagrijnig gezicht.

Na het ontbijt waren we zwijgend weggereden. Oma had ons uitvoerig uit de doeken gedaan hoe we hierop moesten reageren, en mama nog een keer het nummer van haar advocaat toegestopt. Ze was ervan overtuigd dat het minder pijn deed als je terugsloeg en die meneer, zoals ze papa uitsluitend nog noemde, al zijn geld aftroggelde. 'Dat moeten jullie niet vergeten, dat is bij elke man de gevoeligste plek.'

Johnny sprong van de schommel. Hij lachte van oor tot oor, zo erg had hij me gemist, maar toen hij onze gezichten zag en de pijnlijke stilte hem tegemoetkwam hield hij er meteen mee op. 'Hoi...'

Mama en Roos haalden de bagage uit de kofferbak en liepen zonder te groeten langs hem heen naar binnen. Varkentje probeerde me op te beuren door niet van mijn zijde te wijken. Ik stond daar maar. Johnny sloeg voorzichtig een arm om me heen. 'Het is niet gelukt.'

Ik schudde mijn hoofd en liet me volkomen willoos naar de oude rieten stoel bij de barbecue leiden. Johnny hurkte voor me neer. 'Wat is er gebeurd?'

Ik keek hem glazig aan. Ik gloeide over mijn hele lichaam alsof ik koorts had, en in mijn binnenste ruiste het alsof mijn bloedlichaampjes briesten van woede of om het hardst omhoog en omlaag, heen en weer raceten. 'Ze krijgt een kind van hem.' Mijn stem was schor en praten kostte ongelooflijk veel moeite.

Johnny hield zijn adem in. Dat was erger dan hij gedacht had. Het maakte de hele toestand op het verpletterende af uitzichtloos. Hij legde een hand op mijn been, en het was alsof hij een knop omzette. Opeens laaide mijn teleurstelling op en de tomeloze woede die ik tot dan toe binnengehouden had barstte los en richtte zich niet alleen tegen mijn vader. Ik duwde zijn hand weg. Hij wilde me helemaal niet troosten, hij wilde alleen maar aan me zitten, zijn behoefte aan lichamelijk contact bevredigen, of het met mij nu goed of slecht ging. Ik moest er niets meer van hebben.

'Ja, hij heeft een heel nieuw leven voor zichzelf ingericht. In een half jaar tijd iedereen ingeruild. Eerst zijn vrouw en nu ook zijn kinderen. Te oud, te lastig, tijd voor een nieuwe baby. Eentje die hij weer op schoot kan nemen en kan laten zien hoe je horloges schoonmaakt en opwindt. Waarschijnlijk is dat het enige waarvoor hij kinderen nodig heeft. Die kunnen met hun kleine vingertjes veel beter bij de radertjes. En ze kosten niets. Hij gaat mee naar ons familiefeest, zingt een lied over marmer, steen en staal, danst met mama, drinkt en praat met haar, alleen om aan het eind een mes in onze rug te steken.'

'Ja goed, maar dat had jij wel zelf zo… gefikst.'

'Krijg de pest!' schreeuwde ik. 'Misschien heb ik de deur voor hem opengezet, maar hij hoefde er verdomme toch niet doorheen te gaan als hij toch al wist dat… dat… ach, allemaal leugens!'

De tranen stroomden over mijn wangen en ik merkte het niet eens echt. Op dat moment hoefde het voor mij allemaal niet meer. Ik had geen doel meer en geen grond onder mijn voeten.

'Zie je, die teleurstelling wilde ik je nou juist besparen.' Johnny tastte naar mijn hand, maar ik trok hem terug en stak hem in het zakje van mijn hagedissenrok, anders had ik hem een knal verkocht. 'Je vader houdt van een andere vrouw en dat wilde jij niet accepteren.'

Ik sprong op. 'Weet je wat, Johnny, loop naar de hel!'

Hij staarde me aan. 'Leene, waarom, wat heb ik dan...?'

'Je begrijpt er niets van. Iemand die blij is dat hij één keer in zijn miezerige leven gelijk heeft, daar heb ik niets aan, nul komma nul!'

'Hé, sorry...'

'Aan jongens heb je nooit iets, snap je, nooit! Jullie weten toch niets beters te verzinnen dan iemand de grond in te trappen!' Met die woorden draaide ik me om en stormde naar huis, Varkentje kon nog net naar binnen glippen voor ik met een knal de voordeur dichtgooide. Tot nooitmeerziens!

In mijn kamer kropen we in het bed waarin ik nog maar kort geleden ijverig plannen had liggen smeden voor de hereniging van mijn ouders. Toen was papa al met Greta bij de vrouwenarts geweest, ze hadden op de echo het kleine embryohartje gezien en waren tot tranen toe geroerd geweest. Hij had me belazerd, ons allemaal, als oma hem niet zo geprovoceerd had, zou hij het waarschijnlijk niet eens verteld hebben. Nu had hij ons echt in de steek gelaten.

Op een gegeven moment moest ik in slaap zijn gevallen, want toen ik wakker schrok van de harde stem van Kamphus waren de vogels alweer gestopt met fluiten.

'Dat is nog eens een auto, hè, Natascha? Ik ben blij dat jullie weer heelhuids terug zijn.'

'O ja, wil je een glaasje wijn? Mijn vader verbouwt hem zelf, zonder kunstmatige toevoegingen, erg lekker en niet te zwaar.' Mijn moeder had haar tong kennelijk weer teruggevonden. 'Hier, maak jij de fles even open? Dat is mannenwerk, nietwaar?'

Ik werd misselijk. Ik trok de deken over mijn hoofd en nam Varkentje mee naar mijn donkere, nieuwe wereld. 'Hoor je dat?' fluisterde ik en Varkentje knorde zacht omdat ik in zijn flapoor ademde. 'Nu gaat ze tot de tegenaanval over. Wat papa kan, kan zij ook. De man is getrouwd? Daarom juist!' Wat haar pijn doet, mogen anderen ook wel eens voelen.

Later, toen ze allang in de slaapkamer en het bed van mijn ouders verdwenen waren, hoorde ik Roos de trap af komen. Ik kroop onder mijn dekbed vandaan en ging mijn kamer uit. Ze stond voor de deur waarachter de waanzin zich voltrok en nam met Dantes mp3-speler de ongegeneerde geluiden van Walter en Natascha op, die deden alsof ze de enigen op de hele wereld waren. Roos was dik zwart opgemaakt, had haar zware motorlaarzen aan en een grote, volle rugzak bij zich. Haar gezicht stond koud en hard, een lachje zou waarschijnlijk barsten veroorzaakt hebben, en ze keek me zwijgend aan.

'Waar ga je heen?' fluisterde ik, hoewel fluisteren helemaal niet nodig was.

'Weg. Hier kan ik niet blijven.'

'Ga je naar Dante?'

'Walter!' schreeuwde mijn moeder, en Roos had genoeg opgenomen, zette het apparaatje uit en ging naar beneden. Ik zat haar op de hielen. Bij de deur draaide ze zich om en liet ze, vast zonder het te willen, toch een gevoel toe, want haar ogen stonden droevig in het stenen gezicht.

'Het beste ermee, Kippetje.'

Ik had niet de kracht meer om haar tegen te houden, geen zin me waar dan ook druk om te maken. Om me heen werden hoge muren opgetrokken, waarbinnen alleen plaats was voor Varkentje.

Toen Roos bij de sloperij aankwam was het al bijna donker.

De politiebus stond nog op precies dezelfde plaats. Roos moest diep zuchten van opluchting. Dante was de stad nog niet uit. Ze klopte op de deur, kwam niet boven de harde muziek uit en ging dus maar ongenood naar binnen.

Hij zat met zijn ogen dicht roerloos op zijn enige stoel. Eén been wipte mee op de maat. Roos keek naar hem. Deze jongen wist allang wat pijn was. Hij leefde ermee en had zijn conclusies getrokken, en Roos voelde op dit moment meer begrip en liefde voor hem dan ooit tevoren. Ze liep naar de installatie, zette de muziek uit en hield de mp3-speler naast het oor van de verbaasde Dante. Hij luisterde somber en verloor Roos geen tel uit het oog. 'Ze naait met Kamphus?'

Roos knikte en liet haar rugzak op de grond vallen. 'Ik ga nooit meer terug.'

Dante knikte langzaam. 'Dan moet er nog een stoel komen.' Hij pakte de mp3-speler en luisterde de opname nog een keer af. Om zijn mond speelde een flauw lachje.

'Wat is er zo leuk aan?'

Hij schudde zijn hoofd. 'Het is niet leuk. Alleen een soort vooruitzicht.' Daarna trok hij haar zware laarzen uit.

Toen ik voor het ontbijt naar beneden kwam, was Kamphus allang weg, na een lange en heel belangrijke vergadering midden in de nacht nog teruggereden naar zijn gezin.

Mama zat in haar dekentje gewikkeld aan tafel en hield zich vast aan haar koffiekop. Ik was niet van plan iets te eten, de bekende misselijkheid hield mijn lichaam in zijn greep. Maar Varkentje viel enthousiast aan en mama had dringend behoefte om met me te praten. 'Het spijt me.'

Ik haalde mijn jas.

'Het… het moest er om de een of andere reden van komen, ik weet dat het dom van me was, en wat moet dit niet met jullie doen, heus Leene, het zal niet meer gebeuren.'

Ik haalde mijn schouders op en zou het liefst gezegd hebben dat het mij helemaal niets kon schelen en dat iedereen hier toch wel deed waar hij zin in had, dus mij een zorg, alles was toch al kapot, een hoop scherven die niemand meer aan elkaar kon lijmen. Maar ik kon niet, wilde niet praten, had niets meer te zeggen, niets.

Mama keek me radeloos aan. 'Ik weet hoe moeilijk het voor je is. Je hoopte zo dat het goed zou komen en wij hadden die hoop niet moeten voeden. Daniël had in deze situatie geen ja moeten zeggen. Ik wist het niet, Leene!'

Nee, natuurlijk niet. Maar nu was ons gezin kapot. Dat waar ik het meeste van hield op de wereld en wat me zo veel houvast geboden had, bestond niet meer. Ik viel en viel en wist dat er geen bodem in zicht was. Het verbaasde me alleen dat het niet regende buiten.

Er gingen dagen voorbij. Een heleboel dagen, en ik kan niet zeggen hoe ik ze doorkwam. Ik zweeg en moest aanzien dat Roos inderdaad niet terugkwam. Ik lag op de smeerbrug, met mijn hoofd op de rug van mijn varken, en staarde voor me uit of viel in slaap, het had geen enkele betekenis, er veranderde niets. Ik drukte Johnny's wanhopige pogingen om contact te maken weg en zag dat Kamphus bij mama hetzelfde lot onderging. Zijn bloemen, strak bij elkaar gebonden, haalden niets uit, net zomin als het voor Johnny iets uithaalde dat ik hem eigenlijk vreselijk miste. Ik was niet in staat er ook maar vaag over na te denken waarom ik hem uit mijn leven gebannen had, een hol leven waarin desondanks geen plaats meer was voor iemand die weliswaar van me hield, maar er een te eigen mening op nahield.

De dagen waren leeg en tegelijk vol van de verstarring die me in zijn greep hield en me geen stap verder liet komen. Mijn mond leek wel dichtgeplakt en ook al had ik gewild, er zou geen geluid zijn uitgekomen. Nooit meer praten. Ik merkte dat mama zich zorgen maakte. Zorgen om mij en ook om Roos, die een duidelijke afscheidsbrief voor haar had achtergelaten.

Mama had haar opgezocht op de sloperij, zich stiekem verstopt achter autowrakken; ze wist dat Roos daar zat en hield zich op de achtergrond, wilde haar de tijd gunnen die ze nodig had om er hopelijk achter te komen waar ze thuishoorde. Ze had een antwoordbrief tussen de deur van de politiebus gestoken, waarin ze haar open armen uitdrukte. Daarna stortte ze zich op de was.

Op een bepaald moment vond papa dat hij lang genoeg had gewacht en belde hij op.

Mama nam op, ik luisterde het gesprek af en probeerde papa's woorden te raden en in te vullen.

'Leene kan dit weekend misschien wel weer eens naar ons toe komen.' Of iets dergelijks.

'Ik denk niet dat ze daar zin in heeft.'

'Mag ik haar even spreken?'

'Nee, dat mag je niet, Leene praat momenteel niet.'

Stilte. 'Geef haar toch maar even, dan kan ik het haar uitleggen.'

'Wat wil je haar dan uitleggen? Dat het niet erg is dat je een nieuw gezin sticht, dat verder alles hetzelfde blijft? Ik hou net zo veel van jou, of wat? Laat haar met rust, Daniël, Leene is in shock. Je weet net zo goed als ik wat ze van dat feest verwachtte. En dan laat jij tussen neus en lippen door zo'n bom ontploffen! Je komt een beetje laat met je uitleg!'

'Ja, sorry, maar je moeder...'

'Laat mijn moeder er nou toch eens een keertje buiten. Je schuift altijd alles op haar. Hoe oud ben je eigenlijk?'

'Hou op, zeg!'

'Ik hou helemaal niet op. Om het maar eens kort samen te vatten, doctor Daniël Dunker, je hebt je gezin bedrogen, voorgelogen en in de steek gelaten, en mijn moeder, die je ondanks alles tegemoet probeerde te komen, met een bijl haar hoofd afgehakt. Leene heeft haar tong verloren, Roos is bij Dante ingetrokken en ik heb mezelf vergooid omdat ik niet meer wist waar ik heen moest met mijn pijn.'

'Roos is bij Dante ingetrokken?'

'Bij Dante, ja, de knul aan wie ze zich vastklampt omdat haar vader de grond onder haar voeten heeft weggeslagen.'

'En dat vind jij goed? Maar dat kan niet!'

'Dat kan niet, dat kan niet. Jij weet zelf het beste wat er allemaal kan hoewel je het niet voor mogelijk had gehouden!' Mama smeet de hoorn op de haak en nam niet op toen er meteen opnieuw gebeld werd. Ze begon te huilen en ik verstopte me onder het televisiedekentje op de bank en deed met haar mee, tot ze het voorzichtig optilde, bij me kwam zitten en me een stof liet zien die ze in die verloren dagen gemaakt had. Hij was donkerpaars, heel donkerpaars, zodat je hem tegen het licht moest houden om te zien dat hij niet zwart was. En dan zag je ook pas dat er een patroon in zat, straten en wegen, een landkaart, en ze leidden allemaal bij één punt vandaan. Of ernaartoe, dat hing er vanaf waar je vertrok. 'Ik was benieuwd of je hem mooi vond.'

Ik knikte.

'Zal ik er voor jou een jurk van maken?'

Dat wist ik niet. Wanneer moest ik een jurk aan? En waarvoor?

Mama streek mijn touwhaar uit mijn gezicht. 'Ik doe het gewoon en we hangen hem in je kast. Op een dag doe je hem weer open en ben je blij.' Ze zuchtte. 'Op een dag.'

Ik liep door een woest gebergte. Zeven bergen, bedekt met sneeuw, bezaaid met keien. De paarse jurk fladderde in de sneeuwstorm om mijn lichaam, mouwloos, licht, en ik had geen schoenen aan. Mama kan zelfs met blote voeten op grind dansen. De sneeuw sloeg hard in mijn gezicht, niet die zachte, witte kerstvlokjes waarvoor je normaal gesproken snel je jas aantrekt om een sneeuwman te gaan maken. Het liefst met een sneeuwvrouw en sneeuwkindertjes erbij. Twee bergen was ik al over, omhoog naar de top, aantikken en weer naar beneden, vijf had ik er nog te gaan, zonder te weten waarom. Ik kon mijn ogen niet openhouden en geleidelijk veranderden de vlokken in gedaanten, sneeuwheksen misschien, als die bestaan, en ze dansten snaterend en krijsend om me heen en wachtten op de ineenstorting. En wat dan? Zouden ze me als brandstapel gebruiken? Onder de sneeuw stoppen, zodat ik nooit gevonden zou worden of pas over duizenden jaren, goed bewaard gebleven, geschikt voor de vitrine in het Museum voor Mensen uit het Verleden?

'Groroklele, groroklele, groroklele!' gilden de heksen, en ze lachten alsof er iets grappig was. Ik probeerde ze weg te jagen, maaide met mijn blote armen door de lucht, struikelde, gleed uit en viel van de berg naar beneden, rolde om en om, steeds verder, zonder dat het pijn deed. Beneden sneeuwde het tenminste niet meer en de heksen jankten alleen nog boos vanuit de verte. Ik krabbelde overeind, schermde mijn ontstoken ogen af met mijn hand en keek omhoog, naar de top van de volgende berg die ik nu moest beklimmen. Als ik eerst maar boven kwam, dan waren het er al drie en zou ik me gewoon weer omlaag laten rollen. Maar het lopen ging nog weer een beetje moeilijker. Ik had mijn knie geschaafd en kon op mijn ene voet bijna niet meer staan. Ik moest verder. Moeizaam klom ik stap voor stap omhoog, tot de sneeuwgrens bereikt was en de heksen weer meer lawaai maakten. Niet te doen, zeven bergen!

Toen ik bij het kruis op de top van de derde kwam, leken er dagen verstreken te zijn. Ik was van top tot teen verdoofd en verkleumd. Ik raakte het kruis aan, anders telde het niet, anders wisten ze niet dat ik het gered had, en tuurde in de verte. Als die harde, koude sneeuw er niet was geweest, en die opdracht niet onuitvoerbaar leek, zou het een prachtig uitzicht zijn.

'Groroklele, groroklele!' Het gezang van de heksen werd overstemd door een griezelig gerommel dat steeds harder werd. Ik stopte mijn oren dicht, het was bijna niet te verdragen, en keek om me heen. De eerste berg, die ik allang overwonnen dacht te hebben, maakte zich los, trok zichzelf uit de aarde omhoog, steunde, kreunde en rommelde, keien vlogen alle kanten op, bomen raakten ontworteld. Langzaam zette de berg zich in beweging, liep langs me, langs de andere vier bergen, en plantte zichzelf met donderend geraas aan het eind weer in de aarde. Toen waren het er weer vijf, en toen de tweede berg het voorbeeld van de eerste volgde, begon ik te schateren. De lach van een verliezer. Ik ging in de sneeuw zitten, met mijn rug tegen het kruis, lachte en keek recht in de ogen van Varkentje. Hij had het niet koud, zag er monter en roze uit, een beetje verontwaardigd misschien. 'Wat doe jij hier?'

'Je moet niet gaan zitten. Dat is veel te koud.'

'Dit lukt me niet. De bergen houden me voor de gek.'

'Als jij dat toelaat.'

Ik aaide hem over zijn kop. 'Weet jij de oplossing?'

'Nee. Heb je een aardappel, dan dans ik voor je.'

Ik probeerde mijn hoofd te schudden, maar het leek wel vastgevroren, aan mij, aan het kruis, aan de berg.

'Goed. Dan zal ik je zeggen hoe ik heet.'

'Heb je dan een naam?'

'Alle varkens hebben een naam.'

Voorzichtig, om niet uit te glijden en van de berg af te rollen, trippelde hij naar me toe, hij wroette in de sneeuw die zich op mijn touwhaar verzameld had tot hij bij mijn oor kwam en blies zijn warme adem erin. 'Ik heet Lulu, Leene! Hé, waar ben je?'

Ik werd wakker op de smeerbrug. Mijn moeder stond met Lulu beneden en riep naar me. Het was koud. 'Leene, wat doe je daar?'

Ik haalde mijn schouders op. Geen idee, ik wist echt niet hoe ik daar gekomen was.

'Schiet op, kom naar beneden!'

Ik drukte op de afstandsbediening, kroop bij mijn moeder onder het televisiedekentje en liet me naar huis brengen.

'Begin je nu ook al te slaapwandelen? Och, lieverd toch. Varkentje maakte me wakker, er had anders wel ik weet niet wat kunnen gebeuren.' Ze gaf me een aai over mijn hoofd. 'Wil je bij mij slapen?'

Nee, dat wilde ik niet. Dat was papa's plek en die van Kamphus. Mama bracht me naar bed, aaide me in slaap en posteerde Lulu naast me. Als oppasser. Met de belofte van veel aardappels.

De volgende dag werd ik 's middags na lang en onrustig slapen wakker van geklop op de voordeur en de stem van mijn vader. 'Dat kun je toch niet maken, om zulke dingen door de telefoon voor me neer te smijten en dan gewoon niet meer op te nemen.'

'En jij kunt het niet maken om zomaar binnen te komen vallen!'

Ik hoorde de energieke voetstappen van mijn vader, sloeg mijn dekbed om me heen, sloop mijn kamer uit en ging boven aan de trap zitten. Ze waren in de keuken beland.

'Wat er ook gebeurd is, Roos is zestien jaar en het is onze plicht en verantwoordelijkheid om op haar toe te zien. Ze kan niet zomaar ergens anders gaan wonen, en zeker niet bij die crimineel.'

'Ze is niet zomaar ergens anders gaan wonen. Ik vond het goed.'

Mama loog voor haar dochter. Dat gaf een warm gevoel.

'Wat?' Papa's stem sloeg over. 'Ben je gek geworden? Hij trekt haar naar beneden, die knul wordt haar ondergang!'

'Schreeuw niet zo! Leene slaapt nog, nadat ze de halve nacht rond heeft lopen dolen. Gelukkig maakte het varken me wakker.'

Papa snoof. 'Echt weer iets voor jou. Jij ligt vredig te slapen, terwijl onze kinderen ten onder gaan!'

'Kijk eens aan, uit die zin spreekt zowaar een zeker besef. Onze kinderen. Ik geloof niet dat jij het recht hebt mij verwijten te maken. Het is maar één iemand z'n schuld dat ze er zo aan toe zijn!'

'O, en die iemand ben ik, denk jij? Herinner je je Fabio nog?'

'Hou alsjeblieft op. Dat is honderd jaar geleden! Laat me met rust en ga naar je zwangere vriendin. Hoe zit het eigenlijk met de scheiding? Ze zal toch geen welgestelde verwekker hebben uitgezocht om vervolgens niet ingedekt te willen zijn? Let wel, met jou is er nooit de garantie dat het blijvend is.'

Papa smeet iets tegen de muur of zelfs naar mama, maar dan was ze handig opzij gesprongen, want het was breekbaar en viel met veel gerinkel kapot.

'Zo zit het met de scheiding. En je kunt er zeker van zijn dat ik om de voogdij ga vragen en dat ik die ook krijg. Ik ben niet van plan om toe te kijken hoe mijn dochters bij jou kapotgaan!' Hij liep met grote stappen het huis uit en gooide de deur met een klap achter zich dicht.

In de keuken was het doodstil.

Ik zat in mijn dekbed gewikkeld op de trap en vroeg me af of het echt altijd nog erger kon. Hij had niet alleen alles kapotgemaakt. Nu wilde hij ons ook nog hier weghalen, onze moeder afpakken. Kon hij dat? Mocht dat wel? Hadden wij dan helemaal niets te zeggen? Ik weet niet hoe lang ik daar zat, voor de zoveelste keer sprakeloos en hulpeloos, vernederd, doodsbang en wanhopig. Toen ik mama in de keuken hoorde huilen was dat een soort bevestiging. Wij hadden niets te zeggen. Wij niet, zij niet, alleen hij. Ik sprong op, trok lukraak wat kleren aan en ging ervandoor. Ik moest Roos zien te vinden, vertellen wat er gebeurd was. Ze moest me helpen. Ik had niemand bij wie ik kon gaan wonen, en niemand bij wie ik blijven mocht of wilde. Straks was er nergens plaats meer voor mij. En voor haar ook niet. Ze maakten alles kapot, en al kon mama alleen maar huilen, ík was niet van plan me naar dit lot te voegen. Lulu rende achter me aan. De lange rechte weg af, het centrum door. Dat was feestelijk versierd. Overal slingers, dit jaar niet alleen van vlaggetjes maar van allerlei vilten voorwerpen, bloemen, verkeerslichten, heel anders dus, en een groot podium op het Ravenplein, dat in al zijn pracht ook de hand van mijn moeder verraadde.

De mensen stroomden samen voor de feestelijke opening van het festival, door cultuurcommissaris en vrouwenbedrieger Walter Kamphus in eigen persoon.

Ik jakkerde door, aangemoedigd door het getrappel van Lulu's varkensgalop, wilde niemand tegenkomen, geen bekende gezichten zien of vragen beantwoorden, holde liever dwars door de weilanden naar de sloperij, hoewel dat een heel stuk om was. Lulu vroeg piepend om een pauze en die gunde ik haar omdat ik dacht dat het niets uitmaakte. Roos zou niet weglopen.

20

Roos sprong in de bus en trok het portier met een knal dicht. Haar wangen hadden die lichtrode kleur die op grote opwinding wees. Dante naast haar achter het stuur was net zo bleek als altijd.

'Hopelijk wil hij starten,' zei Roos handenwrijvend, alsof ze het koud had.

'Waarom zou hij niet.' Dante was de laatste dagen meer bezig geweest met de politiemegafoon dan met de motor. Die moest het doen, eerder wilde hij niet vertrekken en hij had Roos niet verteld waarom. 'Je hoeft niet alles te weten.'

Ieder ander liefhebbend mens had op zo'n moment iets gezegd als 'Verrassing!', maar Dante was nu eenmaal zo en Roos was vastbesloten daar totaal geen punt van te maken, tenslotte zou ze met hem meegaan, ver hiervandaan een nieuw leven beginnen en gelukkig worden.

Nu was het zover. Dante draaide het sleuteltje om, de motor sputterde alsof hij met rust gelaten wilde worden, startte met tegenzin en begon toen gelijkmatig te tuffen. Roos straalde en legde vol trots een hand op Dantes been. 'Wat ben je toch handig!'

Dante snoof en gaf gas. Langzaam maakten de pas opgepompte banden zich los van het stukje grond waarop ze zo lang hadden gestaan, de tank zat vol, Roos had er een deel van haar spaargeld voor op tafel gelegd, en ze hobbelden naar de uitgang van de sloperij, weg van hun oude leven.

Roos maakte met haar mouw het zijraampje schoon en zag Wrakken Paultje met over elkaar geslagen armen en de hond aan zijn voeten voor zijn huisje staan. Hij vroeg niet waar zijn zoon naartoe ging, keek alleen maar toe, waarschijnlijk wist hij maar al te goed dat hij die vraag, als hij het had willen weten, al veel en veel eerder had moeten stellen.

Dante schakelde en ze draaiden in volle vaart de straat op. Tegen de verwachting in sloeg hij niet rechts maar links af, richting centrum, waar ze volgens Roos helemaal niet heen wilden. 'Wat doe je?'

'Ik moet nog iets regelen.'

'Ik heb genoeg te eten bij me, als je dat bedoelt.'

'Nee, dat bedoel ik niet.'

Ik strompelde met een snuivende Lulu in mijn kielzog over de sloperij naar de politiebus. Hij stond er niet. Had ik me in de plek vergist? Hier stond hij toch? Ik staarde naar de bandensporen en het gras dat op de plek waar de bus gestaan had een lichtgroene rechthoek vormde. Ze waren weg. Roos had me in de steek gelaten.

'Het beste ermee, Kippetje,' galmde het in mijn oren, en pas nu hoorde ik dat het haar afscheidswoorden waren geweest, dat ze niet betekend hadden *ik ga bij Dante wonen* maar *ik ga de stad, het land en onze wereld uit, want daar is geen plaats meer voor mij*. Roos had het op tijd begrepen, haar weg was de juiste geweest, maar ze had mij niet gewaarschuwd en, vooral, niet meegenomen. Ik liet me voor de rechthoek van gras op mijn knieën zakken, begon te huilen en vond mijn tong terug. 'Roos, waar ben je, grote Roos, laat me niet alleen! Wat moet ik nu verder zonder jou? Zonder iedereen!'

'Ze komen wel weer terug, Dante komt altijd terug.' De diepe stem van Wrakken Paultje maakte me aan het schrikken. Hij stond achter me en sloeg mijn wanhoop onbewogen gade.

Ik kwam met een sprong overeind. 'Ze komen niet terug. Deze keer niet!' schreeuwde ik. Ik haatte hem omdat hij hen zomaar had laten gaan, omdat hij die onbewogenheid op zijn zoon had overgebracht, waardoor ik nu mijn zus kwijt was. Alsof het niets was.

'Kom, Lulu!' Ik draaide me om, maar Lulu was er niet meer. 'Lulu?'

Wrakken Paultje wees over zijn schouder naar de uitgang.

'Lulu!' Ik begon te rennen, moest haar vinden. Lulu was de enige die ik nog had. Ik begreep dat mijn wanhoop haar op de vlucht had gejaagd, ze had er niet meer tegen gekund en ik wist waar ze naartoe op weg was, in de hoop dat er deze keer een heleboel eikels in haar geliefde eikenbosje zouden liggen.

Ik rende en rende, telde de straten die ze moest oversteken en kon alleen maar hopen dat haar toch al zwaar op de proef gestelde conditie er gauw de brui aan zou geven.

De zon was intussen ondergegaan en het podium op het Ravenplein was felverlicht. Ervoor stonden de meeste jongeren van de stad en ook veel mensen van buiten. Het festival was bekend geworden en flink wat mensen keken er het hele jaar naar uit om hun tent in te pakken, hem aan de rand van ons stadje op te slaan en naar een heleboel nieuwe bands te komen luisteren. Ook de belangrijke figuren uit de branche maakten hun opwachting, bezetten hotels en pensions, en voor hen werd tussen de ontelbare bier- en worstkramen die ene wijnstand opgebouwd.

Ook voor Walter Kamphus was het de belangrijkste dag van het jaar. Hij hield de openingstoespraak, naast hem zijn lieve vrouw, allebei in fijne zijde, qua kleur op elkaar afgestemd, om zich vervolgens, na al dat voorbereidende werk en om in de stemming te komen, bij de wijnstand op beschaafde wijze te bedrinken, terwijl de eerste band zich naar de vooraf klaargezette instrumenten begaf.

Hij was altijd heel gespannen en kreeg dan van die rode vlekken in zijn gezicht, die nog meer spanning opleverden maar waartegen hij niets kon doen. Hij voelde ze opkomen, vervloekte ze maar liep desondanks naar het spreekgestoelte, blies één keer kort in de microfoon, waardoor de menigte verstomde en alle aandacht zich op hem richtte, stak zijn ene hand losjes in de zak van zijn jasje en stak van wal. 'Beste bezoekers van het zevende festival voor nieuwe bands van de Stadsbank. Hierbij heet ik u van harte welkom namens de organisatoren, de bands, de stad en natuurlijk namens de muziek, die we hier de komende dagen zullen horen en die het net als in voorgaande jaren verdient om gehoord te worden. Neemt u van mij aan dat we bij de selectie niet over één nacht ijs zijn gegaan. Graag vraag ik dit jaar uw speciale aandacht voor onze nieuwe decoratrice, verantwoordelijk voor ontwerp en aankleding, mevrouw Natascha Dunker, een kunstenares uit onze eigen stad.' Hij gebaarde voor zijn vrouw langs dat ze naar het spreekgestoelte moest komen om het welverdiende applaus in ontvangst te nemen.

Op dat ogenblik denderde er een oude politiebus het Ravenplein op, dwars door de afzettingen heen, zonder acht te slaan op de borden met 'voetgangersgebied', en bleef recht tegenover het podium staan. Kamphus wendde zich opgewonden tot de beveiligingsmensen, het gezicht van zijn lieve vrouw vertrok van angst – wat verschrikkelijk, probeert hier iemand de grote dag van mijn schat te verpesten? – en nog voor iemand iets kon doen zette Dante de megafoon aan, waardoor normaal gesproken boeven de opdracht krijgen onmiddellijk de auto aan de kant te zetten, en startte de opname. De opname die Roos in de nacht na de gouden bruiloft had gemaakt. Het geslachtsverkeer tussen de kunstenares uit onze eigen stad en de commissaris van de Stadsbank schalde over het plein en liet niets aan de verbeelding over.

Veel, heel veel mensen vonden dat ontzettend grappig en een paar trokken spierwit weg. Meneer en mevrouw Kamphus bijvoorbeeld. En Natascha Dunker.

'Ben je gek geworden?' En Roos. Ze staarde Dante van opzij aan, zag een duivelse grijns op zijn gezicht, een soort voldoening die ze nooit eerder bij hem gezien had. Hij had wraak genomen en daarbij al het andere uit het oog verloren. 'Zet uit, schiet op, zet uit, dat is mijn moeder!'

Dante luisterde niet, zag de beveiligers op de bus af rennen en gaf gas.

'Dante!' Roos wierp zich op het stuur en wist nog net een botsing te voorkomen. 'Stoppen!'

Dante duwde haar weg en scheurde het plein af, het

voetgangersgebied uit en een van de lange rechte wegen op.

'Stoppen, verdomme, laat me eruit, je bent gestoord, laat me eruit, nú!' Roos was buiten zinnen, wat als groot voordeel had dat er een glasachtige helderheid over haar kwam. Nooit zou ze met deze jongen ook maar een stap vooruitkomen, nooit zou ze gelukkig met hem worden, dat ging niet, kon helemaal niet, hij was er in de verste verte niet toe in staat. Dante zat in zichzelf opgesloten en had het veel te druk met zijn eigen gevoelens. Te druk om ook maar een seconde aan die van anderen te denken. Hij was niet tot liefde in staat. Ze haatte zichzelf omdat ze geloofd had dat het anders was. De hele tijd had ze gedacht dat ze goed bezig was, beter dan Leene met haar harmoniemodel, Leene die tenminste geprobeerd had de dingen recht in het gezicht te kijken. Ze had zichzelf maar wat wijs gemaakt, zich op de vlucht in de armen van een gek gestort en haar familie zonder een woord, zonder een gevoel, in elk geval zonder er een toe te laten, de rug toegekeerd, haar houvast in het leven. Hoe erg ze ook allemaal beetgenomen waren, zij had niet het recht er zomaar tussenuit te knijpen. Nu leek het te laat. Roos keek naar Dante en had opeens het gevoel dat ze hem voor het eerst zag.

'Laat me eruit, zei ik. Ik ga niet meer mee!'

Dante reed veel te hard, keek strak door de voorruit, in de verte was een sirene te horen.

'Ha!' lachte hij, als je dat lachen kon noemen, was hij daar eigenlijk wel toe in staat? 'Wat zij kunnen, kunnen wij ook, hè schatje?' Hij zette zijn eigen sirene aan, deed de lampen uit en zette nog een tandje bij. Roos werd bang.

Zoals ik al gehoopt had was Lulu vrij snel buiten adem geraakt, en op de lange rechte weg haalde ik haar in. 'Lulu!' Ik sloeg mijn armen om haar heen en ze woelde met haar snuit door mijn haar. 'Je moet niet steeds weglopen. Ik weet precies waar je heen wilde.'

Ze keek me met haar kleine oogjes aan.

'Laten we samen eikeltjes gaan zoeken. We hebben toch niets beters te doen.'

De weg was donker en verlaten. Iedereen was bij de opening van het festival, niemand nog onderweg. We liepen naast elkaar verder en ik probeerde over de witte streep in het midden te lopen zonder in de tussenruimtes te stappen.

Roos zette de sirene uit. 'Hoor je me soms niet? Ik wil eruit!'

'Je kunt er nu niet uit.'

'Rij niet zo hard, je rijdt veel te hard!'

'Ik rij precies hard genoeg. Ze krijgen ons niet, nooit!'

'Natuurlijk wel. Je maakt helemaal geen kans! Dante, doe gewoon, alsjeblieft!'

Hij keek haar aan. 'Ik doe gewoon.'

Er liep iemand op de weg. Heel dichtbij al.

Het was...

'Kijk voor je!' krijste Roos. 'Pas op, daar loopt...'

Ze dook naar het stuur, probeerde het om te gooien, iets te redden, Dante stuurde tegen maar ging tegelijk op de rem staan, de banden piepten, de bus slipte, Roos vloog naar voren en ten slotte kwam de razende auto met een doffe klap tot stilstand.

Ik had het niet zien aankomen, gewoon niet opgelet. Opeens kwam de bus op ons af denderen, ik wilde Lulu nog opzij trekken, maar ze was te zwaar, te volwassen geworden en daardoor bleef ik buiten schot en kreeg Lulu de volle laag.

Daar stond de bus. Het was doodstil. Ik rende de weg op en wierp me op mijn varken, dat er roerloos bij lag.

'Lulu, hé, Lulu, zeg eens wat!' Ik schudde haar door elkaar, onderzocht haar verwondingen, bloed overal, voelde haar oppervlakkige, snelle ademhaling en toen Roos uit de bus sprong en ook haar gezicht onder het bloed bleek te zitten, was dat meer dan ik kon hebben.

'Leene, Leentje, is er iets gebeurd?'

'Ja!' schreeuwde ik. 'Ja, jullie hebben mijn varken doodgereden, mijn enige vriend, alles wat ik heb, Roos, doe iets, alsjeblieft, Varkentje, Lulu!' Ik snikte en trilde over mijn hele lichaam.

'We moeten een ziekenwagen hebben. Dante?' Roos draaide zich om naar de bus. Dante zat achter het stuur naar ons te staren. Hij was ongedeerd, onaangedaan als altijd, maar zijn ogen stonden verward en een beetje glazig en dat bleef zo toen de sirene van zijn achtervolgers opeens dichterbij kwam.

Voor de politieauto goed en wel stilstond rukte Roos het rechterportier open. 'U moet een ambulance bellen, snel!'

De agent deed het, want op dat moment wist hij nog niet dat het maar een varken was dat zo dringend geholpen moest worden. Ik zat op mijn knieën naast Lulu en fluisterde aan één stuk door in haar oor, herinnerde haar aan de leuke dingen die we samen hadden beleefd, zei allemaal dingen die ik uit misdaadseries kende en de gewonden er daar soms net op tijd van afhielden om dood te gaan.

'Hou vol, er komt hulp, je redt het wel, aan doodgaan heb je niets, nu niet en nooit niet.'

'Zo, en nu jij, vriend!' zei de agent. Hij wilde het portier van de politiebus opendoen, maar Dante had hem op slot gedaan en probeerde nu de motor, die bij het ongeluk was afgeslagen, weer te starten.

'Hé, laat dat, uitstappen, nu onmiddellijk!' De agent rukte aan het portier, terwijl zijn collega probeerde om via de achterkant de bus in te komen, maar de motor sloeg aan en Dante gaf gas, keerde en scheurde weg zoals hij gekomen was.

'Erachteraan!' Ze zetten de achtervolging in en passeerden de ambulance, die, toen hij eindelijk naast Lulu stopte, veel te laat leek.

'Wat is dit nu?' vroeg de dokter, terwijl hij met zijn gewichtige tas uit de ambulance sprong.

'Een varken, en het moet met spoed naar het ziekenhuis,' hijgde Roos. Ze kreeg van pure angst geen lucht meer. De dokter staarde naar Lulu en keek toen vragend naar zijn collega. Die schudde zijn hoofd.

'Mag niet. Kan ik niet verantwoorden.'

'Dit varken gaat dood als u niets doet!' schreeuwde Roos. 'Kunt u dat verantwoorden?'

Ik verborg mijn gezicht in Lulu's hals en huilde, huilde zo hard dat mijn hele lichaam ervan schokte en ik helemaal niet merkte dat de doordringende gil die over de lange rechte weg galmde van mij afkomstig was.

21

In papa's stad was een dierenkliniek die dag en nacht open was, altijd paraat. We zaten in een enorme, koude ruimte te wachten. Om ons heen andere onrustige mensen met hun huisdieren, dieren die niet gewoon even gebracht werden voor een inenting. Aan de muren demonstreerden foto's van gezonde katten en honden hoe mooi het allemaal kon zijn en heel misschien weer zou worden.

De EHBO'ers hadden Lulu op de brancard overal langs gereden, met grote haast, want ze hadden uiteindelijk toch begrepen hoe vreselijk het zou zijn als dit varken stierf. En het zag er niet goed uit. Roos en ik hadden erbij gezeten, achter in de ziekenwagen, en gezien hoe ze geprobeerd hadden Lulu te helpen.

'Ik weet niet hoe dat werkt bij een varken!'

'Probeer gewoon een infuus aan te leggen, er zal toch wel ergens een ingang zitten? Varkens zijn net mensen.'

'Makkelijk gezegd!'

Lulu ademde zwak en veel te snel. Ze knorde niet, piepte niet, gaf geen kik. Ik kroelde haar tussen de oren, wat ze altijd zo fijn vond, probeerde niet te hard te huilen en liet haar mijn stem horen, terwijl Roos haar hand op mijn rug liet rusten, zodat ik op mijn beurt wist dat zij er was en niet meer weg zou gaan. Ze hield haar ogen dicht alsof ze bad.

Lulu was door de klapdeuren van de OK verdwenen en wij konden niets anders doen dan wachten. Toen mama kwam moest ook zij huilen, en we vielen elkaar allemaal in de armen. Ze had niets te zeggen, was net zo sprakeloos als wij en had krakelingen bij zich van het stalletje op het Ravenplein.

Ik kon geen hap door mijn keel krijgen – nu was ik pas echt misselijk – maar Roos nam een hap en keek mama ondertussen diep in de ogen.

'Ik wist niet dat hij dat van plan was. Het spijt me zo!'

Mama wapperde met haar hand. 'Maakt niet uit, Roos, als Lulu maar weer beter wordt.'

'Ze zullen allemaal kletspraatjes over je gaan rondstrooien.'

'Laat ze maar. Ze zijn gewoon jaloers. Straks komen ze met z'n allen naar mijn winkel om me van top tot teen te bekijken, en dan blijft hun blik rusten op een vilten ringetje of iets anders wat ze altijd al hadden willen hebben. Iets geks voor het arme huismoedertje.'

Ik had het koud. Ik sloeg mijn armen om mezelf heen en wipte heen en weer op mijn stoel. Mama gaf me een aai over mijn hoofd. 'Leentje. Het komt wel weer goed.'

Ik begon te snikken. 'De laatste tijd komt er nooit meer iets goed, alles wordt alleen maar erger.'

'Nou dan! Dan is nu dus eindelijk het moment gekomen dat alles anders wordt.'

Ik staarde naar de klapdeuren en probeerde te bedenken wat een goed en wat een slecht teken zou kunnen zijn. Ze deden er zo lang over. Goed of slecht? De mevrouw van de receptie kreeg een telefoontje en holde naar de OK. Goed of slecht?

'Ik heb jullie vader verteld wat er gebeurd is.' Goed of slecht?

De mevrouw van de receptie kwam terug en ik probeerde iets aan haar gezicht af te lezen, maar het stond volkomen neutraal, ze vertrok geen spier. Moest ze zich groot houden zodat ik niet zou zien dat Lulu allang dood was? Of zag het er goed uit en kon ze weer aan haar gewone werk? Misschien was het haar ook wel om het even. Ik keek naar de gezichten van de andere mensen, die het net zo verging als mij.

Zij hadden misschien een kanarie met een zwak hart, of een kat met constipatie die daardoor steeds overgaf, het maakte niet uit, je kon nooit meten hoe erg iets was en wanhoop kende geen schaal van één tot tien.

Roos zat heel stil naast me tegen de muur voor zich uit te staren. Ik wist wat er in haar hoofd omging en was blij dat ik haar niet was.

'Zou je er echt met hem vandoor zijn gegaan?'

Roos verroerde zich niet en mama deed alsof ze niets hoorde. Ze wilde het gesprek tussen de zussen niet storen en Roos geen nog groter schuldgevoel bezorgen.

'Ik denk het wel. Ik haat hem!'

Op dat moment kwam papa binnengestormd. Zijn touwhaar stond alle kanten op en zijn wangen kleurden lichtrood. 'Hoe is het? Hoe gaat het met hem?'

'Haar. Ze heet nu Lulu,' praatte ik hem bij, en daar gingen de klapdeuren open en kwam de arts met bebloede jas naar buiten. We kwamen met een sprong overeind.

'We hebben het niet kunnen redden.'

'Nee!' schreeuwde Roos.

Mijn lichaam suisde, mijn benen dreigden onder me vandaan te klappen.

De dokter kwam dichterbij. 'Haar oog. Maar ik denk dat ze zich met één oog ook wel redt. Een kranig damesvarken!'

Nu zakte Roos in elkaar, papa kon haar nog net opvangen. Ze begroef haar gezicht in zijn warme, zachte borst en huilde, huilde alle tranen eruit die ze het afgelopen half jaar had opgespaard, en dat waren er zo veel dat ze misschien nooit meer zou ophouden.

Mama sloeg een arm om me heen en keek de dokter lachend aan. 'Godzijdank, u hebt geen idee hoe blij u ons daarmee maakt!' Ze schudden elkaar de hand.

'Mag ik naar haar toe?'

'Ze is nog onder narcose en we willen haar graag een dag of twee hier houden. Ter observatie.'

'Ik geef haar alleen snel een overwinningszoen.'

De dokter trok een raar gezicht, alsof hij zich voorstelde dat hij een varken moest zoenen en hem dat finaal onmogelijk leek. Maar hij nam me wel mee, voor heel even.

Lulu lag aan alle mogelijke machines. Een ervan gaf haar hartslag weer, met zo'n dun zigzaglijntje. Ze hadden een deken over haar heen gelegd, en als haar grappige stopcontactsnuit er niet bovenuit had gestoken, had ze net zo goed een mens kunnen zijn.

Het oog dat er niet meer was zat met een wit verband dichtgeplakt, maar Lulu haalde rustig en regelmatig adem en mijn overwinningszoen belandde precies op haar licht gefronste varkenssnuit. 'Ik kom morgen bij je op bezoek, damesvarken!'

Lulu piepte zachtjes.

Toen ik terugkwam was Roos weer een beetje gekalmeerd. De dokter met de bebloede jas nam de kanarie aan van zijn snikkende eigenares en wij reden naar het tankstation. Met papa.

Nog maar een paar dagen geleden zou ik al mijn hoop daarop gevestigd hebben, gedacht hebben dat het ongeluk goed was geweest omdat mama en papa daardoor weer bij elkaar zouden gekomen, maar nu was het gewoon fijn om te weten dat we in noodgevallen voor elkaar klaarstonden en al die andere gevoelens dan niet belangrijk waren. Papa zou niet bij ons terugkomen, maar hij was er als we hem nodig hadden. Omdat hij mijn papa was en bleef.

We gingen met z'n vieren in de keuken zitten, niemand ging er beledigd of gekwetst vandoor en papa dook in de koelkast om iets warms op tafel te toveren.

'Er is toevallig even niet zo veel...' begon mijn moeder verontschuldigend.

Gisteren zou mijn vader nog gezegd hebben: 'Zoals gewoonlijk!'

Vandaag keek hij haar schalks aan. 'Hoe bedoel je? Een pakje boter, pas een maand over de datum, camembert waar een hap uit genomen is, kunnen we nog lekker uit laten lopen, met wat van dit keiharde brood, geweekt in de zure melk... dat wordt een feestmaal!'

Mama zuchtte. Sommige dingen veranderde je nu eenmaal niet zo makkelijk.

'Het is allemaal mijn schuld,' fluisterde Roos somber.

'Die zure melk bedoel je?' Papa probeerde de opgeluchte geinstemming nog even vast te houden.

Roos keek hem zonder te lachen aan. 'Je weet best wat ik bedoel.'

Hij draaide het gas weer uit en keek ernstig terug. 'Dan mag ik wel blij zijn, normaal is het mijn schuld.'

'Ach, hou op.' Mama. 'Ik had absoluut niet met die snijboon van de Stadsbank in bed moeten duiken.'

Ik moest lachen. 'Nee, allemaal mijn schuld. Omdat... omdat... ik dat gedoe met de gouden bruiloft... je weet wel.'

Roos lachte niet. 'Lulu heeft nog maar één oog.'

Papa kwam met een zucht bij ons aan tafel zitten. 'Ik weet niet hoe het gelopen zou zijn als dat met Greta niet gebeurd was en we gewoon met elkaar verder geleefd hadden. Misschien niet zo, maar op den duur had ik toch niet op die manier verder gekund.'

'Wie is Fabio eigenlijk?' flapte ik eruit.

Mama keek me verbluft aan. 'Fabio? Hoe weet jij dat nou weer?'

'O, dat hoorde ik toen papa jou de voogdij en ons onze moeder wilde afpakken.' Ik keek van opzij naar Roos, die er nu geen touw meer aan vast kon knopen. 'Of mij in elk geval.'

Papa en mama wierpen elkaar een snelle blik toe, waarmee ze afspraken eerlijk te zijn, en mama vertelde over haar Italiaanse minnaar, met wie ze papa lang geleden bedrogen had. 'Het was helemaal niet belangrijk, maar ik geloof dat het jou veel pijn heeft gedaan.'

Papa knikte.

'En om wraak te nemen begon jij toen iets met Greta?' vroeg ik.

Papa schudde zijn hoofd. 'Nee. Maar het heeft wel veel kapotgemaakt. Zo veel van die avond waarop ik jullie moeder op blote voeten zag dansen en we verliefd op elkaar werden. Fabio heeft ons op de een of andere manier onze onschuld gekost. En onze zekerheid.'

'Waarom deed je dat?' vroeg Roos aan mama, terwijl ik me afvroeg of het nu opeens allemaal mama's schuld was, of dat er misschien helemaal geen schuldige was, tenminste niet één in het bijzonder. Een gezin bestond nu eenmaal uit meer mensen en iedereen droeg iets bij, op welke manier dan ook.

Mama's schouders zakten naar voren, maar ze merkte het meteen en deed haar best om zich aan haar haren omhoog te trekken en waardig antwoord te geven. 'Dat kan ik niet echt zeggen. Nog steeds niet. Het had voor mij niets met Daniël te maken. Maar dat het omgekeerd anders was, dat begreep ik pas later.'

'Rotliefde!' zei Roos, en ze begon zachtjes te zingen: 'Dus luister goed, wij doen niet mee, wij hebben 'n compleet ander idee. Rot op, je hebt 't gehoord, voor ons... is liefde geen toverwoord.'

'Zo, nu ga ik eten maken.' Papa stak het gas weer aan. 'Kennen jullie een schlager over varkens?'

We dachten na.

'Ha, ik weet er een: ik ben te lui voor het varken, voor de duvel te slecht!' zong hij. 'Ik denk dat ik pannenkoeken ga bakken.'

'Morgenochtend moet ik meteen naar Lulu.'

'Natuurlijk, je kunt met mij mee.' Papa keek mama van opzij vragend aan. 'Als ik bij jullie een slaapplaatsje kan krijgen.'

Mama haalde haar schouders op. 'Je weet hoe je de bank uitklapt.'

'Waarom heeft het varken opeens eigenlijk een naam?' Papa brak eieren en scheidde het eiwit van de dooiers.

'Ze vertelde me hoe ze heette.'

'Ze vertelde je hoe ze heette?'

'Ja. Het was wel gek, want ik ben nooit op het idee gekomen er een te verzinnen, ik dacht er gewoon nooit aan. Als ik haar nou Hannelore had genoemd, bijvoorbeeld, ik wil niet weten wat er dan gebeurd zou zijn! Dat had ze nooit gepikt, je weet hoe snel ze op haar teentjes getrapt is en vooral hoe lang. Ze was vast weer naar haar eikenbosje gerend om daar te gaan zitten mokken, en ze had me pas weer aangekeken als ik de eikels een voor een in haar mond had gestopt.'

Mama glimlachte naar me. 'In elk geval heb je al heel lang niet meer zo veel achter elkaar gezegd.'

Er werd aangebeld. We keken elkaar aan. Wie kon dat zijn?

Ik rende naar de deur. 'Hopelijk is er niets met Lulu!'

'Dan hadden ze wel gebeld, ze komen heus niet hierheen,' riep papa me na, en toch verstijfde ik van schrik toen ik Wrakken Paultje voor de deur zag staan. Niet omdat hij het was, maar omdat hij er zo verschrikkelijk uitzag, alsof hij opeens tien kilo afgevallen was. Zijn wangen waren ingevallen, zijn blauwe ogen puilden uit hun kassen; ze dreigden me te doorboren.

'Ja?' zei ik zacht.

'Wie is daar?' riep mama vanuit de keuken.

'Wra... eh... Paul.'

Mama kwam de gang in, lachte de versteende man vriendelijk toe en vroeg of hij binnen wilde komen. 'Dat gebeurt niet elke dag, dat we jou op bezoek krijgen,' kwebbelde ze, en ik vroeg me af of ze niet doorhad hoe hij eruitzag, of dat het gewoon weer dat volwassenengedoe was: ik zie dat het niet goed met je gaat, maar je moet er zelf over beginnen, ik doe alsof er niets aan de hand is. 'Kom binnen, kom binnen, Daniël staat net pannenkoeken te bakken.'

'Is Roos er ook?' vroeg Wrakken Paultje met zijn zware stem, en op dat moment zag hij haar al zitten, kaarsrecht aan tafel, met wijd opengesperde ogen.

'Is er iets met Dante?'

Wrakken Paultje ging op het voorste puntje van papa's stoel zitten, en papa zei sorry omdat de hete boter zo hard siste.

'Waar wilden jullie heen?'

Roos staarde hem aan, likte haar droge lippen af en dacht na. Wilde hij zijn zoon terughalen? En hoe wist hij eigenlijk dat zij hier was?

'Weg.'

Wrakken Paultje knikte.

'En dan?'

Mama ging zitten en schoof met haar stoel dichter naar Roos toe om te laten zien dat ze achter haar stond.

'Geen idee. We hadden wel iets verzonnen. Dante verzint altijd wel iets, dat hebben we gezien!'

Wrakken Paultje knikte langzaam. 'Zijn moeder was altijd vrolijk. Ze lachte en iedereen lachte mee.' Hij trok een grijns vol pijn. 'Ze was altijd vrolijk. Tot de jongen kwam. Hij lag van begin af aan dwars.'

Mijn ouders keken elkaar snel even aan. Niemand begreep wat dit te betekenen had, waarom Wrakken Paultje, die nooit bij iemand thuis kwam en met niemand praatte, tenzij het over zijn handel ging, in onze keuken zat en ons in vertrouwen nam. Papa draaide het gas toch maar weer uit, kwam achter het aanrecht vandaan, ging ertegenaan staan en was er klaar voor. Wat er ook zou komen.

'Ze heeft zelfmoord gepleegd. Als hij niet gekomen was, zou zij er nu nog zijn. Ik heb hem altijd gehaat.'

Mama keek hem geschrokken aan. 'Maar Dante is jullie zoon, jouw zoon. Hij kon er toch niets aan doen!'

Wrakken Paultje boog zijn hoofd. 'Nee. Hij kon er niets aan doen.' Hij tilde zijn hoofd op en keek Roos recht in de ogen. 'Waarom zat jij niet bij Dante in de auto?'

Het liefst had ik tegen hem geschreeuwd dat Dante mijn varken bijna doodgereden had, zomaar alsof het niks was, en compleet doorgedraaid was. Maar ik durfde niet, er hing iets in de lucht. Het lukte Roos om terug te kijken. Ze onderzocht zijn blik, speurde er vol angst in. 'Hoezo? Wat bedoelt u? Ik zat wel bij hem in de auto.'

Wrakken Paultje kwam traag overeind, als een stokoude man, liet zijn armen hangen en knikte zoals hij de hele tijd al had gedaan. 'Maar toen hij tegen die boom aan reed niet meer.'

Het was doodstil. Niemand verroerde zich. Alleen Wrakken Paultje knikte en liep naar de deur. Toen kwam er leven in mijn vader.

'Wacht! Wacht even. Is er iets met hem gebeurd? Is hij gewond?'

Doctor Daniël Dunker had die vraag niet hoeven stellen. We kenden allemaal het antwoord. Maar hij was wetenschapper en had een hekel aan speculaties. Wrakken Paultje draaide zich niet meer om. 'Hij is dood,' zei hij, op een toon van 'dan krijgt u deze velg er van mij gratis bij'.

Als het station in zicht komt is het 14 uur 23; ik heb nog tien minuten. Tien minuten om de dingen voorgoed af te sluiten, net als het tankstation, dat zo lang ik me kan herinneren hoe dan ook mijn thuis is geweest.

Het witte kruis bij de boom waartegen Dante zich had doodgereden was een idee van Roos. Ik geloof dat we met z'n allen wekenlang naar haar hebben zitten kijken, wachtend op het moment waarop ze van puur verdriet zou instorten. Maar dat kwam niet. Roos bleef verbazingwekkend kalm. Ze huilde om hem, maar ze was ervan overtuigd dat er voor hem geen andere weg zou zijn geweest.

'Maar Roos, voor zulke mensen hebben we therapeuten, die weten hoe je iemand een andere kijk op de dingen kunt geven!' Mijn moeder kon deze uitzichtloosheid niet accepteren, maar Roos wist diep in haar hart dat Dante altijd ongelukkig zou zijn gebleven, en een gevaar voor zichzelf en anderen.

Het was niet bewezen dat hij met opzet tegen die boom was geknald. Misschien had hij gewoon de macht over het stuur verloren, in paniek vanwege zijn achtervolgers. Aan de andere kant kon niemand zich voorstellen dat Dante in paniek zou zijn geraakt.

'Mama, denk je dat Wrakken Paultje het goed vindt, zo'n kruis? Ik wil het zo graag. Ze mogen hem niet vergeten, niet zomaar wegpoetsen als een gevaar dat ze overwonnen hebben.'

Mama haalde haar schouders op, maar beloofde het hem te vragen.

Ze zorgde een beetje voor die gebroken man. Eerst wilde hij haar niet binnenlaten. Toen ging ze gewoon op de stoep van zijn slopershuisje voor zich uit zitten zingen. Na een tijdje mocht ze toch binnenkomen en af en toe iets tegen hem zeggen, totdat hij niet anders kon en ook zelf begon te praten. Veel later vond hij het zelfs een goed idee om met mama's hulp zijn woonkamer op te knappen en liet hij zich een lichtgroen stoffen behang met bandensporenpatroon aanpraten. Geleidelijk kwam er onder die ruwe, verbitterde bolster hier en daar een stukje nieuw vlees tevoorschijn. De jonge huid moest wennen aan de zon en verbaasde zich over de schoonheid van de wereld. Wrakken Paultje maakte eigenhandig het kruis en Roos schreef de tekst erop: Dante – vergeet hem niet!

De politiebus kreeg Paul terug. Hij was aan de voorkant helemaal ingedeukt en Paul zette hem weer neer waar hij voorheen gestaan had, zodat het gras rustig rechthoekig door kon groeien. Roos is er nooit meer in geweest.

En toen Wrakken Paultje voor Varkentje een huisje bouwde met het opschrift 'Alleen voor varkens met één oog' kreeg ik zo het vermoeden dat hij wel eens degene zou kunnen zijn die mama op een dag weer gelukkig zou maken in de liefde. En zij hem. Dat zou dan bewijzen dat er voor iedereen een uitweg bestond en dat Dantes dood niet te rechtvaardigen was.

Lulu was zo trots als wat en bewaakte het tankstation vanuit haar bescheiden optrekje als een hond. Ze was weer helemaal beter en heel tevreden met haar lot. Een eenogig varken dat op commando haar staart kan uitrollen, dat zie je niet vaak, en het leverde haar als vanzelf de felbegeerde aandacht op, niet in de laatste plaats door het zwarte piratenlapje, dat ze droeg tot de wond goed geheeld was en de oogkas dichtgegroeid.

Op de dag dat ze uit de dierenkliniek ontslagen werd, kreeg ik weer vaste grond onder mijn voeten.

'Je went er wel aan, je zult zien dat het goed komt. Er zijn er zo veel die met maar één oog heel blij de wereld in kijken,' verzekerde ik haar, en ik botste met mijn voorhoofd tegen de rand van de statafel, waar ik zoals gewoonlijk onderdoor had willen lopen. Ik probeerde het nog ongeveer tweehonderd keer en liet me ten slotte overtuigen: ik was gegroeid.

Dat en alles wat er de laatste dagen over me uitgestort was, bracht me ertoe contact te zoeken met mijn lieve vriend Johnny.

Klingbing.

'Johnnyponny, ik pas niet meer onder de statafel!'

'En je praat weer met me!'

'Sorry.'

'Nee, ik ben blij, ik zou het niet overleven als ik jou kwijtraakte.'

'En dat kunnen we niet hebben... dat er nog iemand doodgaat.'

Lulu krijgt er genoeg van. Ze trekt mij en de koffer het station in en ik zie dat het ook de hoogste tijd is, de spoorboom gaat dicht en een krakerige computerstem kondigt mijn trein aan, die me met grote ogen aanstaart terwijl hij binnenrijdt. Coupé 23, stoel 106, en 108 voor Lulu.

Johnny wacht me op bij de deur en hijst de koffer naar binnen, terwijl ik Lulu help de traptreden met gaatjes erin te bedwingen. Ze neemt natuurlijk de plaats aan het raam en – komt dat even goed uit – het raam zit nog aan de goede kant ook, zodat ze met haar ene oog naar buiten kan kijken.

Johnny kust me. 'Eindelijk.'

Ik kus hem terug. 'Ja.'

We gaan samen in een klein huisje wonen, tot hij architect is en kan beginnen aan het kasteel dat we vroeger van zand maakten en later in het echt zullen bouwen. Ik ga niet bij het circus. Ik trouw met mijn Johnny, word dierenarts en bewijs de wereld dat liefde mogelijk is.

Roos is zangeres geworden, een beetje beroemd, beroemd genoeg in elk geval om altijd op reis te zijn, met haar gitaar en haar stem als de regen.

Over die 'rotliefde' heeft ze nooit meer gezongen.

De spelers waren:

• Kleene Leene •
dochter, gegroeid en onafhankelijk, pleitbezorgster van de liefde
• Grote Roos •
grote zus en succesvol zangeres
• Lulu •
Leenes varken met maar één oog, heel eigenwijs
• Doctor Daniël Dunker •
vader van nu drie dochters en man van een andere vrouw
• Natascha Dunker •
moeder, ontwerpster met een eigen label, kersverse inwoonster van Hamburg
• Oma Louise •
Natascha's moeder, ongevoelig en egocentrisch
• Opa Frans •
Natascha's vader, na een prostaatoperatie definitief vrij van agressie
• Greta •
nieuwe vrouw van Daniël en moeder van zijn derde dochter

• Dante •
overleden in zijn duisternis
• Black Blogs •
Dantes band, bestaat niet meer

• Wrakken Paultje •
Dantes vader, berouwvol, benaderbaar geworden, is van plan alles achter zich te laten en naar Hamburg te verhuizen

• Johnny •
Leenes verloofde, ook gegroeid, pleitbezorger van de liefde
• Judith •
Johnny's moeder, marketingmanager van Natascha's label

Roos' vriendenclub, bestaat niet meer
• Etrib •
getrouwd met iemand die alleen van voren mooi is
• Leenegraag •
doorgeëmancipeerde regionale politica
• Durfniet •
nog steeds bang
• Jut en Jul •
kinderachtige mannen
• Vlammetje •
slager die een onbeantwoorde liefde koestert voor *England's Rose*

• Walter Kamphus •
gescheiden cultuurcommissaris van de Stadsbank
• Hercules •
goed gebouwde postbode, eeuwige aanbidder van Natascha en desondanks niet ongelukkig